SACHSEN

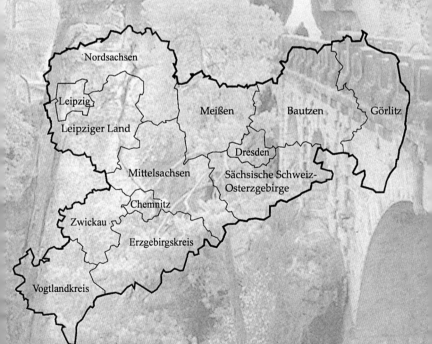

Andreas M. Sturm (Hrsg.)

SACHSENMORDE

13 packende Thriller
aus dem Freistaat

fhl Verlag

ISBN 978-3-95848-700-0

1. Auflage 2015
© 2015 by fhl Verlag Leipzig UG
Alle Rechte vorbehalten.

Lektorat: Elia van Scirouvsky
Titelbild: owik2/photocase.de
Satz: fhl it-medien
Druck & Bindung: SDL - Digitaler Buchdruck, Berlin

Ein Verlagsverzeichnis schicken wir Ihnen gern zu:
fhl Verlag Leipzig UG
Gerichtsweg 28
04103 Leipzig
www.fhl-verlag.de
kontakt@fhl-verlag.de

Vernehmungsprotokolle

Andreas M. Sturm
Vorwort 7

Anne Mehlhorn
Erzgebirgskreis: Monster 9

Rudolf Kollhoff
Görlitz: Zum Brunch ins Café Frankenstein 26

Andreas M. Sturm
Sächsische Schweiz-Osterzgebirge: Die leisen Schwingen
des Todes 40

Mario Schubert
Mittelsachsen: Mörderische Recherche 56

Birgitta Hennig
Chemnitz: Nemesis 71

Frank Kreisler
Nordsachsen: Ertappt im falschen Film 87

Patricia Holland Moritz
Leipzig: Auf den letzten Drücker 102

Jan Flieger
Leipziger Land: Hass 122

Romy Fölck
Meißen: Alte Schuld 137

Frank Dörfelt
Zwickau: Das fünfte Bild 153

Martina Arnold
Bautzen: Blutnacht 170

Petra Steps
Vogtlandkreis: Salz auf seiner Haut.................... 194

Stefan B. Meyer
Dresden: Mein erster Mord 212

die Autoren 237

Vorwort

Sachsen. Welche Begriffe schwirren uns da durch den Kopf? August der Starke, ein gemütlicher Dialekt, die Leipziger Messe, erzgebirgische Volkskunst, die Porzellan-Manufaktur, Automobilindustrie, die Sächsische Schweiz und, und, und ...

Doch diese Stichworte haben nicht das Geringste mit dem Inhalt des vorliegenden Buches zu tun. Die Autorinnen und Autoren haben das Innere nach außen gestülpt und die finstere Seite des Freistaates schonungslos offengelegt, denn Verbrechen stehen im Mittelpunkt dieser Anthologie.

Und das Verbrechen hat eine lange Tradition in Sachsen: Vor genau 300 Jahren wurde Lips Tullian, der Anführer der berüchtigten Räuberbande ›Schwarze Garde‹ in Dresden enthauptet, nachdem er lange Zeit vorwiegend im sächsischen Raum sein Unwesen getrieben hat. Der Kurfürst, der das Urteil an Tullian vollstrecken ließ, war übrigens der oben erwähnte August. Und dessen Weste soll ebenfalls nicht gerade blütenweiß gewesen sein. Immer noch wird gemunkelt, dass er nur durch den Giftmord an seinem Bruder zur Kurfürstenwürde gekommen ist.

Die Delikte in den ›Sachsenmorden‹ sind fiktiv, aber deshalb nicht minder atemberaubend und aktuell.

13 packende Thriller werden auf dem Cover versprochen und spannend sind die Krimis, denn die Psychen von Opfern und Tätern werden bis ins kleinste Detail skizziert. Die Handlungen, die aus den inneren Konflikten dieser ruhelosen Seelen resultieren, werden auch abgebrühten Lesern

einen Schauer über den Rücken jagen. Drastisch und schonungslos wird in einigen Geschichten ein dunkles Kapitel Sachsens demaskiert. Die Schatten einer 40-jährigen SED-Diktatur, die immer noch über dem Freistaat liegen und bis jetzt nicht bewältigt sind, haben mit Recht Eingang in diese Anthologie gefunden.

So vielfältig wie die Themen sind auch die Erzählstile der Schreibtischtäter. Mehrere der Geschichten sind düster und zeigen eine Welt fernab von Illusionen, bei anderen blitzt schwarzer Humor zwischen den Zeilen und der Krimi ›Blutnacht‹ bedient sich der Ausdrucksform einer Sage.

Da sich Sachsen in zehn Landkreise und drei kreisfreie Städte gliedert, lag es nahe, diese Einteilung zu übernehmen und in jedem dieser Orte einen Krimi anzusiedeln. Durch die in einigen Kurzkrimis lebendige Beschreibung der Schauplätze wird der Leser mit auf eine Reise genommen und lernt Neues kennen oder begegnet Vertrautem in bekannten Ecken und Winkeln.

Doch die Landkarte zeigt es überdeutlich, das sächsische Hoheitsgebiet ist mit einem Buch krimitechnisch noch lange nicht erschlossen. Die fehlenden Gegenden werden mit Sicherheit in weiteren Bänden mit Mord und Totschlag versorgt werden.

Krimifreunden, nicht nur aus Sachsen, wünsche ich nun erst einmal viel Vergnügen mit dem ersten Band der ›Sachsenmorde‹.

Andreas M. Sturm

Anne Mehlhorn

Monster

Erzgebirgskreis

Julios Hände zitterten, als er den Briefkastenschlüssel vom Haken nahm und an das Schloss setzte. Er rutschte ab, setzte erneut an.
Bitte, heute nicht. Nicht noch einer.
Der Verschluss klappte nach unten und ein Dutzend Briefe kam zum Vorschein. Hektisch ließ Julio sie durch seine Finger gleiten. Bank, Finanzamt, eine Ansichtskarte ... Er hielt mitten in der Bewegung inne, als er auf einen Brief ohne Absender stieß. *Bitte nicht ...*
Sekunde um Sekunde blieb er reglos auf der Stelle stehen und starrte auf den Brief in seinen zitternden Händen. Dann schloss er langsam den Briefkasten wieder ab und kehrte zurück in die Wohnung.
Er legte die Post auf den Küchentisch – alles, bis auf diesen einen Brief.
»Irgendwas Wichtiges?«, fragte seine Frau Nadja.
»Anke hat eine Karte aus Neuseeland geschickt«, erwiderte Julio und hoffte, dabei unbekümmert zu klingen.
»Oh, wirklich?« Nadja wandte sich vom Herd ab, auf dem ein Topf voller Suppe köchelte und ergriff die Karte. Ein Lächeln huschte über ihr Gesicht während sie die Zeilen las. Sie schien keinen Verdacht geschöpft zu haben. Gut so, sie hätte sich nur wieder Sorgen um ihn gemacht.
Während Nadja die Karte las, verließ Julio rasch die Küche. Er ging ins Bad, verschloss die Tür und setzte sich, den Brief immer noch fest umklammert, auf den Rand der Badewanne.

Mit einer Nagelfeile schnitt er die Lasche auf und zog ein Blatt Papier aus dem Umschlag. Mit zittrigen Fingern entfaltete er es.

Einmal.

Zweimal.

DU WIRST IN DER HÖLLE VERRECKEN, MISSGEBURT!

Jeder einzelne Buchstabe war aus Zeitungen ausgeschnitten und auf das Papier geklebt worden. *Wie in einem schlechten Film*, dachte Julio.

Die Worte verschwammen vor seinen Augen während er auf sie starrte.

Oh Scheiße.

Es war nicht die erste Drohung oder Beschimpfung, die ihm an den Kopf geworfen wurde, seit er als Profi-Schiedsrichter im Fußball angefangen hatte. Aber das, was in den letzten Wochen geschah, war schlimmer. Die Briefe kamen in immer kürzeren Abständen und waren sich so ähnlich, dass sie von ein und derselben Person stammen mussten – oder auch von einer Gruppe verrückter Fußballfans, die sich gegenseitig in ihrem Hass anstachelten.

Julio hätte wetten können, welchem Club sie die Treue hielten: Dynamo Dresden. Denn diese besonderen Hassbriefe begannen kurz nach einem Spiel, das er vor knapp zwei Monaten gepfiffen hatte: FC Erzgebirge Aue gegen Dynamo Dresden, ein Pokalspiel. An diesem Tag hatte Julio eine Schwalbe eines Auer Spielers nicht richtig erkannt und als Elfmeter für Aue gepfiffen. Der Spieler von Dynamo, der angeblich gefoult hatte, sah die rote Karte.

Solche Fehler passieren eben, sie können jedem passieren.

Nach den ersten Briefen hatte er seine Angst noch verdrängt. *Das sind bloß Spinner, die sollte man nicht ernst nehmen,* hatte er sich einzureden versucht. Doch mit jedem weiteren Brief waren die Worte aggressiver geworden und Julios Ängste hatten sich mehr und mehr verdichtet.

Und nun, einen Tag bevor er erneut ein Spiel im Auer Erzgebirgsstadion pfeifen würde, lag dieser verdammte Brief in seinem Briefkasten. Julio zerknüllte das Papier zwischen seinen Fingern. Das hieß doch nichts anderes als: Wir warten auf dich. Vielleicht vor dem Stadion, vielleicht im Stadion. Vielleicht fangen wir dich auch auf deinem Heimweg ab und prügeln dich zu Tode.

Am Abend schickte Nadja ihn zum Einkaufen los. Nur ein paar Kleinigkeiten, die für das Essen noch fehlten: Brot, Schnittkäse und ein Kasten Mineralwasser.

Julio lenkte den Wagen auf den Parkplatz vorm Supermarkt, suchte sich eine der wenigen verbliebenen Lücken und zog den Zündschlüssel ab. Er stieg nicht aus, sondern blieb in dem dunklen Auto sitzen. Die Worte aus den Drohbriefen kreisten ohne Unterlass in seinem Kopf und schnürten den Knoten in seiner Brust fester und fester zu. Da war sie wieder, die altbekannte Angst. Die dunkle Schwester an seiner Seite, seit so vielen Jahren schon ... Der Druck in der Kehle, die Spannung in seinem Körper.

Durch die Seitenspiegel beobachtete Julio das Treiben auf dem Parkplatz. Eine junge Frau eilte vorbei, in jeder Hand eine prall gefüllte Einkaufstasche. Hinter ihr folgte ein älterer Herr mit lichtem Haar, der sich auf seinem Einkaufswagen abstützte, als fiele ihm das Gehen schwer. Ein junger Mann überholte ihn mit großen Schritten, an der Hand zog er ein weinendes Kind hinter sich her. Normale Menschen an einem normalen Freitagabend, die ihre normalen Einkäufe erledigten. Und doch konnte niemand wissen, welche Abgründe sie in ihrem Inneren verbargen ...

Julio schluckte schwer. Unwillkürlich stieg die Erinnerung in ihm auf, an diesen Tag vor über zehn Jahren. Den letzten Tag, den er als Finanzberater bei seiner Bank gearbeitet hatte. Den Tag, der die Angst in sein Leben gebracht hatte. Vor diesem Tag hatte er nie daran gezweifelt, dass die Welt im Grunde gut war, dass alles, was geschah, einen Sinn hatte und dass es eine Art kosmische Gerechtigkeit gab, die dafür sorgte, dass guten Menschen nichts Schlechtes passierte. Julio vergrub sein Gesicht in den Händen; die Anspannung wurde unerträglich. Das Scheppern der Einkaufswagen, die Stimmen, die Lichter der Autos, die ihn noch durch seine geschlossenen Lider blendeten. So schmerzhaft intensiv, so kreischend laut.

Schnitt.

Julio saß an seinem Schreibtisch in der Bank und erledigte ein Telefonat. Aus dem Augenwinkel beobachtete er seine Kollegen und die Kunden in den Büros nebenan, die nur durch Glastüren von seinem getrennt wurden. Julio fiel ein Mann auf, der schon länger im Warteraum saß und unentwegt auf seine Schuhe starrte. Keiner der Kollegen schien sich für ihn zuständig zu fühlen. Julio beendete das Gespräch, legte sein Handy beiseite und ging zu dem Mann im Warteraum hinüber.

»Guten Tag, mein Name ist Lang«, begrüßte Julio den Mann freundlich und streckte ihm seine Hand entgegen. Der Mann reagierte nicht sofort, doch dann hob er den Kopf und brachte ein verzagtes Lächeln zustande. »Ha... hai«, stotterte er und senkte sofort wieder den Blick. Seltsam, dachte Julio, hat der arme Kerl etwa Angst vor mir?

»Suchen Sie jemand Bestimmtes?«

»N... Nun...« Er umfasste seine Knie, als wollte er sich selbst irgendwie festhalten, sich Sicherheit geben. »I... Ich w... wollte zu d... dem Herrn Hohbach.«

»Ah, Sie wollen zu meinem Bruder, Daniel Hohbach? Ist er Ihr Finanzberater hier?«

Er nickte stumm und blickte wieder zu Boden. Offenbar schämte er sich für sein Stottern und der Gang hierher war ihm schwergefallen. Fast hätte er ihm tröstend eine Hand auf die Schulter gelegt, doch er bremste sich. Es wäre ihm respektlos vorgekommen. Stattdessen wies er auf die zweite Glastür rechts: »Mein Kollege, der Herr Dirsch, kann Ihnen da sicher weiterhelfen. Er weiß bestimmt, wo Daniel zu finden ist.«

»D... Danke«, murmelte der Mann, stand auf und ging zu der Tür. Leicht vor sich hin lächelnd ging Julio zurück in sein Büro. Er hatte den Mann in seiner Schüchternheit sympathisch gefunden. Wenn nur alle Kunden solche Manieren hätten! Oft genug kam es vor, dass man sich anhören musste, man sei inkompetent, bloß weil bei einer Anlage ein halbes Prozent weniger herumgekommen war als geplant. Julio ließ sich auf seinen Drehstuhl fallen und fuhr mit der Maus hin und her, um den Bildschirm aus seinem Ruhezustand zu wecken.

Da zerriss ein Knall die Luft.

Julio fuhr zusammen und warf seine Kaffeetasse um; heißer Kaffee spritzte über den Schreibtisch. Die Stille, welche auf den Knall folgte, fühlte sich an, als sei Julio taub geworden. Ein leiser, heller Ton drang daraus hervor – ein Geräusch, das aus Julio selbst zu kommen schien.

Mit angehaltenem Atem drehte Julio den Drehstuhl Stück für Stück nach links. Er riss die Augen auf, schnappte nach Luft wie ein Ertrinkender. Rot, alles rot. Vor ihm, an der Glaswand seines Büros, klebte knallrotes Blut. So viel Blut!

Ein Fleck, als hätte jemand einen Farbbeutel an die Scheibe geworfen. Von dem Fleck aus wanderte Julios Blick tiefer, und dort, dort auf dem Boden direkt neben Julios Büro, lag ein Mensch...

Er fühlte etwas Warmes zwischen seinen Beinen, das unter der Hose die Waden hinabrann. Lichtblitze tanzten vor seinen Augen.

Julio wusste nicht, wer der Mensch war, der dort lag; konnte es nicht erkennen. Sein Gesicht war weggeschossen; nur eine blutige Masse zwischen braunem Haar.

Julio sank auf die Knie und erbrach sich auf den blank polierten Steinfußboden. Sein Herz schlug so heftig, als wollte es aus seinem Körper herausbrechen. Er hörte jemanden wimmern – war er das selbst?

Dann rief eine Männerstimme etwas; er konnte die Worte nicht verstehen. Julio hob den Blick und sah hinter der Glaswand drei Männer, zwei mit erhobenen Händen, weit aufgerissenen Augen und totenblassen Gesichtern. Der dritte wandte Julio den Rücken zu. In seiner Hand hielt er eine Pistole ...

Julio hielt den Atem an. Er war nicht hier, nicht wirklich. Alles dies geschah nicht wirklich!

Langsam, wie in Zeitlupe, wandte der Mann mit der Pistole den Kopf zu ihm um. Julio erkannte das Gesicht, doch der Ausdruck war völlig fremd. Der Kunde von Daniel, der Mann, der ihn so unsicher angeblickt hatte, war zu einem Monster geworden; eine verzerrte, hasserfüllte Fratze ...

Ein Hupen riss Julio aus seinem Flashback. Er schüttelte den Kopf; erst langsam kam er wieder zu sich.

Schwer atmend zog er eine Zigarette aus der Schachtel, die auf dem Beifahrersitz lag und zündete sie mit zittrigen Fingern an. Trotz der vielen Jahre, die seit diesem Ereignis vergangen waren, fühlte es sich während der Flashbacks für ihn jedes Mal an, als würde es gerade eben geschehen, immer und immer wieder. Seit nunmehr drei Jahren hatte Julio keine solchen Attacken mehr gehabt, doch die Drohbriefe mussten etwas in ihm aufgerissen haben, von dem er geglaubt hatte, es sei verheilt.

Julio kurbelte das Fenster nach unten und schnippte seine Zigarette nach draußen. Schließlich gab er sich einen Ruck, löste den Gurt und stieg aus. Nadja würde sich noch Sorgen machen, wenn er für den kleinen Einkauf so lange wegblieb.

Die Beklemmung in seiner Brust wurde stärker während er durch die Gänge des Supermarktes lief. Er fühlte sich entsetzlich hilflos; jeder hier konnte hinter seiner Menschenmaske dieses Monster verbergen, das er an dem Tag in der Bank vor zehn Jahren zu Gesicht bekommen hatte. Und Menschen waren überall, immer. Es war wie ein groteskes Hütchenspiel – wo ist das Monster? In wem? Kälte floss über seine Haut und ließ ihn erzittern. Die Menschen um ihn her schienen immer weiter zu verschwimmen, wie Geister, Dämonen. Und dort, direkt neben der Kasse, stand ein junger Mann mit einer großflächigen Tätowierung auf dem Oberarm und einer Mütze ... einer roten Mütze mit dem Emblem von Dynamo Dresden. *Ist es möglich ...?* Julio starrte ihn mehrere Sekunden lang an, da drehte er sich plötzlich um und erwiderte den Blick.

Dieser Mann, der da so unschuldig an der Kasse steht, dachte Julio, *dieser Mann könnte genauso gut derjenige sein, der mir die Drohbriefe geschickt hat, wie jeder andere in diesem verdammten Einkaufszentrum. Ich kann niemandem vertrauen. Niemandem.*

An der Kasse sah er sich nach allen Seiten um, stieß versehentlich die Frau vor ihm in der Schlange an, entschuldigte sich sofort und floh, kaum hatte er die Einkäufe in seinen Beutel gepackt, aus dem Supermarkt hinaus ins Freie.

Erst als er sein Auto erreicht hatte, ließ das konkrete, schmerzhafte Angstgefühl etwas nach. Er legte den Beutel auf den Boden und stützte sich am Auto ab. Er wollte jetzt nur noch nach Hause, sich im Bett verkriechen und keinem Menschen je wieder ins Gesicht blicken müssen. Doch kaum saß er im Auto und startete den Motor, fiel ihm ein, dass er morgen ein Spiel pfeifen musste. Ein Spiel im Erzgebirgsstadion – ein Spiel des FC Erzgebirge Aue.

In dieser Nacht tat Julio kein Auge zu, und als er sich am nächsten Morgen aus dem Bett kämpfte, fühlte er sich hundeelend. Zum Mittagessen bekam er kaum einen Bissen herunter.

Gegen vierzehn Uhr fuhr er los in Richtung Aue. Während der knapp einstündigen Fahrt drehte er das Autoradio auf volle Lautstärke. Es reichte nicht, um die Zweifel in ihm zu übertönen. Hätte er das Spiel besser absagen sollen? Wäre das nicht vernünftiger gewesen? Doch ein kleiner, trotziger Teil von ihm wollte nicht klein beigeben, sich nicht diesen Fanatikern beugen. Und schon gar nicht konnte er akzeptieren, dass die verdammte Angst vor den Monstern sein Leben bestimmte!

Ab dem Moment, als er das Ortseingangsschild passierte, kam ihm alles ganz unwirklich vor. Er kannte die Stadt, war schon mehrfach zum Pfeifen von Zweitligaspielen hierher gefahren, doch heute schien die Umgebung nicht echt zu sein. Die Häuser und der Waldsaum; das grelle Leuchten des McDonald's ›M‹ zu seiner linken, die vielen Autos, die sich an der Hauptkreuzung gleich neben dem Stadion stauten – war das alles echt? Er drehte das Autoradio leiser, bog nach links ab und parkte auf einem Platz, der hinter dem Stadion in Richtung des Sportlerheimes lag. Noch war hier alles leer, doch in wenigen Stunden würde jeder Parkplatz im Umkreis mehrerer Kilometer besetzt sein und aus allen Richtungen würden Fangruppen mit lila-weißen Schals und Mützen herbeiströmen. Schon merkwürdig, wie so ein Fußballspiel eine ganze Kleinstadt auf den Kopf stellen konnte. Klar waren die Auer stolz auf ihre Mannschaft; es war schon etwas Besonderes, als so kleine Stadt in der zweiten Liga mitzuspielen. Aber es brachte natürlich auch Probleme mit sich, allem voran gewaltbereite Hooligans, auf die jeder Club gut hätte verzichten können. Bei besonders heiklen Partien – sogenannten Risikospielen – hatte die Polizei sogar schon Hubschrauber angefordert, und diese vor und nach dem Spiel über dem Stadion kreisen lassen.

Julio begrüßte einige der Auer Spieler, die bereits vor Ort waren. Nach und nach trafen weitere Kollegen ein: Linienrichter, Security-Leute, ein Fernsehteam. Manche kannte Julio von früheren Spielen, so schüttelte er Hände, plauderte und lächelte ihnen zu. Doch das Gefühl, sich in einer Art Traum zu befinden, hielt nach wie vor an. Er spürte sich kaum noch, funktionierte einfach weiter. Kaum, dass er sich in der Schiedsrichterkabine umgezogen hatte und einmal das Spielfeld abgelaufen war, hatte sich das Stadion bereits beträchtlich mit Fußballfans gefüllt. Ihre Schals und Mützen leuchteten in den Farben lila und weiß; die Farben ihres Vereins, in denen auch das Stadion gehalten war. Auch wenn das heutige Spiel nicht gegen Dynamo Dresden ausgetragen wurde – der Irre konnte sich irgendwo unter die Fans mischen; vielleicht war er sich nicht einmal zu schade, sich als Aue-Fan zu verkleiden. Das Monster konnte in jedem von ihnen auf Julio lauern.

Ein Blick auf die Uhr. Der Anpfiff rückte näher. Auf den Zuschauerrängen erkannte er junge und ältere Männer, Frauen, lachende Kinder. Sie schwenkten Aue-Fahnen, plauderten aufgeregt miteinander. In der Masse erinnerten ihre Stimmen Julio an das unablässige Summen eines Bienenstocks.

Welchen Plan konnte der Briefschreiber verfolgen? Wollte er ihn direkt während des Spiels angreifen? Es wäre durchaus möglich, eine Waffe irgendwo im Stadion zu deponieren; wenn nicht gerade ein Spiel stattfand, wurde das Stadion kaum bewacht. Es passierte auch trotz aller Sicherheitsbestimmungen immer wieder, dass Leute gefährliche Dinge hereinschmuggelten.

Mit einem Mal wurde Julio klar, dass er hier, auf diesem Rasen zwischen den Spielern wie zum Abschuss freigegeben stand. Von jedem Platz aus könnte jemand ihn ins Visier nehmen, in aller Ruhe zielen und schließlich – klack – abdrücken. In all dem Trubel, dem Durcheinander, den Blicken der Zuschauer, geheftet auf den Ball und die hinter ihm her hetzenden Spieler, würde er womöglich lautlos umfallen. Liegen bleiben auf dem blutgetränkten Rasen. Und erst Sekunden später würden die ersten entsetzten Schreie durch das Stadion hallen, die Spieler würden auf ihn zulaufen, sich zu ihm herabbeugen und das Einschussloch an seiner Schläfe entdecken ...

Julio zwickte sich in den Oberarm, um aus diesem Strudel der Gedanken und Bilder aufzutauchen. Er stand immer noch hier, die Pfeife für den Beginn des Spiels fest in der rechten Hand. Er winkte die Spieler beider Mannschaften zu sich heran, eine Münze wurde geworfen. Die Spieler verteilten sich in ihren jeweiligen Hälften des Feldes. Julio hob die Pfeife an die Lippen, zögerte noch einen Moment. Würde der Typ ihn womöglich genau in dem Moment erschießen, wenn er pfiff? Hoffte er, der Anschlag würde im allgemeinen Trubel des Spielbeginns erst später bemerkt werden? Julio schloss kurz die Augen und atmete durch. Jetzt bloß nicht wieder wegfließen, in Gedankenströme, in die Panik. Bloß keine Attacke jetzt, keine Atemnot, keine dunklen Schmetterlinge, die aus den Augenwinkeln flogen und eine nahende Ohnmacht über ihn brachten.

Reiß dich zusammen. Du musst dich konzentrieren! Er pfiff mit aller Kraft in die Trillerpfeife und bevor alles um ihn herum wieder zum Leben erwachte; das Leben hier ihn wieder brauchte, dachte er nur noch: *Das wird das letzte Spiel für mich sein. Danach ist Schluss. Niemals werde ich fähig sein, diese Angst auszuhalten.*

Der Augenblick war vorbei, Julio wieder voll da. Das Spiel begann, der erste Pass wurde gespielt und augenblicklich funktionierte Julio. Er rannte in die Auer Hälfte und beobachtete den Ball, die Bewegungen der Spieler, jeden Zweikampf, jeden Pass so genau er konnte. Nun existierte nur dies noch für ihn, hier war seine volle Konzentration gefragt. Er lief näher heran, als sich ein schwerer Zweikampf abzeichnete, und als er den Fuß von Klingbeil am Schienbein des Gegenspielers sah, pfiff er sofort. Keine Karte, aber Freistoß. Eine gute Entscheidung, kein Fehler. Gut, gut. Doch sofort wurde seine Aufmerksamkeit wieder auf einen Angriff der Auer Spieler auf das Tor gelenkt. Er tauschte einen kurzen Blick mit dem Linienrichter aus – er wusste, worauf er zu achten hatte. Sie funktionierten zusammen wie eine gut geölte Maschine.

Als er zur Halbzeit pfiff, konnte Julio kaum fassen, dass so viel Zeit verrauscht war. Mit einem müden Lächeln dachte er daran, dass das der Grund war, warum er überhaupt mit dem Fußballspielen und später mit der Arbeit als Schiedsrichter begonnen hatte, kurz nach den Ereignissen in der Bank. Beim Sport, im Stadion, war man ganz nah bei sich selbst, hatte eine klare Aufgabe und Menschen um sich, die wie eine Familie waren. Es war, als würde man zu Beginn des Spiels einen Tunnel betreten. Der Tunnel verengte den Blick auf das, was wichtig war. Jede Bewegung musste sitzen. Kein Gedanke aus dem Leben ›draußen‹ konnte in den Tunnel eindringen. Selbst die Angst verschwand, verschwand für ein paar kostbare Stunden.

Doch nun tauchte er aus diesem Tunnel auf, blickte ans Tageslicht und aus dem Himmel strömte die kalte Angst zurück in seinen Körper.

Seine Beine trugen ihn wie von selbst zwischen den Spielern hindurch, zurück in die Schiedsrichterkabine.

Dort angekommen ging er zum Waschbecken und spritzte sich etwas kaltes Wasser ins Gesicht. Als er aufblickte, erschrak er vor seinem eigenen Spiegelbild. Er war bleich und der Ausdruck in seinen Augen war dem eines gehetzten Tieres ähnlich. Quer über seiner Stirn klebte eine schweißnasse Haarsträhne. Obwohl er selbst sie nicht mehr gespürt hatte, war die Angst während des Spiels immer noch in ihm gewesen.

Julio schloss die Augen. *Ich überlebe nicht nochmal 45 Minuten*, schoss es ihm durch den Kopf. *Quatsch, hör auf, dir so einen Blödsinn einzureden! Reiß dich zusammen!*

Er legte die Hand auf seine Brust und spürte dem Klopfen nach. Eine Motte, die in einem Glas gefangen war und wie wild mit den Flügeln gegen das Glas schlug; zuckend, heftig, arrhythmisch.

Er öffnete die Augen wieder. Auf dem Spiegelglas vor ihm: ein roter Fleck, Spritzer nach allen Richtungen. Irgendwo hinter seiner Stirn ein Knall. Er schüttelte sich. *Kein Flashback, nicht jetzt!* Er dachte an seinen Psychologen, wie er ihm erklärt hatte, was mit ihm geschah: *Sie können es nicht beschreiben, aber sie spüren es, es ist so stark, dass es ihr ganzes Leben begrenzt. Man bezeichnet es als speechless terror.* Julio wischte sich eine Träne aus dem Augenwinkel. *Ihre Welt wurde erschüttert. Nichts ist mehr so, wie es vorher war. Sie sind hilflos in dieser für sie plötzlich fremden Welt.*

»Aber ich bin nicht hilflos!«, schrie Julio plötzlich. Seine Stimme hallte im leeren Raum noch einen Moment wider. Mit der Faust schlug er auf den Waschtisch. »Ich ziehe das jetzt durch, ich lasse mich von diesen Monstern nicht fertigmachen!«

Abrupt wandte er sich um, marschierte mit großen Schritten aus der Kabine, zurück auf den Fußballplatz. Er setzte wieder seine Maske auf, erhielt sie aufrecht, so gut er konnte. Pfiff das Spiel an, rannte mit den Spielern. Er war ein guter Schiedsrichter, er war ein guter Mensch!

Julio pfiff die zweite Halbzeit gnadenlos; kein Foul blieb ungesehen; es war, als wollte er durch hartes Durchgreifen, das Beharren auf Fairness im Sport, auch die Gerechtigkeit der Welt wieder herstellen.

Kevin Schlitte, ein Auer Spieler, zog einen gegnerischen Verteidiger von hinten am Trikot. Julio pfiff laut in seine Pfeife, zog die gelbe Karte aus seinem Hemd und hielt sie in

die Höhe. Der Mann rannte zu ihm und schrie ihn an, gestikulierte wild, doch Julio hörte ihn überhaupt nicht.
Na kommt, das ist doch euer Moment. Erschießt mich, tut es jetzt! Er wusste, dass sie dort oben saßen. Die Feiglinge, die elenden Feiglinge!
Na los, kommt schon! Hier bin ich!
Er würde sterben, jetzt und hier. Er war sich sicher. Wenn schon, dann sollten sie nicht glauben, er hätte sich vor ihnen verkrochen. Er wollte dem Tod mit Mut und Würde entgegentreten.
Der Spieler sah Julio eigenartig an. Das Publikum begann zu pfeifen. Immer noch war nichts geschehen. Julio drehte sich nach hinten – die Spieler warteten, dass er pfiff, damit es weitergehen konnte. Niemand hatte geschossen. Doch statt erleichtert zu sein, verkrampfte sein Herz sich nur noch stärker. Er nickte dem Spieler zu, der sich inzwischen beruhigt hatte, dann pfiff er wieder an.

Nachdem das Spiel zu Ende war, fühlte Julio sich selbst nicht mehr. Wie fremdgesteuert schüttelte er die Hände der Spieler und Trainer, zog sich um und verabschiedete sich vom Personal im Stadion. Das Spiel war vorbei, vorbei – und doch war nichts gewonnen. Das Monster konnte ihm auf dem Heimweg auflauern. Oder warum überhaupt ...? Warum riskieren, dass ein Zusammenhang hergestellt werden konnte zwischen dem Mord und dem Fußballspiel? Am besten wäre es doch, wenn es einfach zu Julios Haus käme, zu seiner Familie. Dort könnte es seinen Hass dann nicht nur an Julio, sondern auch an Nadja auslassen. Er schluchzte leise.
Ich werde niemals frei sein. Niemals frei.
Ohne zu wissen, wie er dorthin gekommen war, stand er schließlich draußen vor dem Stadion. Die Sonne war untergegangen, nur die grellen Scheinwerfer verströmten noch

schwaches Licht bis jenseits der Stadiongrenzen. Die letzten Fans, lachend, plappernd, betrunken, verließen das Gelände, kehrten zurück zu ihren Autos, fuhren Heim, zu ihren Familien. Dorthin, wo ihnen nichts Böses widerfahren konnte, wo sie sicher waren.

Nur ich, ich werde niemals frei sein.

Julio stand reglos zwischen den Bäumen und starrte auf den Leichtathletikplatz hinab, der hinter dem Stadion lag. Die Abendluft war angenehm warm.

»Hey, geht es Ihnen gut?«, sprach ihn plötzlich jemand an.

Julio lächelte zaghaft. »Klar, alles gut.«

Der Mann, etwa in seinem Alter, nur etwas kleiner und mit deutlich weniger Haaren, lächelte freundlich.

Er kann es genauso sein wie jeder andere! Woher soll ich denn wissen, wer mich umbringen will?!

»Kann ich Ihnen irgendwie helfen? Sie sind so blass, sie sehen aus, als könnten sie gleich zusammenbrechen...«

Julio schüttelte den Kopf. »Nein, es geht schon...«

Der Mann kam näher. »Sind Sie sicher?«

»Ja!« Julio sprach zu laut, unvernünftig laut, aber die Angst überwältigte ihn. Sie kroch an ihm hinauf, schob sich vor seine Augen und hüllte alles in Dunkelheit.

»Entschuldigung, ich wollte ja nur...«

»Lassen Sie mich in Ruhe!«, schrie Julio. »Hauen Sie einfach ab!«

Der Mann trat einen Schritt zurück. Er drehte den Kopf in alle Richtungen, anscheinend wollte er sehen, ob noch jemand Julio gehört hatte, ob ihm jemand helfen würde, wenn Julio ausrastete und ihn angriff.

Was für ein Scheißdreck. Als müsste man vor mir Angst haben. Ich bin es doch, der in Angst lebt!

»Ich wollte Sie nicht belästigen, ich dachte eben, Sie könnten mir ein Autogramm geben. Mein Sohn, wissen Sie, ist ein großer Fußballfan und will später auch mal Schiedsrichter werden und da dachte ich ...« *Jaja, ja. Oh Gott.* Das war eine verdammt gute, sinnvolle Begründung. Julio konnte sich nicht wehren.

»Entschuldigen Sie, dass ich laut geworden bin. Mir geht es wirklich nicht so gut«, brachte er hervor. »Wo ist denn Ihr Sohn?«

»Er wartet an meinem Auto. Gleich oben, beim Parkplatz. Dürfte ich Sie bitten ...?« Julio nickte. Seite an Seite mit dem Mann stieg er die Stufen in Richtung Stadionausgang hinauf. Mit jedem Schritt fiel ihm das Atmen schwerer.

Das ist eine Falle, der Kerl ist es, er will dich nur an eine Stelle locken, an der keiner den Mord beobachten kann. Sobald du ihm den Rücken zukehrst ...

Der Mann warf ihm einen Blick über die Schulter zu. »Es ist gleich da vorne links!«

Hör auf sowas zu denken! Das ist ein ganz normaler Typ, der einfach nur seinem Sohn eine Freude machen will. Du bist ja völlig paranoid!

Sie liefen quer über den Parkplatz, immer weiter nach hinten. Hier war kein Mensch mehr, alles leer, das Spiel war schon seit fast einer Stunde vorbei.

Wer wartet eine Stunde nach dem Spiel mit seinem Kind, nur wegen eines Autogramms? Julio straffte sich. Seine Sinne waren bis aufs Äußerste gespannt. Bei der kleinsten Bewegung, wenn er irgendwo ein Messer sah ... Sie kamen an dem blauen Opel an, der Mann zückte den Schlüssel und öffnete die Seitentür. Er beugte sich nach drinnen; Julio erkannte nicht, ob er wirklich mit einem Kind sprach. Doch dann, zwischen unverständlichem Gemurmel, hörte er das Wort »Hohbach«. Der Name seines Bruders Daniel. Julio sah wieder den jungen Mann vor sich, seine Knie umklammernd, auf den Stühlen im Wartezimmer der Bank. Er stotterte. Er verlangte nach Daniel. Dann sein Gesicht, hinter der Glasscheibe. Die Pistole in der Hand. Das Blut, der aufgeplatzte Schädel; heißer Kaffee auf seinem ...

VERRECKE IN DER HÖLLE, MISSGEBURT! Nein, Nein, Nein!

Der Mann drehte sich wieder aus dem Autor hervor. In seiner Hand blitzte etwas Metallisches.

»Nein!«, schrie Julio und stürzte sich auf ihn. Er packte den Mann an den Schultern und stieß ihn zu Boden. Dieser war so überrascht, dass er sich überhaupt nicht wehrte. Er rief irgendetwas, doch Julio verstand ihn nicht. Er drückte ihn auf den Asphalt, schloss die Hände um seine Kehle. *Jetzt, jetzt hab ich dich, jetzt entkommst du mir nicht mehr! Ich werde nie wieder Angst haben vor dir, du Monster!*

Irgendwo hinter sich hörte er ein Kind schreien, etwas zerrte an ihm, doch er achtete nicht darauf. All seine Angst, all der Druck waren nun in seinen Händen und ließen ihn seine Finger wie einen Schraubstock um den Hals des Monsters schließen. *Die Welt wird wieder, wie sie war! Alles wird wieder gut, wenn die Monster tot sind!*

Julio blinzelte. Er fasste unter sich, ertastete kühlen Asphalt, daneben etwas Warmes, Weiches. Mühsam setzte er sich auf und öffnete die Augen. Er saß auf einer Decke, auf dem asphaltierten Parkplatz und hielt sich den Kopf. Hatte er ihn irgendwo angeschlagen?

Um ihn herum standen Polizisten, die miteinander sprachen, weiter hinten erkannte er einen Polizeiwagen. Und eine Trage, auf der ein mit einem Tuch abgedeckter Körper lag. Die Geräusche verschlangen sich in Julios Gehirn zu einem undurchdringlichen Wirrwarr.

Was war passiert? War der Mann tot, der ihn bedroht hatte, der versucht hatte, ihn in eine Falle zu locken und dann zu erstechen?

Auf dem Boden neben sich sah er etwas aufblitzen –

ein silberner Kugelschreiber, in dem das Blaulicht reflektierte.

Hinter dem Polizeiwagen trat ein kleiner Junge hervor. Er konnte höchstens acht oder neun Jahre alt sein, sein Gesicht war rot und verquollen. Plötzlich bemerkte er Julio, ging einen Schritt in seine Richtung und starrte ihn sekundenlang an.

Genauso, dachte Julio. *Genauso sieht man als Kind ein Monster an.*

Rudolf Kollhoff

Zum Brunch ins Café Frankenstein
Görlitz

Bestimmt werden sich noch einige an die Meldung in der Sächsischen Zeitung erinnern, in der es um die rätselhaften Gerüchte in Görlitz ging, die vor wenigen Jahren zur Schließung des Cafés Frankenstein führten. Es hieß, in dem Kellerlokal seien grässliche Verbrechen geschehen. Doch konkrete Angaben blieben aus, es schien weder Täter noch Opfer zu geben. Die Pächter verschwanden in der Versenkung, und die Öffentlichkeit beruhigte sich wieder. Was genau passiert war, blieb im Dunkeln. Man hätte die Gerüchte um die vermeintlichen Gräueltaten in der Gaststätte wohl vergessen, da wurde im Radio ein Feuilleton über moderne Erlebnisgastronomie gesendet. Dabei erwähnten die Macher des Berichts auch das ehemalige Lokal am Demianiplatz.

Neue Gerüchte machten die Runde.

Etwa zur gleichen Zeit gelangte der Autor der folgenden Kurzgeschichte an brisantes Informationsmaterial. Voller Spannung studierte er die handschriftlichen Notizen. Nachdem er sich von seinem Schrecken erholt hatte, setzte er sich an den Laptop und verfasste einen belletristischen Text.

Bevor er mit der Niederschrift begann, hatte er im Beisein eines Notars ein Dokument unterzeichnet, in dem er sich verpflichtete, den Ursprung seiner Informationen geheim zu halten.

Absolutes Stillschweigen, für immer.

Das laute Klingeln kam wie aus dem Nichts.

Holmer Dahl zuckte zusammen, als wäre eine Bombe explodiert. Gerade in dem Augenblick, als die süße Lena Breuer bereit war, zum Küssen ihre Zunge zu benutzen, läutete im Flur das Telefon.

Prompt war er dahin, der Zauber des Augenblicks.

Holmer zog den Hals ein, schloss den Mund und unterdrückte einen Fluch. Es klingelte wieder. »Willst du nicht abnehmen?«, fragte Lena.

Sie saßen auf dem zerschlissenen Biedermeiersofa in Dahls Junggesellenbude. Eine Stehlampe aus den Fünfzigern erhellte den niedrigen Couchtisch mit der verbeulten Keksdose, den dünnwandigen Sammeltassen und den Goldrand-Kuchentellern. Das nostalgische Stoffrollo vor dem Fenster dämmte die Geräusche von der Straße. Düstere Stillleben, in Öl gemalt, zierten die mit Raufaser bedeckten Wände.

Es klingelte zum dritten Mal.

Holmer besaß kein Mobiltelefon, ihm reichte der Festanschluss. Der klobige Apparat mit der Wählscheibe stand auf dem dünnbeinigen Tischchen, das er im Sperrmüll vor einem Abrisshaus auf der Lunitz entdeckt hatte.

Lena lehnte sich zurück, schnippte eine vorwitzige Locke aus ihrem Gesicht und korrigierte den Sitz ihres verrutschten Push-up-BHs.

Holmer stand auf und nahm ab. »Ja, bitte?«

»Guten Tag«, sagte die Stimme aus dem Hörer. »Hier ist das Sachsenradio, MDR 1, Aufgefallen – das Kulturmagazin, Jette Jasmund, mein Name. Spreche ich mit Herrn Holmer Diel?«

»Dahl«, berichtigte er, »Holmer Dahl.«

»Großartig.« Die Radiomoderatorin lachte, als hätte er einen Witz gerissen. »Wir führen gerade eine Höreraktion durch. Sind Sie bereit, uns drei Fragen zu beantworten?«

»Ein Quiz? Na ja ...«

»Es geht ganz schnell – und Sie können etwas gewinnen.«

»... im Moment ...«

»Es handelt sich um Fragen über die Lausitz«, sprudelte es aus dem Hörer, »speziell über Ihre Heimatstadt Görlitz.«

»... ist es nicht so günstig ...«

»Der Zufallsgenerator hat Ihre Nummer ermittelt. Ich störe doch nicht, oder?«

Durch die Türöffnung warf Holmer Dahl einen Blick auf Lenas halb geöffneten Mund. Die mit kussechtem Stift angemalten Lippen schimmerten matt. Eine Etage tiefer, auf Lenas eng anliegender Bluse, zeichneten sich zwei nett anzuschauende Rundungen ab.

»Herr Dahl, sind Sie noch dran?«

Er löste seine Augen von Lena. Aufgeschoben ist nicht aufgehoben. »Nein, Sie stören nicht«, entschied er. »Ich bin dabei. Stellen Sie Ihre Fragen.«

»Sie sind sehr freundlich.«

Er grinste. »Ja, da ist was dran.«

Jette Jasmund kicherte. »Frage eins«, sagte sie. »Ende des neunzehnten Jahrhunderts wurde in Görlitz ein Unternehmen gegründet, das ein Erzeugnis herstellt, in dem das Wort ›Liebe‹ eine Rolle spielt. Wie wird dieses Produkt im Volksmund genannt?«

Das war einfach. »Liebesperlen«, antwortete er.

»Richtig. – Hier gleich Frage Numero zwei: Der Landkreis Görlitz besitzt seit 1991 einen Partnerkreis in den alten Bundesländern. Wie heißt er?«

»Neckar-Odenwald«, kam es wie aus der Pistole geschossen.

»Fantastisch!« Die Stimme im Hörer jubelte. »Und jetzt die letzte Frage. Im Partnerkreis befindet sich ein Bauwerk aus dem dreizehnten Jahrhundert. Der Name dieser Burg wurde als Romantitel benutzt, ein Klassiker der europäischen Schauerliteratur. Wie lautet ...«

»Frankenstein«, platzte Holmer heraus.

»Wow!« Jette Jasmund war hörbar beeindruckt. »Sie sind gut informiert, Herr Dahl. Großartig. Damit haben Sie gewonnen: Zwei Brunch-Gutscheine für das neu eröffnete Café Frankenstein. Die Bons sind an der Garderobe hinterlegt. Herzlichen Glückwunsch!« Aus der Hörmuschel drang das schmetternde Signal einer Fanfare, dazu ertönten Applaus und Hurrarufe vom Band.

Holmer Dahl bedankte sich artig, er legte den Hörer auf die Gabel und flitzte in die Stube zurück.

»Was hältst du davon, wenn wir am Sonntag zum Brunch gehen?«, fragte er seine Freundin.

»Ins Frankenstein?«

»Genau. Hab eben 'nen Gutschein gewonnen. Wir können mal so richtig schlemmen.«

Lena wirkte abwesend. Gedankenverloren wanderte ihr Blick über das Kaffeegeschirr und die Ölbilder an den Wänden.

»Was hast du?« Holmer hob fragend die Brauen. »Lenchen? Du guckst so komisch. Was nicht in Ordnung.«

Lena rutschte unruhig hin und her. Sie mochte es nicht, wenn Holmer sie Lenchen nannte. Sie kam sich dann immer so winzig vor. »Wieso sollte etwas nicht in Ordnung sein?«, sagte sie mit gespieltem Selbstvertrauen. »Mir geht es blendend. Alles cool. Ich freu mich auf Sonntag.«

Und ich mich auf dich, dachte Holmer Dahl und riss sie in seine Arme.

Das Unheil nahm seinen Lauf.

Das Café Frankenstein befand sich am Demianiplatz in den Gewölben eines nach der Wende rekonstruierten Geschäftshauses. Von außen wirkte das unterirdische Lokal recht bieder und unscheinbar. Der Pächter hatte die Auflagen der Behörden genau befolgen müssen. Im Gegensatz zu anderen Städten legte man in Görlitz großen Wert auf den Erhalt der Altbausubstanz. Stieg man die Steinstufen in den Keller hinunter und betrat die rustikal eingerichteten Räume, fühlte man sich prompt an den Schauplatz eines Gruselfilms versetzt.

So erging es auch Lena Breuer, die am Sonntagvormittag mit Holmer Dahl zum Brunch erschien.

Als beide den düsteren Vorraum betraten, wühlte eine Faust in Lenas Bauch. Sie ergriff Holmers Hand und drückte sie, so fest sie konnte.

Er lächelte. »Du brauchst dich nicht zu fürchten, ich bin ja bei dir.«

»Fürchten? Ich doch nicht!« Sie warf den Kopf in den Nacken. »Ich find's ganz cool hier.«

Ganz in der Nähe schlurften hallende Schritte auf dem Untergrund. Knarrend bewegten sich die Scharniere einer ungeölten Tür. Der unheimliche Ruf eines Käuzchens wurde laut. Er verklang abrupt, als hätte jemand dem Vogel den Hals umgedreht.

Ganz still war es jetzt. Wie aus weiter Ferne ertönte das gedämpfte Klappern von Tellern und Gläsern aus dem Gastraum.

Ein kalter Luftzug streifte Lenas Gesicht.

Sie krallte ihre Zehen in die Einlagen ihrer Pumps. Ganz in der Nähe pumpten schwere Atemzüge. Lenas Herz schlug wie das einer Maus. Sie spürte, wie sich ihr Magen zusammenkrampfte. Aus einem Impuls heraus packte sie Holmers Hand wieder fester.

»Geht's dir gut?«, fragte er.

Sie zauberte ein Lächeln auf ihre Lippen. »Alles paletti. Nur 'n bissel kalt hier.«

Holmer zog sie um einen Mauervorsprung.

Sie gelangten in ein von Altarkerzen beleuchtetes Kreuzgewölbe. Ein kleinwüchsiger Mann erschien. Er trug eine Mönchskutte mit Kapuze und Sandalen mit dünnen Riemchen aus geflochtenen Bindfäden.

»Guten Tag«, sagte er. »Schön, dass Sie sich für unser Lokal entschieden haben.«

»'n Tag«, flüsterte Lena. Am liebsten wäre sie gleich wieder gegangen. Der Mann mit der Kutte glich dem bösen Zwerg aus dem Märchenfilm, in dem auch eine Prinzessin, ein Bär und ein singendes, klingendes Bäumchen vorkamen. Schon als kleines Mädchen hatte sie sich vor dem kleinen, verhutzelten Zauberzwerg gefürchtet.

»Ich bin der Gewinner des Radioquiz«, erklärte ihr Begleiter. »Holmer Dahl, mein werter Name. Für mich ist ein Gutschein hinterlegt.«

Die tief liegenden Augen des Zwerges musterten sie kritisch.

Lena schlug das Herz bis zum Hals. Was, zum Kuckuck, mach ich hier?, fragte sie sich. Wieso tue ich mir das an? Warum sitze ich nicht im Café Flair in der Brüderstraße und frühstücke, wie es sich gehört.

Sie kämpfte gegen ihren Unmut an und riss sich zusammen.

Der Mönch geleitete sie zu einer Verbindungstür mit rundem Guckloch in seiner Augenhöhe. Hinter der Tür befand sich der große Gastraum. Sie traten ein. Lena erkannte einige schemenhafte Gestalten, die an Tischen mit bis zum Fußboden herunterhängenden Decken saßen und sich im gedämpften Ton unterhielten.

Eine große, mit einer Tunika aus Sackleinen bekleidete Frau trat aus dem Halbdunkel. Über ihrem linken Unterarm hing eine mit roten Flecken gesprenkelte Handserviette.

»Willkommen im Café Frankenstein«, sagte sie mit monotoner Stimme.

»Es sind die Gäste mit dem Gutschein«, sagte der Mönch und ging.

»In Ordnung.« Die Kellnerin nahm zwei Speisekarten vom Servicetisch. »Bitte, folgen Sie mir.«

Lena blickte sich schaudernd um. Im diffusen Licht ließen sich die weitläufigen Ausmaße des Gewölbes nur erahnen. Überall gab es Nischen mit rechteckigen Tischen, auf denen Kerzen und kleine Lampen brannten, die mit Brennöl gespeist wurden. Als Raumteiler fungierten alte, ausrangierte Seziertische aus der Pathologie, raffiniert beleuchtete menschliche Gerippe, hochkant an die Wand gelehnte Särge, Graburnen ohne Deckel, auf Bügel gehängte Totenhemden, Kruzifixe und allerlei grauenerregend Kleinzeug.

»Abartig«, sagte Holmer, als die Tunikafrau gegangen war. Er berührte einen auf Hochglanz polierten menschlichen Oberkiefer ohne Schneidezähne, der neben einer gespenstisch anmutenden schwarzen Kerze lag. »Ziemlich geschmacklos, muss ich sagen, aber für den, der sich gerne gruselt, ist es ein Fest, nehme ich an.«

»Ja, es ist cool«, versetzte Lena. *Keine zehn Pferde kriegen mich noch mal in dieses Irrenhaus*, fügte sie in Gedanken hinzu.

Ein schmerzerfülltes Röcheln drang an ihr Ohr.

Lena fuhr zusammen. Es kam ihr vor, als stöhnte ihr die Stimme ins Ohr. Um ein Haar hätte sie laut aufgeschrien. Irgendwo, hinter der maßstabsgetreuen Nachbildung einer Guillotine, kreischte eine Frau. Ein Glas fiel zu Boden und zerbrach. Ausgelassenes Gelächter hallte durch das Gemäuer.

Holmer legte Lena besänftigend eine Hand auf den Arm. Mit der anderen zeigte er auf die Lautsprecherbox, die an einem Querbalken über dem Servicetisch hing.

Lena ärgerte sich. Schon wieder hatte sie sich eine Blöße gegeben. Wegen einer Stimme, die vom Band kam! Meine

Güte, was sollte Holmer bloß von ihr denken? Dass sie eine verängstigte, hysterische Ziege war?

Er griff nach der Speisekarte.

Sie tat es ihm gleich, zuckte aber angewidert zurück.

»Was hast du?«, fragte er.

»Fühlt sich komisch an, wie Menschenhaut«, sagte sie gepresst.

Sacht strichen seine Fingerkuppen über den feinporigen Deckel. »Das sieht nicht nur so aus, das ist Menschenhaut.«

Menschenhaut, dachte Lena. Sie presste die Knie zusammen und fühlte den Drang, sich in den Arm zu kneifen. Narrte sie ein Spuk? Echte Haut? Wenn ja, erhob sich die Frage, wie die Gaststättenleute an diesen Rohstoff gelangt waren? Einen illegalen Markt für Spenderorgane gab es ja schon lange. Lena hatte gerade die Vorankündigung eines Buches gelesen, in dem ein Journalist Farbe bekannte. Er gab zu, sich eine neue Niere gekauft zu haben. Es sei Notwehr gewesen, schrieb er. Sonst wäre er gestorben. Wer landete schon gern in einem Leichensack? Lena atmete schneller. Vielleicht war Marktwirtschaft doch nicht so gut, wie alle sagten.

»Möchtest du einen Aperitif?«, fragte Holmer.

»Zum Frühstück?«

»Du bist gut. Es ist schon halb elf. Also, ich zähle mal auf, was da ist: Nosferatu-Cocktail, Nachzehrer Fizz, Draculas Liebchen, Medusa Tonic und Bloody Ghoul. Entscheide dich!«

Irritiert berührte Lena ihr Ohrläppchen. Es war heiß wie Feuer. Lena kam sich vor wie in einem Albtraum, der einfach nicht aufhören wollte. Ihr Unbehagen steigerte sich, als sie beobachtete, wie am Tisch nebenan das Essen serviert wurde. Während sich die anwesenden Damen kichernd die Servietten auf den Schoß zurechtlegten, schob der kleine Mönch, der wie der Zwerg aus dem Märchen aussah, einen

Servierwagen mit einem kleinen, weißen Sarg an den Gästetisch. Mit einem diabolischen Grinsen klappte er den Deckel auf.

Lena hielt den Atem an.

»Voilà!« Der Mönch wies auf die appetitlich arrangierte Silberplatte. »Zombie-Filets mit Sauce béarnaise, Pfifferlingen, Austernpilzen, Herzoginkartoffeln und knackig frischen Blattsalaten, dazu Honig-Ingwerdip.«

Sprach's und rieb das blitzende Tranchiermesser an einem Wetzstahl mit Parierstange. Geschickt schnitt er das Filet in daumendicke Stücke, die er zügig auf die bereit gestellten Essteller vorlegte.

»Ich nehme den Bloody Ghoul«, erklärte Holmer. »Möchtest du auch, Lenchen?«

»Was?«

»Bloody Ghoul?«

»Ghoul. So nennt man ein leichenfressendes Fabelwesen.«

»Und wenn. Ist doch alles nur 'n Joke. Das Gesöff besteht aus Gin, Tomatensaft, Limette.«

»Ja, gut, nehme ich.« Lena starrte ins Licht der schwarzen Kerze. Nur unter Aufbietung ihrer ganzen Willensstärke gelang es ihr, gute Miene zum bösen Spiel zu machen. Mitgegangen, mitgehangen.

Holmer bestellte die Drinks, später das Essen. Gebackene Höllenrippchen mit diversen Beilagen, davor eine Kannibalen-Bouillon.

Die Suppe wurde in einem imitierten Totenschädel mit zwei Henkeln serviert. Als die Kellnerin die Gefäße absetzte, klickte es plötzlich, und aus einer leeren Augenhöhle des Totenkopfs spritzte Holmer eine rote Flüssigkeit aufs Hemd.

Er zog unwillig die Brauen zusammen. »Was, in aller Welt ...?«

»Lassen Sie sich's schmecken«, leierte die Tunikafrau und schob ab.

Lena beäugte die Flecke, leckte eine Fingerkuppe an und berührte einen. »Entwarnung«, sagte sie. »Es ist nur Schrecktinte. Wart's ab! In einer Minute ist nix mehr davon zu sehen.«

Sie wickelten die Löffel aus den Servietten und begannen zu essen.

Nach einiger Zeit biss Lena auf etwas Hartes. Sie verzog das Gesicht. Mit der Zungenspitze schob sie den Fremdkörper auf den Löffel und stupste ihn auf den Rand des Beitellers.

Holmer machte den Hals lang. »Das ist aber ein merkwürdiges Knöchelchen«, fand er.

»Wieso merkwürdig?«

»Es sieht komisch aus. Ich hab schon so manche Brühe gelöffelt, aber so ein ulkiger Splitter ist mir noch nie untergekommen.«

Lena aß weiter. Das ist nur ein Trick, sagte sie sich, er will mich foppen, um mich nachher auszulachen, aber ich fall nicht darauf rein. Du musst dir schon etwas Klügeres ausdenken, Holmer Dahl!

Im nächsten Augenblick langte er über den Tisch, nahm das Knöchelchen vom Teller und steckte es in seine Hosentasche.

»Was soll das?« Lena starrte ihn an wie einen Geist.

Er grinste. »Möchtest du es zurück?«

»Quatsch. Was willst du damit?«

»Identifizieren lassen. Ich will wissen, zu welchem Tier es gehört. Zufällig kenne ich jemanden, der sich für Anatomie interessiert.«

Lena legte den Löffel neben den Totenkopf-Teller. Auf einmal war ihr der Appetit vergangen. Sie kam sich vor wie in der Gondel eines Riesenrads, die sich um die eigene Achse drehte. Immer schneller. Mit zittriger Hand griff sie nach ihrer Handtasche. »Ich muss hier raus«, keuchte sie, »sofort!«

Holmer hatte sich tagelang nicht sehen lassen.
Das kam Lena spanisch vor. Sie wusste, dass er ganz wild auf sie war und fing an, sich Sorgen zu machen. Mehrmals versuchte sie, ihn anzurufen. Er hatte es klingeln lassen. Als er auch beim fünften Mal nicht ranging, langte es Lena.
Sie raffte sich auf und stattete ihm einen Besuch ab.
Als Holmer im Türspalt erschien, prallte sie erschrocken zurück. Er sah aus wie eine wandelnde Leiche, seit ihrem letzten Treffen schien er um Jahre gealtert. Sein Gesicht hatte die Farbe nasser Asche, seine Augen lagen tief in den Höhlen und wirkten gehetzt. Der Geruch von altem Rauch stieg ihr in die Nase.
»Holmer«, sagte sie. »Mein Gott, Holmer.«
Er lächelte dünn. »Hab wieder angefangen zu qualmen. Der Stress. Verstehst du?« Er spähte über ihre Schulter hinweg ins Treppenhaus.
Erst jetzt sah sie, dass er einen Feuerhaken in der Hand hielt. »Ich bin allein.« Sie holte tief Luft und trat von einem Bein aufs andere.
»Okay. Komm rein, Lenchen.«
Sie folgte ihm ins Zimmer. Obwohl es Tag war, hatte er die Rollos heruntergelassen. Einige Glühbirnen sorgten für trübes Licht. Die Ölschinken an den Wänden schimmerten düster. Lena hob die Beine. Auf dem Fußboden lagen ein paar aufgeschlagene Bücher herum. Holmer schloss die Tür ab, legte eine silbrig glänzende Kette vor und stellte den Haken griffbereit an die Wand.
Lena sah ihn fragend an. »Eine Türkette? Ein Feuerhaken? Warum?«
»Sicherer«, sagte er.

»Vor wem hast du Angst?«

Die Frage blieb unbeantwortet. Mit linkischer Geste wies er auf das Sofa. »Setz dich, Lenchen. Willst du was trinken?«

»Bloody Ghoul«, sagte sie scherzhaft.

Er ging nicht darauf ein, und sie biss sich auf die Zunge.

»Ich habe Wasser mit oder ohne Kohlensäure«, bot er an.

Sie nahm das mit Sprudel. Holmer ging in die Küche und kam mit einem halb vollen Glas zurück. Während sie einen Schluck trank, musterte sie ihn kritisch. »Du siehst schlecht aus«, sagte sie. »Was hat dir die Petersilie verhagelt?«

Er kniff die Augen zusammen und schwieg. Eine Zeit lang sprach niemand ein Wort. Irgendwo im Parterre fiel eine Tür ins Schloss.

»Warum hast du dich nicht gemeldet?«, erkundigte sich Lena. »Seit wir zum Brunch im Frankenstein waren, bist du abgetaucht. Ich habe versucht, dich telefonisch zu erreichen. Fehlanzeige. Mensch, Holmer, ich dachte, wir sind – Freunde.«

Er antwortete mit einer Gegenfrage. »Weißt du, was eine Phalanx distalis ist?«

Lena schüttelte den Kopf. Von Latein hatte sie keine Ahnung.

»Mit diesem Begriff bezeichnet man die Knochen, die das Endglied der Finger und Zehen darstellen.«

»Na und? Was soll das? Seit wann interessierst du dich für Anatomie?«

»Erst seit Kurzem.« Er nahm eines der Bücher vom Boden und schlug es auf. »Genau gesagt, seit wir in diesem unterirdischen Gewölbe gebruncht haben.«

Sie rollte mit den Augen. »Erinnere mich bloß nicht daran!«

Nach einigem Hin- und Hergeblättere hielt er ihr eine aufgeschlagene Doppelseite hin. »Hier, schau mal, Lenchen

– diese Abbildung, ein Fußskelett. Die kleinen, verkümmert wirkenden Endphalangen der Zehen sind hier gut zu erkennen.«

Lena sah hin und nickte. »Was, zum Kuckuck, willst du mir damit sagen?«

Holmer griff in die Brusttasche seines Oberhemds, brachte eine farblose Zellophantüte zum Vorschein und schüttelte sie über dem aufgeschlagenen Buch aus.

Plötzlich lag da dieser Fremdkörper aus der Suppe, die sie im Frankenstein gegessen hatte.

Lena stockte der Atem. Das Knöchelchen sah exakt so aus wie die Abbildung im Buch, sogar das Größenverhältnis stimmte.

»Phalanx distalis digitus fünf«, sagte Holmer.

Plötzlich, von einer Sekunde zur anderen, fiel es Lena wie Schuppen von den Augen. Sie starrte auf die Abbildung des menschlichen Fußskeletts. Dann fiel ihr Blick auf das Knöchelchen. Sie grinste schwach. »Es ist nur eine Attrappe, nicht wahr?«

Holmer gab keine Antwort.

Lena hing an seinen Lippen. In ihrem Leib wühlte eine Faust aus Stahl. »Bitte ... bitte, sage, dass alles nur ein Joke ist.«

»Du glaubst gar nicht, wie gern ich das tun würde.«

»Holmer!« Lena ließ das Glas fallen. Das Wasser spritzte ihr auf Bluse, Jeans und Schuhe. Sie achtete nicht darauf. »Mein Gott, Holmer! Sag, dass das nicht wahr ist – BITTE!«

Er setzte sich neben sie und schlang einen Arm um ihre bebenden Schultern. »Beruhige dich, Lenchen. Versuch, an etwas Schönes zu denken.«

Lena schrie, so laut sie konnte.

Dann verfiel sie in stumpfsinniges Brüten.

»Ich hab die Sache der Polizei gemeldet«, sagte Holmer nach einiger Zeit.

»Und?«

»Sie haben die Ermittlungen aufgenommen.«

»Was ist mit den Wirtsleuten aus dem Café?«

»Weg. Verduftet.«

Lena schauderte. Sie fragte sich, ob sie wirklich wissen wollte, was bei den polizeilichen Untersuchungen herausgekommen war. Manchmal erfuhr man Dinge, die man nur schlecht verkraftete.

»Ich musste mich verpflichten, über alles zu schweigen.« Holmer rang die Hände. »Lenchen, du darfst keinem Menschen auf der Welt von diesem Knöchelchen erzählen. Hörst du? Keinem. Auch deiner besten Freundin nicht.«

Lena nickte wortlos.

»Die Typen aus Hollywood wollen in Görlitz wieder mal 'nen Film drehen«, fuhr Holmer fort. »Die Fördergelder sind schon genehmigt. Man munkelt, Angelina Jolie übernimmt die Hauptrolle. Sie oder Penelope Cruz. Görliwood vom Feinsten.« Er hielt inne. »Stell dir vor, die Stars aus Amiland geben sich die Ehre und plötzlich kommt ans Licht, was am Demianiplatz zum Brunch serviert wurde. Ein Skandal ohnegleichen! Die Schlagzeilen würde um die ganze Welt gehen: Kannibalen in der Lausitz! Viktor Frankensteins Comeback?«

»Um Himmels Willen!« Lena Breuer schüttelte sich. »Von mir erfährt keiner ein Wort. Aber eines ist für mich klar: Solange ich lebe, werde ich nie wieder eine Brühe essen.«

Andreas M. Sturm

Die leisen Schwingen des Todes
Sächsische Schweiz-Osterzgebirge

Die Angst fühlte sich an, als würde er seine Finger um ihren Magen legen und langsam zudrücken. Vor Jahren hatte sie diese Hände geliebt – große, starke Hände, die sie vor allem Bösen beschützen würden. Von dieser Liebe war nichts geblieben, verloren gegangen war sie in einem Abgrund aus Furcht, Scham und Schmerz.

Wie sich ihr Leben doch verändert hatte! Sein Trieb hatte zerstört, was schön und gut gewesen war.

Sie wusste, heute würde wieder eine dieser Nächte werden. Eine der Nächte, in welcher er zu ihr kommen würde.

Dann begann das Zittern. Ihre Hände zuckten unkontrolliert und ihre Füße bebten in einem einsamen Tanz unter der Decke. Sie krümmte sich und versuchte krampfhaft die Gewalt über ihre Gliedmaßen zurückzugewinnen. Er nannte es zappeln, sagte, dass es ihm die Stimmung versauen würde, und schlug sie dafür.

Obwohl sie Arme und Beine ganz fest an ihren Körper presste, vibrierten ihre Muskeln weiter in einem launischen Takt.

Er war groß und um den Schmerz, den er ihr beim Eindringen bereiten würde, zu mildern, begann sie sich selbst zu stimulieren. Bisher war es ihr nur einmal gelungen, es hatte zwar geholfen, den reißenden Schmerz zu verringern, aber die Demütigung war geblieben.

Danach hatte sie sich vor Ekel übergeben. Die Schuldgefühle an den folgenden Tagen hatten ihr einen so starken seelischen Schmerz bereitet, dass die körperliche Pein dagegen verblasst war. Dennoch hatte sie es weitere Male versucht, um den Akt erträglicher werden zu lassen, jedoch immer ohne Erfolg.

Als sie einsah, dass ihre Anstrengungen auch diesmal vergebens bleiben würden, stellte sie ihre Bemühungen frustriert wieder ein. Stattdessen gab sie sich der verzweifelten Hoffnung hin, er würde sie heute verschonen.

Das Geräusch seiner schweren Schritte vor der Tür raubte ihr brutal die Hoffnung und eine Woge von panischer Angst schlug über ihr zusammen. Sie verkrampfte sich und begann leise zu wimmern.

Der Schlüssel schwebte bereits vor dem Türschloss, doch dann lächelte Liliane traurig, zuckte mit den Schultern und murmelte: »Was soll's denn noch?«

Sie machte kehrt und ohne einen letzten Blick auf das heimische Anwesen zu werfen, lief sie den Weg hinunter ins Elbtal zur Fähre. Wie oft sie diesen Weg in den achtunddreißig Jahren ihres Lebens bereits gegangen war, Liliane hätte es nicht sagen können. Sie überquerte die Bahngleise und nachdem sie die Häuser hinter sich gelassen hatte, wurde sie von der blausilbern dahinfließenden Elbe begrüßt. Eine warme Nachmittagssonne zauberte funkelnde Lichter auf den Fluss. Liliane verschloss sich diesem Anblick nicht. Die Fähre hatte gerade am gegenüberliegenden Ufer festgemacht und so blieb ihr ausreichend Zeit, die Silhouette der Stadt Wehlen, die sich hinter dem Strom auftat, zu genießen.

Das leise Knirschen, welches die Fähre beim Anlegen verursachte, weckte Liliane aus ihren Träumen. Sie wartete, bis die aussteigenden Passagiere die Landungsbrücke verlassen hatten und nickte dem Fährmann beim Betreten des Motorschiffes freundlich zu. Der grüßte zurück und winkte nur ab, als Liliane ihre Monatskarte zücken wollte. Er kannte die hübsche Frau, die mehrmals in der Woche über den Fluss setzte.

Seit Wochen hatte es nicht geregnet und die Elbe führte

Niedrigwasser. Nach wenigen Minuten hatte die Fähre das jenseitige Ufer erreicht. Wenn es nach Liliane gegangen wäre, hätte sich das Übersetzen endlos hinziehen können. Sie tat sich schwer damit, das Schiff zu verlassen.

Nach dem Anlegen lief Liliane den leichten Anstieg nach Wehlen hinauf, dabei konnte sie die Blicke des Schiffers in ihrem Rücken spüren. Wie jedes Mal schaute er ihr lächelnd hinterher. Sie drehte sich um und winkte ihm zu. Nie waren seine Blicke aufdringlich gewesen, immer nur bewundernd und Liliane hatte sie stets genossen.

Bevor sie in die kleine Stadt eintauchte, blieb sie stehen und schaute über den Fluss in Richtung ihres Hauses. Ihr war klar, dass sie das biedere und gepflegte Anwesen von ihrem Standort aus nicht sehen konnte, weil es hinter Bäumen versteckt lag. Trotzdem blickte sie angestrengt in diese Richtung, als suche sie etwas. Nach einer gefühlten Ewigkeit wandte sie sich ab und wischte die Tränen, die ihren Blick verschleierten, aus den Augen. Noch ein Gruß zur Elbe, dann drehte sie sich um und lief die wenigen Schritte bis zur Kirche.

Viele Jahre war es her, seit Liliane ihren Fuß zum letzten Mal über die Schwelle des Gotteshauses gesetzt hatte. Und auch diesmal war sie als Besucherin und nicht als Gläubige gekommen. Weshalb sie heute diesen Ort betrat, hätte sie selbst nicht begründen können. Der Gedanke war in ihr entstanden und ohne ihn zu hinterfragen, hatte sie ihm nachgegeben. Eventuell war es die winzige Flamme der Hoffnung, doch noch Antworten auf ihre Fragen zu finden, die sie bewog, die Stufen zu dem Gotteshaus hinaufzusteigen und die Kirchentür zu öffnen.

Bis auf einige wenige Touristen lag der Innenraum der Radfahrerkirche wie ausgestorben vor ihr. Liliane wählte einen abgelegenen Platz auf einem der Kirchenbänke, senkte den Blick und durchforschte ihr Innenleben. Doch sie fand nur Leere und Verzweiflung. Die Trümmer einer zerbrochenen Welt. Niedergeschlagen hob sie den Kopf, schaute zum Altar und ihre Lippen formten ein stummes und verzweifeltes ›Warum?‹.

Deprimiert blickte sie wieder nach unten. Für Hilfe oder Vergebung war es zu spät. Weshalb es also hinauszögern? Liliane straffte sich, stand auf und wollte die Bankreihe verlassen, da fühlte sie mehr als sie es sah vor sich eine Bewegung. Wie einen Schemen nahm sie aus ihrem Augenwinkel eine Person wahr, die in der Reihe vor ihr gesessen hatte, sich gleichfalls erhob und zum Ausgang eilte. Diese Gestalt und ihre Bewegungen waren Liliane so vertraut, dass es ihr wehtat. Liliane drehte sich rasch herum, um die Person genau ins Auge zu fassen, doch bis auf eine kleine Gruppe fotografierender Touristen war die Kirche leer. Hastig schob sie sich durch die Bankreihe, spähte hinter den Pfeiler, doch sie konnte niemanden entdecken.

Liliane rieb sich die Augen. Eigentlich war sie sich sicher, dass auf der Bank vor ihr keine Menschenseele gesessen hatte, als sie selbst Platz genommen hatte. Gaukelten ihre angespannten Sinne ihr etwas vor, Dinge, die nicht real waren?

Verstört, dass ihre Tagträume bereits Gestalt annahmen, floh Liliane aus der Kirche.

So heiß, dass sie es gerade noch ertragen konnte, prasselte das Wasser aus der Brause. Die Strahlen trafen ihre Haut wie Nadelspitzen und wuschen die sichtbaren Spuren der Nacht von ihrem sich langsam rötenden Körper. Bis unter die Haut kam das Wasser jedoch nicht. Erneut hatte er ihre Seele brutal geschändet.

Sie duschte lange und seifte ihren Körper immer wieder aufs Neue ein. Als in der Kabine der Dampf so dicht wurde, dass ihr das Atmen schwerfiel, stellte sie das Wasser ab, schob die Türen auf und verließ den engen Raum. Sie trocknete sich ab und öffnete dann weit das Fenster. In dichten Schwaden, wie der Qualm eines

Feuers, entwich der Wasserdampf in die kalte und klare Herbstnacht.

Bevor sie das Badezimmer verließ, drückte sie den Hebel der Mischbatterie über dem Waschbecken leicht nach oben. Ein dünner, aber stetiger Strahl, der sich nicht durch sein Plätschern verriet, würde sich die gesamte Nacht über in den Abfluss ergießen.

Ein böses Lächeln huschte über ihr Gesicht. Bei der nächsten Abrechnung würde er toben und sie wieder einmal schlagen. Doch diese Aussicht konnte die Freude über ihre kleine Rache nicht schmälern. Noch immer klang seine Stimme in ihrem Ohr, als er zur Sparsamkeit mahnte. Haus und Grundstück hätten viel Geld verschlungen und die Hypothek drückte.

Sie schloss leise die Tür zum Bad und ohne ein Geräusch zu verursachen, ging sie in ihr Zimmer. Versteckt im Schrank hinter den Pullovern wartete eine Flasche Wodka auf sie, die, gemixt mit Orangensaft, für einen tiefen traumlosen Schlaf sorgen würde.

Das Klacken der zufallenden Kirchentür nahm Liliane nicht wahr, ihr wild pochendes Herz übertönte sämtliche Geräusche. Immer noch verwirrt von der unheimlichen Begegnung im Gotteshaus, durchforschten ihre Augen jeden Winkel des vor ihr liegenden Marktplatzes.

War es nur eine Halluzination – ein Vorbote des beginnenden Wahnsinns oder begann die Verfolgung so früh?

Beide Möglichkeiten erschreckten Liliane gleichermaßen. Kalte Schauer jagten über ihren Rücken, während sie aufgelöst quer über den Markt hastete und verstört jede Person musterte, die ihren Weg kreuzte. Für den liebevoll mit Herbstdekor und Girlanden geschmückten Brunnen hatte sie dabei keinen Blick übrig. Sie hetzte durch eine enge Gasse und erst als sie diese hinter sich gelassen hatte, beruhigte sich ihr Herzschlag. Tief atmend blieb sie stehen, dann, nachdem sie sich vergewissert hatte, dass niemand ihr folgte, lief sie in die Pirnaer Straße hinein. Vorbei an dem kleinen gepflegten Park, entlang der hübschen Häuserzeile, erreichte sie den Friedhof. Schmal zog sich das Gräberfeld längs des Weges hin. Hier ruhten ihre Eltern, die sie vor Jahren viel zu früh durch einen Unfall verloren hatte. Einen Moment verharrte Liliane zögernd vor der aus Steinquadern errichteten Mauer. Blumen hatte sie heute keine dabei. Die Ereignisse hatten sie aus der Bahn geworfen und so war der Strauß in Vergessenheit geraten. Sie überlegte, ob sie in die Stadt zurücklaufen und ein kleines Bukett holen sollte, entschied sich aber dagegen, da sie nicht abschätzen konnte, wie viel Zeit ihr noch zur Verfügung stand. Besser war es, in Ruhe Abschied zu nehmen.

Liliane stieg die Stufen zum Gottesacker hinauf, ging zum Grab der Eltern und sank davor auf die Knie. Sie brauchte lange, bis sie sich alles von der Seele geredet hatte. Schonungslos berichtete sie von den Ereignissen, die vor drei Tagen begonnen hatten und heute ihr Ende finden würden. Es war ihre ganz persönliche Beichte. Und sie würde Vergebung finden, das wusste Liliane. Ihre Eltern würden traurig sein, traurig und fassungslos. Aber sie würden ihre Entscheidung akzeptieren und ihr verzeihen.

Erst jetzt, nachdem sie sich alles Übel von ihrem Herzen geredet hatte, bemerkte Liliane, wie erschöpft sie war. Um aus ihrer knienden Position wieder hochzukommen, musste sie ihre gesamte Kraft aufbieten. Zitternd klammerte sie sich an den Grabstein. Mehrere Minuten stand sie einfach nur da und versuchte bei Bewusstsein zu bleiben.

Als der Schwächeanfall abgeklungen war, strich sie mit der Hand, Abschied nehmend, zärtlich über die raue Oberfläche des Steins. Nur die Namen der Eltern, Geburts- und Sterbedatum waren eingraviert. Wie wenig doch von einem Leben blieb.

Traurig wandte sich Liliane zum Gehen und erneut erblickte sie die Gestalt aus der Kirche. Sie stand am Eingang des Friedhofs und sah ernst zu ihr herüber. Liliane strauchelte vor Schreck und wäre fast gestürzt. Aufs Neue verspürte sie das inzwischen vertraute Grauen. Sie schloss die Augen, wartete einen Moment und riss sie gleich darauf wieder auf. Die Person war verschwunden. Verwirrt hielt Liliane inne, fuhr sich mit der Hand übers Gesicht und zuckte zurück. Ihre Haut glühte vor Hitze.

Die Ursache für das Fieber war ihr bekannt. Seit drei Tagen hatte sie nichts mehr gegessen und nur wenige Schlucke getrunken. Ihr Körper begann Alarmsignale zu senden und schrie förmlich nach einem Energieschub. Liliane musste diesem Ruf unverzüglich folgen, wenn sie den vor ihr liegenden Weg bewältigen wollte.

Um auf den Stufen nicht zu fallen, war sie gezwungen, sich am Geländer festzuhalten. Ihre Bewegungen glichen der einer vierzig Jahre älteren Frau. Für die kurze Strecke bis zur Bäckerei benötigte sie doppelt so viel Zeit als gewohnt.

Bevor ihre Hand die Türklinke nach unten drückte, bündelte Liliane ihre letzten Reserven, keiner sollte ihre Schwäche bemerken. Früh genug würde sie zum Gesprächsthema Nummer eins in der Stadt verkommen.

Liliane kannte die Bäckersfrau seit der Schulzeit. Wie von jedem im Ort wurde sie auch von ihr Lilly genannt. Gemocht hatte sie diese Kurzform ihres Namens nie. Lilly klang nach Rotlicht, billig und als billig hatte sich Liliane nie empfunden. Doch bereits in den Kindertagen hatte sie lernen müssen, dass Proteste nichts halfen und mit der Zeit hatte sie sich damit abgefunden.

Den freundlichen Versuch der Verkäuferin, ein Gespräch zu beginnen, würgte Liliane gleich im Ansatz ab, danach stand ihr nicht der Sinn. Einsilbig und ohne sich darauf zu konzentrieren was, kaufte sie mehrere Stück Kuchen und eine Flasche Cola. Noch auf den Stufen der Bäckerei riss Liliane ungeduldig das Kuchenpaket auf und fiel gierig über den Inhalt her. Appetit hatte sie keinen, aber schon bei den ersten Bissen verspürte sie, wie sehr der Hunger in ihr genagt hatte. Mit vollen Backen kauend, lief sie die Pirnaer Straße wieder zurück bis zu dem kleinen Park. Dort legte Liliane eine Rast ein und verzehrte auf einer Bank sitzend den restlichen Kuchen. Anschließend setzte sie die Plastikflasche an die Lippen und stürzte die braune Flüssigkeit herunter.

Nach dem Mahl lehnte sie sich zurück, genoss die Sonne, die ungewöhnlich heiß für einen Oktobernachmittag vom Himmel brannte, und kurze Zeit darauf kehrte die Kraft in ihre Glieder zurück. Das süße Essen hatte seinen Zweck erfüllt. Liliane streckte sich ausgiebig und erhob sich schwungvoll von der Bank. Das Kuchenpapier raschelte laut, als Liliane es zu einem Ball zerknüllte und zusammen mit der leeren Flasche in einem schwarzen Müllkübel entsorgte. Gestärkt marschierte sie die wenigen Meter bis zum Ende der Pirnaer Straße und bog dann links in die Lohmener Straße ein.

Ihr Körper funktionierte wieder, ihre Psyche jedoch weilte weiter in dunklen Gefilden. Erst das fröhliche Lachen spielender Kinder riss Liliane aus ihrer Versenkung. Sie blieb stehen und ihr Blick wanderte hin zu ihrer alten Schule. Unbeschwert war ihr Dasein damals gewesen und nie hätte sie vermutet, einmal eine derartige Hölle durchleben zu müssen.

Zu Beginn des neunten Schuljahres war ihre Welt noch bunt und die Zukunft lag voller Versprechen. Gleich der erste Tag brachte eine Überraschung: Die Lehrerin stellte der Klasse einen neuen Schüler vor. Seine Eltern waren ein Import aus den alten Bundesländern und sollten den Aufbau Ost vorantreiben. Er hieß Hagen, wie der sagenumwobene Krieger aus dem Nibelungenlied. Der Name weckte Lilianes Neugier und sein hübsches Gesicht und der sportliche Körper ließen ihre Hormone Samba tanzen. Drei Tage später, nachdem Hagen zwei Kerle, die ihr im Schatten der Nacht aufgelauert hatten, zusammengeschlagen hatte, gingen sie Hand in Hand. Und in der nächsten Vollmondnacht wurde sie zur Frau.

Hagen wurde ihr Ritter und noch nie hatte das Fell ihres Plüschbären im Schein der Nachttischlampe rosiger geglänzt, als in jenen Tagen.

Mit quälend langsamen Bewegungen rückte sie den Stuhl vor der Schreibtischplatte in Position. Schmerzen verzerrten ihre Züge, als sie sich vorsichtig setzte.

Wie jedes Mal war er grob gewesen, als er rücksichtslos seine Lust befriedigt hatte. Sie kannte das und wusste, dass die Folgen sie noch tagelang peinigen würden. Die Abdrücke, die seine Finger hinterlassen hatten, zogen sich wie Tattoos rings um ihre Oberarme und in ihrem Unterleib drückte ein dumpfer Schmerz.

Dennoch lächelte sie. Seinem Muster folgend, würde er mindestens fünf Tage verstreichen lassen, bis er wieder zu ihr kam.

Und das sollte nie mehr geschehen!

Nie wieder würde er sie vergewaltigen!

Vor zwei Jahren hatte es begonnen. Nachdem er sich das erste Mal an ihr vergangen hatte, war sie in einen Dämmerzustand gefallen. Lange hatte sie gebraucht, bis sie stark genug war, um diese bittere Realität zu ertragen. Sämtliche Türen, die in ihr Inneres führten, hatte sie verschlossen und den Schlüssel für immer fortgeworfen. Leben konnte sie es nicht mehr nennen, ihr Dasein wurde zum Dahinvegetieren in einer finsteren Welt.

In dieser kalten Umgebung wurde ihr Laptop zum einzigen Freund. Dem seelenlosen Computer vertraute sie sich schonungslos an. Der Schmerz, der tief in ihrer Seele wühlte, floss über ihre flinken Finger zur Tastatur. Peinlich genau erfasste sie alle seine Untaten; Worte formten sich zu Sätzen, zum verzweifelten Aufschrei einer missbrauchten Psyche.

Jetzt war der Zeitpunkt gekommen, an welchem sie all dem Bösen ein Ende bereiten würde. Sie fand nicht die Kraft, seine Gewalt und die Demütigungen weiter zu ertragen. Sie würde einen Schlussstrich ziehen, den Spieß umdrehen und ihn durch die Hölle gehen lassen.

Lange hatte sie den Plan vor sich hergeschoben und war immer wieder davor zurückgeschreckt. Aber einen anderen Ausweg gab es für sie nicht. Ihre Bitten hatte er höhnisch lachend beiseite gewischt und sich weiterhin genommen, was er für sich beanspruchte.

Erneut lächelte sie. Diesmal war es ein böses Lächeln. Sie würde ihn für ihr zerstörtes Leben zur Rechenschaft ziehen, mit ihrem Tagebuch als Anklageschrift. Die Chronik ihrer Qual würde ihn in einen Abgrund schleudern, aus dem es kein Entkommen mehr gab.

Das Schulgebäude hinter sich zurücklassend, lief Liliane weiter die Lohmener Straße hinein. Ihr Schatten folgte ihr dabei über den Fußweg, wie ein schwarzer Hund. Weder den Schatten noch ihre Erinnerungen konnte sie abschütteln. Ungerufen hatte sich das Gewesene in ihr Bewusstsein gedrängt. Jede Straße, jedes Haus ihrer Heimatstadt hatten in ihrer Seele Spuren hinterlassen: der verschwiegene Winkel auf dem Schulhof, der zum Hüter der Geheimnisse wurde, die sie den begierig lauschenden Ohren ihrer Freundinnen anvertraute, der Garten ihrer Tante, der unweit der Schule im Schatten großer Bäume lag, und in dem manche unerledigte Hausaufgabe weitergereicht wurde. So sehr sie versuchte, ihren Geist zu klären, es gelang ihr nicht. Wie eine bucklige alte Hexe hinkte die Vergangenheit hinter ihr her und wirbelte bei jedem Schritt mit ihrem Besen den Staub längst gestorbener Jahre auf. Die Emotionen, die auf sie einstürzten, wühlten Liliane derart auf, dass sie begann, ihr Vorhaben infrage zu stellen.

Zögernd blieb sie stehen. Dann gab sie sich einen Ruck und lief weiter. Es hatte keinen Sinn, sich in das Gestern zu versenken. Sie musste eine Lösung herbeiführen. Und eine Stimme in ihrem Inneren sagte ihr, dass der Weg, den sie zurücklegen musste, Antworten auf ihre Fragen liefern würde.

Während ihre Gedanken dem Kaleidoskop der aufblitzenden Erinnerungssplitter unterworfen gewesen waren, hatte sie ihre Schritte mechanisch gesetzt, ohne ihre Umgebung bewusst wahrzunehmen. Doch jetzt, kurz bevor sie der Stadt den Rücken kehrte, blickte sie wachsam zurück. Menschenleer breitete sich die Straße vor ihren Augen aus. Liliane atmete erleichtert tief durch, die sie verfolgende Person schien eine Ausgeburt des Hungers gewesen zu sein. Froh über diese Erkenntnis beschleunigte sie ihr Tempo, ließ die letzten Gebäude hinter sich und tauchte in den Wald ein.

Die Bäume erwarteten sie schweigend, kein Lufthauch ließ die Blätter flüstern. Nur die Stille des Waldes war um sie und das Knirschen ihrer Schritte bildete das einzige Geräusch. Doch das Schweigen ängstigte Liliane nicht. Sie liebte und kannte die Wälder, die sich rings um ihre Heimat erstreckten. Hier fühlte sie sich geborgen. Ungezählte Stunden ihrer Jugend hatte sie allein im Wald verbracht und sollte ein Feind sie verfolgen, hier zwischen den Bäumen, würde sie ihm mühelos entkommen.

Die frische Luft füllte ihre Lungen und belebte sie. Hoffnung und Kraft kehrten zurück. Beschwingt schritt sie aus und ihre Augen gewöhnten sich schnell an das Dämmerlicht. Hatte in der Stadt noch die Sonne geschienen, brach hier im dichten Wald zu dieser Stunde die Dämmerung herein. Nur manchmal blitzte ein Strahl durch das dichte Dach der Bäume und ließ die bunt gefärbten Blätter wie flackernden Feuerschein aufglühen. Als sie tiefer in den Wald vordrang, begannen ihre Sohlen auf dem feuchten Weg zu schmatzen; die ungewöhnlich kalten Nächte hatten die Nässe am Boden gehalten.

Ein lautes Knacken im Unterholz, keine fünf Schritte von ihr entfernt, ließ Liliane in Panik erstarren, Gänsehaut überzog ihre Arme. Doch als sich ein großer Rabe mit trägem Flügelschlag aus dem Dickicht löste und davonflog, lachte sie innerlich über sich selbst. Keine neuen Wahnvorstellungen, nur ein Rabe. Liliane mochte die schwarzen Vögel. Oft hatte sie Raben bei ihren ausgelassenen Streichen beobachtet. Sie hielt sie für lustige Schlitzohren, die neben ihrer Futtersuche jede Menge Spaß hatten.

Als die Felsen im Höllengrund dichter an den Weg heranrückten, beschleunigte sich Lilianes Herzschlag und unbewusst auch ihre Schritte. Das Bild des Raben stand wieder vor ihren Augen und eine vergessen geglaubte Erinnerung kroch in ihr hoch. Sie sah sich selbst als Kind im Zimmer ihrer Urgroßmutter sitzen, zwischen Zierkissen und Bilderrahmen, aus denen ernste längst gestorbene Menschen auf sie blickten. Die alte Frau nannte die Raben Totenvögel und Liliane konnte die hohe und brüchige Stimme der alten Frau noch hören, wie sie beschwörend flüsterte: »In einer alten Sage wird berichtet, dass wenn ein Mensch stirbt, ein Kolkrabe ausgesandt wird, um der Seele zu helfen, den Weg in ein besseres Dasein zu finden.«

Liliane glaubte nicht an Gespenster, sie war noch nie abergläubisch gewesen, aber trotzdem sie sich gegen das Gefühl sträubte, war sie gegen die düstere Beklemmung wehrlos, die mit aller Macht über sie hereinbrach.

Sie erwachte in kaltem Schweiß gebadet. Erst nach mehreren hastigen Atemzügen verschwanden die dunklen Traumbilder, die sie gequält hatten. Albträume gehörten zu ihrem Leben, sie waren normal geworden, kamen sie doch fast jede Nacht zu ihr. Sie versuchte gar nicht erst, sich an das Geträumte zu erinnern, setzte sich stattdessen auf und schaute zum Fenster. Draußen war es dunkel, immer noch mitten in der Nacht. Sie wandte den Kopf, die grüne Digitalanzeige an ihrem Wecker zeigte 3.05 Uhr. Zeit aufzustehen und ihren Plan umzusetzen.

Müde war sie nicht, eher beschwingt. Geschmeidig drehte sie sich aus dem Bett, zog ihr Nachthemd über den Kopf und ließ es achtlos auf den Boden gleiten. Sie ging zum Fenster und zog die Vorhänge auf, dann wandte sie sich zur Tür.

Sie hatte das Zimmer noch nicht durchquert, als ein Auto auf der Straße vor dem Haus vorbeifuhr. Die Scheinwerfer des Wagens malten den Schatten ihrer nackten Gestalt an die Zimmerwand. Der Schatten wuchs ins Monströse, um gleich darauf in sich zusammenzufallen.

Ihre Hand lag bereits auf der Klinke, da ließ ein raues Krächzen sie innehalten. Erschrocken drehte sie sich um. Auf dem Fensterbrett saß ein großer Rabe und schaute sie eindringlich an. Sie kämpfte den Schauder, der sie überfallen hatte, nieder und trat zu dem Vogel. Der Rabe zeigte keine Angst, funkelte sie stattdessen mit seinem intensiven Blick weiter an, als wollte er tief in ihre Seele blicken. Dann streckte er seine Flügel und verschwand in die Dunkelheit.

Einen Augenblick stand sie unschlüssig vor dem Fenster, starrte in die Nacht und versuchte dem Vogel mit ihren Blicken zu folgen. Die Stille im Zimmer war fast greifbar. Ihr war, als befände sie sich auf einer Scheidelinie zwischen der realen und einer imaginären Welt. Sie spürte, dass ihr Gefühl für Grenzen verloren ging. Mit einem Schulterzucken tat sie es ab. Vielleicht war das in ihrer Situation ja normal. Sie musste sich keine Gedanken um diese Begegnung machen, für sie war alles bedeutungslos geworden.

Noch einmal schweiften ihre Blicke durch das Zimmer. Sie nickte leicht, alles lag an seinem Platz, die Vorbereitungen waren abgeschlossen. Der Weg für ihre Rache war bereitet.

Nackt wie sie war, ging sie aus dem Zimmer und schloss leise die Tür hinter sich.

Bewusst hatte Liliane die Einsamkeit gesucht, hatte einen Bogen geschlagen und war auf wenig begangenen Pfaden zur Bastei gelaufen. Doch je näher sie der Felsformation kam, umso öfter traf sie auf Wanderer. Die meisten befanden sich bereits auf dem Rückweg und beeilten sich, um noch bei Tageslicht den Abstieg zu bewältigen.

Kurz vor dem Hotel wich der Waldboden, auf dem die Baumwurzeln im Schatten der Dämmerung tückisch nach ihren Füßen gegriffen hatten, betonierten Treppen und Wegen. Den Touristen sollte es möglich sein, auch auf High Heels zur Bastei zu gelangen.

Liliane war schon viele Jahre nicht mehr zu diesem Ort gewandert. Die Besuchermassen hatten sie abgeschreckt. Sie wollte die bizarre Schönheit der Felsen in Ruhe und Abgeschiedenheit genießen, eins sein mit dieser großen und erhabenen Stille. Sie verspürte nicht die geringste Lust, um einen Platz auf der Aussichtsplattform zu kämpfen.

Prüfend schaute Liliane in die Ferne. In einer Stunde würde die Sonne den Horizont blutrot färben. Diese Zeitspanne würde sie zu nutzen wissen.

Völlig entspannt schlenderte sie über die Basteibrücke, besuchte die sich leerenden Aussichtspunkte und genoss das Panorama der Sächsischen Schweiz.

Wie liebe Freunde kehrten die Erinnerungen zu ihr zurück. Lächelnd ließ sie es zu. Hatte der Blick in die Vergangenheit zuvor aus wahllos herausgerissenen Fetzen bestanden, die sie in ihrer Heftigkeit geängstigt hatten, so zogen die Bilder nun chronologisch und sanft vor ihrem inneren Auge vorbei.

Es war ein gutes Leben gewesen, bis vor drei Tagen eine Lawine aus Tod, Unrecht und Blut alles unter sich begraben hatte.

Liliane war beim Bäcker gewesen, die Brötchen für das gemeinsame Frühstück holen. Ein Lied, welches sie im Radio gehört hatte, fröhlich vor sich hinträllernd, hatte sie ihre Tochter wecken wollen, die am Wochenende gern länger schlief. Erst im Badezimmer hatte Liliane sie gefunden. Dort war das Lied auf ihren Lippen gestorben. Der Anblick ihrer toten Tochter, die in der mit Blut gefüllten Badewanne lag, hatte jedes Glück in Liliane für immer ausgelöscht. Ihre Fingernägel hatten sich in das Holz des Türrahmens gekrallt und sie zerriss innerlich, wie ein welkes Blatt, das der Wind von einem Zweig geweht hatte. Verstummt vor Schmerz fand sie keinen Trost in einem erlösenden Schrei.

Einem Zwang folgend war sie zum Schreibtisch ihrer Tochter gewankt. Zu viele Stunden hatte diese vor ihrem Notebook verbracht. Nachdem Liliane das Tagebuch gelesen hatte, wurde ihr klar warum. Alles wurde klar – und gleichzeitig bedeutungslos.

Nur eine offene Frage blieb: Wie hatte sie nur so blind sein können?

Ohne zu zögern, lief Liliane in den Keller und holte die Axt aus der Werkzeugecke. Wie immer sonnabends trainierte Hagen im Fitnessraum auf seinem Rudergerät. Wortlos holte Liliane aus und trieb die Schneide der Axt in den Hinterkopf ihres Mannes. Ohne dem sterbenden Hagen auch nur einen weiteren Blick zu gönnen, schloss sie die Tür hinter sich und ging zu ihrer Tochter zurück.

Sie wusch ihr Kind, hob aus der Badewanne, rieb es trocken und legte den Körper auf dem Bett ab. Sorgsam kämmte sie ihrer Tochter die Haare und breitete ein Betttuch über den eiskalten Leib, dabei ließ sie das Gesicht unbedeckt.

Sie zog einen Stuhl ans Bett und leistete ihrem toten Kind Gesellschaft. Ohne auf die Stunden zu achten, saß sie einfach nur da und versuchte zu verstehen.

Als nach drei Tagen die Anrufe von der Arbeitsstelle ihres Mannes immer drängender wurden, küsste sie ihre Tochter zum Abschied und machte sich auf den Weg.

Jetzt stand sie allein im schwindenden Licht auf einer Aussichtsplattform und schaute hinunter zur Elbe.

Der Weg hatte ihre Fragen beantwortet. Ob es die Arbeit war, der sie zu viel ihrer Zeit gewidmet hatte, oder ob ihre Liebe zu Hagen den leidenden Blick ihrer Tochter verdrängt hatte – sie konnte es im Nachhinein nicht beantworten. Aber ein Leben mit dieser Schuld war undenkbar. Dieser Tatsache musste sie sich stellen.

Liliane kletterte über das Geländer und trat hart an die Kante. Sie schaute nach unten. Die Bäume würden sie begrüßen und ihren Körper lange vor den Blicken der Menschen verbergen.

Als sie den Kopf hob und ihren Blick ein letztes Mal in die Ferne gleiten ließ, spürte sie eine Veränderung in ihrer unmittelbaren Nähe. Sie fühlte sich plötzlich ermutigt, als hätte sie jemand zärtlich an der Schulter berührt. Sie wandte den Kopf und glaubte die Person zu sehen, die sie bereits in der Kirche und auf dem Friedhof wahrgenommen hatte. Ihre Tochter stand neben ihr und lächelte sie an. In ihrem Blick lag nur Liebe. Liebe und Verstehen. Es war schön, aber auch beklemmend – beides zugleich.

In dem Moment als Liliane die Augen schloss und den entscheidenden Schritt nach vorn tat, erhob sich ein Rabe vom Felsen und schwebte majestätisch ins Tal.

Mario Schubert

Mörderische Recherchen
Mittelsachsen

Langsam spürte sie wieder dieses Gefühl von Panik in sich aufsteigen. Es war eine Woche vor Weihnachten und ihr blieben gerade einmal vierzehn Tage bis zur Deadline. Der Verlag verlangte das Manuskript für ihren Kriminalroman. Ihr Verleger hatte in den letzten Tagen schon mehrere Erinnerungsnachrichten geschickt bezüglich des Abgabetermins, Mindestumfang des Buches und dass seine Geduld irgendwann Grenzen habe. Damit das Werk noch rechtzeitig in Druck gehen könne, um für den Sächsischen Kriminalliteraturpreis eingereicht zu werden, erwarte man das fertige Manuskript bis zum 31. Dezember. Nicht einen Tag später! Zweimal hätte man ihr schließlich kulanterweise schon einen Aufschub gewährt. Nun aber wolle man endlich Fakten sehen. Aber was nützte ihr das schon? Die seit Wochen andauernde Schreibblockade trieb sie schier in den Wahnsinn. Zwischen den Zeilen war in den E-Mails des Verlags-Chefs schon das Wort ›Vertragsbruch‹ herauszuhören, auch wenn dies nicht so konkret formuliert war. Noch nicht. Würde sie nicht rechtzeitig liefern, wäre dies ihr Ende als Schriftstellerin. Dafür würde er schon sorgen. So viel stand fest.

Und ausgerechnet für heute hatte sich ihr Verlagskollege Torsten angemeldet. Torsten, der, kaum dass eine Ausschreibung für eine Anthologie veröffentlicht wurde, seinen Text abgab. Torsten, dessen Einfallsreichtum immer in den höchsten Tönen gelobt wurde. Torsten, der Perfektionist. Auch diesmal schwärmte er von einem tollen Manuskript, an dem er gerade schreibe, als er sich am Vortag telefonisch bei ihr zum Kaffee einlud. Dass er an Fettleibigkeit und Anosmie litt, tat seinem übermäßigen Genuss von allem, was verführerisch süß oder deftig war, in keinster Weise Abbruch. Regelmäßig lud er sich bei ihr zum Essen ein, seit er sie auf einer Verlagsparty im Rahmen der Leipziger Buchmesse kennengelernt und von ihren Kochkünsten erfahren hatte. Wenigstens das habe ich nicht verlernt, ging es ihr durch den Kopf. Er tat dies seither mit schöner Regelmäßigkeit, obwohl er seit seiner hinterhältigen Viruserkrankung vor einigen Jahren so gut wie nichts mehr schmecken konnte.

Anfangs vermutete sie in der Tat nur Genusssucht und einen unbändigen Hunger hinter seinen Besuchen. Bis ihr schließlich klar wurde, dass sich dieser Hunger nicht nur auf kulinarische Genüsse bezog. Zwar hatte Torsten ihr seine Gefühle nie offen eingestanden, zu übersehen aber waren sie keinesfalls. Selbst nach so langer Zeit und ohne dass sie ihm auch nur einen Schritt in Sachen Gefühle entgegen gekommen war. Sie stimmte seinen Besuchen in erster Linie zu, um sich von seinen unglaublichen schriftstellerischen Fantasien und Ideen inspirieren zu lassen. Meist jedoch vergebens, denn statt Inspiration kam oft genug Depression.

Über ihre Werke hingegen redeten sie so gut wie nie. Was gab es da auch schon groß zu erzählen. In letzter Zeit waren Erfolge Mangelware. Ihre letzte Buchveröffentlichung lag schon eine ganze Weile zurück und verkaufte sich, wenn sie es sich recht überlegte, fast nur in ihrem eigenen Freundeskreis. Mit anderen Worten, so gut wie gar nicht. Dass ihr der Verlag noch eine allerletzte Chance gab, war für sie daher so etwas wie ein kleines Wunder. Ein Wunder, von dem sie spürte, dass es nicht in Erfüllung gehen würde. Dennoch blockte sie seine Versuche, ihr zu helfen, ab. Sie konnte nicht über ihren Schatten springen, um sich ihm zu öffnen.

Eigentlich hatte sie daher gar keine Lust verspürt, sich mit ihm zu treffen. Er würde nur wieder von seinen genialen Einfällen schwärmen, die sie völlig zu Recht bewunderte. Was wiederum ihr Problem nur noch verstärken würde. Seit Wochen nahm sie sich vor, ihren Plot niederzuschreiben, der schon längst in ihr gereift war. Dennoch verlor sie sich, jedes Mal, nachdem sie ihren Rechner hochgefahren hatte, um ihr Werk endlich zu beginnen, in den Weiten des Internets. Dann klickte sie sich durch endlose Links zu obskuren Websites, zu YouTube oder von einem Netzwerkprofil zum nächsten. Sie gaukelte sich selbst vor, dies aus Recherchegründen zu tun, nur um schließlich irgendwann mitten in der Nacht, ohne auch nur eine Zeile zu Papier gebracht zu haben, ins Bett zu fallen. Schlafen konnte sie dennoch nicht. Wieder und wieder ärgerte sie sich des Nachts über einen weiteren verschwendeten Tag.

Und doch konnte sie nicht anders. Inzwischen kam es ihr vor, als würden die Uhren in ihrem Haus von Tag zu Tag lauter ticken, wie um sie zu ermahnen, das zu beginnen, was sie längst hätte beendet haben sollen. Lauter und vor allem schneller.

Und nun auch noch Torsten. Irgendwie hatte er sie einmal mehr totgequatscht am Telefon. Ehe sie es sich versah, machte er den Vorschlag zu ihr zu kommen, nur kurz auf einen Kaffee. Vielleicht, so dachte sie sich, könne sie ein, zwei Ideen von ihm abstauben, um endlich mit ihrem noch kaum begonnenen Werk voranzukommen. Schließlich arbeitete auch er gerade an einem Kriminalroman, wie er stolz berichtete. Also hatte sie eingewilligt. Sie wusste, dass sie damit einmal mehr bestimmte Hoffnungen in ihm nährte. Irgendwie hatten sie sich arrangiert. Er spürte zwar, dass sich ihr Interesse an ihm auf das rein Literarische beschränkte. Dennoch schien Torsten zufrieden zu sein, ab und an ihre Nähe genießen zu können, wenn sie über Bücher fachsimpelten. Genauer gesagt über seine Bücher.

Sie hatte den Kaffeetisch noch nicht ganz fertig gedeckt, war gerade dabei den guten Stollen von ihrem Lieblingsbäcker auf der Chemnitzer Straße anzuschneiden, als er an ihrer Tür klingelte. Mit puderzuckrigen Händen öffnete sie. Da stand Torsten in all seiner Leibespracht. Er strahlte sie an und hielt ihr mit ausgestrecktem Arm einen Weihnachtskranz entgegen.

»Für dich!«, überfiel er sie. »Passt gut an deine Haustür. Hab ich eben vom Glanzlichtermarkt im Klein-Erzgebirge mitgebracht. War dort wegen einer Vorort-Recherche und da dachte ich ...!«

»Willst du nicht erst einmal reinkommen?«, unterbrach sie ihn und nahm den hübschen Kranz aus Zweigen, Kiefernzapfen, getrockneten Orangenscheiben und winzigen silbernen Glaskugeln entgegen. »Leg ab und mach's dir im Esszimmer bequem. Ich bin gleich soweit.«

Während des Kaffeetrinkens schwärmte er von seiner neuen Story. »Der perfekte Mord sag ich dir! Ich habe heute Morgen übrigens mit einem forensischen Toxikologen von der Uni Leipzig telefoniert. Stammt wie ich aus Freiberg, sehr netter Mensch. Er hat mir bestätigt, dass Eibenabsud in der normalen Rechtsmedizin nicht nachweisbar ist. Mit Massenspektronomie natürlich schon. Aber auf Taxin wird heutzutage gar nicht hin untersucht, wenn einer in die Pathologie gebracht wird.«

»Taxin?«, hakte sie nach.

»Das Gift der Eibe. Bis auf das Fruchtfleisch ist alles an dem Baum extrem giftig: die Samen, die Borke, die Nadeln. Besonders die Nadeln. Schon fünfzig Gramm sind für einen Menschen tödlich, bestätigte mir der Toxikologe. Gibt auch kein Gegengift«, fuhr er fort, während er sich eine weitere Scheibe Stollen genehmigte.

»Wer isst denn Nadeln?!«, wunderte sie sich. »Ich würde wahrscheinlich würgen, noch ehe ich die geschluckt hätte.« Torsten blickte sie an. »Selbstmörder zum Beispiel«, entgegnete er ihr kauend. »Die Schlucken die Nadeln mit Brot.« Er ergriff einen Pfefferkuchen und hielt ihn hoch, direkt vor ihre Nase. »Oder mit Schokolade.«

Sie schüttelte den Kopf. »Na mir sind Nüsse und Rosinen in der Schokolade lieber.«

Er schenkte sich Kaffee nach. »Wusstest du, dass schon die Steinzeitmenschen Mammute mit vergifteten Pfeilen jagten? Die verwendeten ebenfalls Eibenabsud.«

Natürlich wusste sie das nicht. »Und dein Krimiopfer? Ist das auch ein Mammut?«, spitzelte sie. Heimlich aber bewunderte sie sein Wissen. Torsten musste nie viel recherchieren. Er war ein wandelndes Lexikon. Und genau so dick wie ein solcher Wälzer. Wahrscheinlich war seine immense Leibesfülle nur seinem angesammelten Wissen geschuldet, dass einfach jede Menge Platz benötigte.

Er lachte! »Na eher nicht. Regionalkrimis sind gegenwärtig ja der letzte Schrei in der Szene. Mein Krimi soll daher in Oederan spielen. Mammuts gibt es heutzutage nicht mehr so viele hier, oder?« Ein weiterer Pfefferkuchen verschwand in seinem Mund. »Der Tote ist einer, der den Stadtrat überzeugen will, aus dem Klein-Erzgebirge eine Art Hightech-Freizeitpark zu machen«, fuhr er fort. »Mein Täter handelt aus reinem Traditionsbewusstsein.« Noch einmal langte er quer über den Tisch zum Stollenteller. »Stell dir das doch mal vor – der älteste Miniaturpark der Welt und dann alles computergesteuert und disneybunt.«

»Na da könnte ich auch zum Mörder werden«, bestätigte sie ihm. »Die urigen geschnitzten Männlein und die althergebrachten mechanischen Spielereien machen doch den eigentlichen Reiz des Parks aus. Ist doch gerade das Schöne, bei jedem Besuch zu merken, dass tatsächlich alles genau so ist, wie man es von den eigenen Kindheitserinnerungen her noch im Hinterkopf hat.«

Er nickte. »Da geb ich dir recht. Und genau so tickt auch meine Hauptfigur. Die Tat selbst findet entsprechend in der Gerichtsstraße statt. Gericht – Richten, find ich irgendwie passend.«

Sie fischte das letzte Weihnachtsplätzchen aus der kleinen Keramikschüssel, die zwischen ihnen auf dem Tisch stand, bevor auch dieses im Inneren ihres Gastes zu verschwinden drohte. »Könntest ihn aber auch direkt im Park verenden lassen, in der Schweinchensuhle zum Beispiel. Bei Beffi und Schnitzel. Da wäre der Tote nur noch ein Schwein mehr.«
Wieder lachte er. »Gute Idee!«, prostete Torsten ihr zu und leerte seine Tasse. »Aber das Gift wirkt erst Stunden nach der Einnahme. Die Atmung ist bei einer solchen Vergiftung anfangs beschleunigt, später stark verlangsamt und wird schließlich immer oberflächlicher. Dann kommt es zu einer Abschwächung der Herzkontraktion, Schwinden des Bewusstseins, Koma und zuletzt Kreislauf- und Atemlähmung. Nicht so wahrscheinlich, dass er sich dann extra noch mal in den Park schleppt. Selbst wenn er eine Jahreskarte hätte.«

»Du kommst also mit dem Schreiben gut voran, so wie du klingst?«, fragte sie schließlich.
Er nickte. »Ich liege gut im Plan. Muss ich auch. Silvester ist Abgabetermin. Und soll ich dir was sagen? Ich bin so was von überzeugt, dass mein Buch das Rennen um den Sächsischen Kriminalliteraturpreis im nächsten Jahr gewinnt.«
Mit einem Klirren fiel ihr der Kaffeelöffel aus der Hand auf den Glasteller. Er nahm es kaum wahr, pries einfach im-

mer weiter seinen Erfindungsreichtum, den perfekten Mord und die Cleverness und Chuzpe seines Mörders.

Dann schließlich stand Torsten umständlich auf. Sein Übergewicht wird ihn noch einmal umbringen, dachte sie. Dann stutze sie kurz. Während er sich umständlich mit dem Schuhanzieher seine halbhohen Salomon-Schnürschuhe anzog, kam ihr ein Gedanke in den Sinn. »Willst du am ersten Feiertag nicht zu mir kommen? Du wärst doch bestimmt auch allein daheim, oder? Bring dein Manuskript mit und wir machen es uns gemütlich. Ich koche uns was Leckeres und du liest mir aus deinem Krimi vor. Was meinst du?«, offerierte sie ihm.

Er richtete sich auf, blickte sie ein wenig irritiert, aber gleichzeitig auch geschmeichelt an. »Ja, warum nicht?«, entgegnete er. »Danke für die Einladung.«

Kaum dass er gegangen war, nahm sie den Weihnachtskranz, den Torsten ihr mitgebracht hatte und ging damit in die Küche. Als Nächstes holte sie ihren Laptop hinzu und fing an, nach Rezepten zu googlen. Es dauerte nur ein paar Klicks, bis sie fand, wonach sie suchte und begann mit ihren Kochvorbereitungen.

Als sie kurz nach halb fünf die orangegelbe Oederaner Stadtkirche mit ihrem mehr als sechzig Meter hohen Turm betrat, waren die meisten Plätze schon besetzt. Sie war offensichtlich nicht die einzige, die die Wärme ausstrahlende Deckenholztäfelung liebte, die Kanzel links auf ihrer Porphyrsäule oder die posaunenden Engel. Zur Weihnachtszeit drängten sich Groß und Klein in das imposante Kirchenschiff. Jetzt zum Krippenspiel natürlich erst recht. Eigentlich war sie sonst vor allem wegen des Klanges hier. Dem Klang der Silbermann-Orgel. Den liebte sie von ganzem Herzen, wenngleich das Originalgehäuse des Instruments vor über zwanzig Jahren schon durch ein neues ersetzt wurde, weil an dem alten der Zahn der Zeit nagte. Beziehungsweise der Holzwurm.

Heute jedoch nahm sie das Geschehen rund um sie kaum wahr. Stattdessen ging sie in Gedanken noch einmal Detail für Detail ihrer Vorbereitungen durch. Das Essen war zubereitet, das Rezept war in die Tat umgesetzt worden, für das sie in der letzten Woche so akribisch nachgeforscht hatte. In den zurückliegenden Tagen hatte sie mehrfach mit ihm telefoniert und dabei geschickt angedeutet, dass seine jahrelangen Bemühungen, ihr Herz zu gewinnen, vielleicht doch von Erfolg gekrönt sein könnten. Schließlich hatte sie ihm das Versprechen abgerungen, dass er sein Notebook mitbringen würde. Sie würde die Erste sein, die seinen Meisterroman lesen dürfe. Über die Feiertage. Er hatte ihr versichert, dass er noch niemandem, nicht einmal seinem Verleger, bis dahin irgendwelche Einzelheiten zu seinem neuen Stoff erzählt habe.

Jetzt ertönten die Glocken der Kirche. Das Krippenspiel war vorbei. Es war Weihnachten. Die Zeit, in der der Erlöser das Licht der Welt erblickte. Erlösung von all dem, was sie in letzter Zeit quälte, erhoffte sie sich nicht von ihm. Für Erlösung würde sie selbst sorgen müssen.

Nach endlos erscheinenden Tagen mit Dauerregen hatte es gestern pünktlich an Heiligabend zu schneien begonnen. Gemächlich trudelten seitdem nun einzelne, aber dafür mächtig dicke Flocken vom Himmel, setzen sich auf die geparkten Autos und auf die alte Porphyr-Halbmeilensäule, auf die ihr Blick über den leuchtenden Schwibbogen hinweg vom Fenster aus fiel. August der Starke hatte sie seinerzeit an der alten Frankenstraße errichten lassen. Damals freilich stand sie außerhalb Oederans in Richtung Freiberg, direkt an der alten Poststraße zwischen Bautzen und Zwickau. Im Verlauf der städtischen Geschichte war die Säule innerhalb Oederans umgezogen, zwischenzeitlich am Schützenhaus sogar zur Sitzbank umfunktioniert, und zu guter Letzt wenige Schritte von ihrem Haus wieder aufgerichtet worden.

Jetzt fuhr ein roter Wagen an dem unscheinbar wirkenden steinernen Geschichtszeugen vorbei, bog in ihre Straße ein und stoppte seine Fahrt kurz nach der Litfaßsäule vor der Apotheke. Torsten, ein Päckchen unter den linken Arm geklemmt, seine Tasche mit dem Notebook in der Rechten, stieg umständlich aus. Jetzt blickte er hinüber zu ihr, erkannte ihr Gesicht im Schein des Lichterbogens. Freudig nickte er ihr zu. Wenige Sekunden später stand er in ihrem Flur und begann wie immer sogleich zu reden, ohne Punkt und Komma, während er Päckchen und Notebook-Tasche auf der Garderobe ablegte, sich seines Mantels entledigte und die schweren braunen Halbstiefel auszog.

»Wo ist denn mein Kranz abgeblieben?«, fragte er schließlich und nickte Richtung Tür.

»Gestohlen«, entgegnete sie. »Letzte Nacht. Da brauchte wohl jemand noch kurzfristig ein Geschenk! Beim nächsten Buch solltest du statt Mörder lieber Diebe richten. Jetzt komm doch aber erst einmal ins Warme.«

»Schweinerei!«, empörte er sich, während er ihr in die Küche folgte. »Nicht einmal vor Weihnachten machen Verbrecher heutzutage halt. Das war doch bestimmt einer von diesen Halbstarken, die immer vorn bei der Pizzeria herumlungern. Dem Rico, dem Sohn vom Hausmeister der Kita zum Beispiel, trau ich so etwas zu.« Torsten näherte sich dem Herd. Gerade als er den Deckel eines der Töpfe anheben wollte, um hineinzulunzen, drückte sie ihm zwei Bestecke in die Hand, die sie soeben der Schublade ihres Küchenschrankes entnommen hatte. »Ich ihm auch«, bestätigte sie seine Vermutung.

»Vielleicht sollten die Stadträte ja einmal darüber nachdenken, die Guillotine aus dem städtischen Museum nachbauen zu lassen und auf dem Markt aufzustellen. Das Modell aus dem Museum können sie dann ja im Miniaturpark unterbringen. Dann könnten die dort Püppchen für 'nen Euro verkaufen und per Knopfdruck heißt es ›Zack – Rübe ab!‹. Und an Wochenenden geschieht das Gleiche solchen Nichtsnutzen auf dem Markt zur Volksbelustigung.«

Er stimmte ihr grinsend zu. »Kämen bestimmt viele Menschen, so wie damals, als der letzte Scharfrichter Mitteldeutschlands in Freiberg diese junge Mörderin richtete. Wusstest du eigentlich, dass der auch Oederaner war?«

Wieder kam ihr die Metapher des wandelnden Universallexikons in den Sinn. »Nein, wusste ich nicht.«

Während er ihr half, den Tisch zu decken, fuhr er mit seinen Ausführungen fort: »Im Sommer 1908 köpfte er so ein junges Mädel auf dem Freiberger Schafott. Die Kleine hatte gestohlen, ihren Verlobten vergiftet und sein Testament gefälscht. Ihre Hinrichtung war die letzte öffentliche im Königreich Sachsen.«

Während sie seinen Ausführungen lauschte, ergriff sie die Flasche Portugieser, die sie bereitgestellt hatte und drückte sie ihm in die Hand. »Mach schon mal auf. Essen ist gleich fertig. Ich gehe davon aus, dass du Gänsebraten isst?«

»Ich esse alles, was du mir vorsetzt. Hmm, Winzergenossenschaft Meißen, gute Wahl«, lobte er.

Während des gemeinsamen Mahls ging er weiter auf Details seiner Recherchen für das Buch ein. Er berichtete ihr von

Ausflügen auf Internetseiten mit Abhandlungen rumänischer Mediziner über versehentliche und suizidal bedingte Vergiftungen. Dann kam seine Rede auf Details zu Unglücksfällen, bei denen gar nicht weit von Oederan entfernt vor einigen Jahren mehrere tragende Galloway-Rinder durch unsachgemäß entsorgten Grünschnitt zu Tode gekommen waren. Als Ursache wurde seinerzeit ebenfalls eine Eibenvergiftung vermutet. Er schaffte es tatsächlich, in seiner Erzählung den Bogen hin zu allen möglichen Details der Oederaner Stadtgeschichte zu spannen. Sogar bis zum großen Eisenbahnunglück von 1895, obgleich bei dem eine Vergiftung als Ursache für den Tod der zehn Soldaten der ersten Kompanie des königlich-sächsischen Infanterieregiments definitiv ausgeschlossen werden konnte. Während Torsten redete und redete, legte sie ihm bereitwillig vom Festessen nach.

Schließlich war aller Braten vertilgt, die Klöße und der Rotkohl ebenso. Sie schob ihren Stuhl nach hinten, hielt sich den Bauch und konstatierte, dass man doch jedes Mal den gleichen Fehler begehe. »Immer isst man mehr, als man sich eigentlich vorgenommen hat. Ich glaube, ich mach uns vorsorglich einen Verdauungstee.« Noch bevor Torsten antworten konnte, verschwand sie schon nach nebenan in die Küche. »Ich bereite uns einen Wermut-Tee, ein klein wenig Geduld. Der muss zehn Minuten ziehen.« Sie lugte um die Ecke: »Kannst ja solange eine Weihnachts-CD aussuchen.«

Während er sich aus dem Stapel Tonträger, die sich neben ihrer Musikanlage türmten, für einen Sampler mit jazzigen Versionen amerikanischer Weihnachtsklassiker entschied, erhitzte sie den Inhalt eines kleinen Topfes, der bislang noch unberührt auf dem Herd stand. Außerdem ließ sie ihren Wasserkocher einen knappen halben Liter Wasser aufkochen. Dann entnahm sie einer Packung Wermut-Tee zwei Filterbeutel und überbrühte diese in ihrer Lieblingstasse. Sie lauschte und musste lächeln. Torsten hatte begonnen, gleichermaßen laut wie untalentiert, aber überaus gut gelaunt ›Winter Wonderland‹ mitzusingen. ›Later on, we'll conspire, as we dream by the fire‹, ertönte seine brummige Stimme von nebenan. ›To face unafraid, the plans that we've made, walking in a winter wonderland.‹

Wie überaus passend, dachte sie bei sich. Während sie unwillkürlich mitzusummen begann und seinen Beinahegesang gut gelaunt begleitete, goss sie das erhitzte Getränk aus dem Topf in eine zweite Tasse. Schließlich entnahm sie ihrem Gefäß einen der Teebeutel und ließ ihn in seine Tasse wandern. Beide Teepötte stellte sie schließlich auf ihr kleines Tablett, dazu ein Keramikschüsselchen für die Teebeutel und balancierte alles zusammen zu ihm hinüber ins Esszimmer.

»So, da bin ich wieder. Wirst sehen, der wirkt Wunder«, sagte sie und schob ihm seine Tasse hin. »So, und jetzt machen wir es uns vorm Weihnachtsbaum gemütlich. Fahr doch schon mal dein Notebook hoch. Ich bin gespannt auf deine Mordsgeschichte.«

Sie gestand sich ein, dass sie diesmal selbst gute Recherchearbeiten geleistet hatte. Sie wollte schließlich nicht, dass er unnötig leiden musste. Letzten Endes war es ja kein Mord aus Rache, sondern nur aus der Not heraus. Sie hatte in Erfahrung gebracht, dass Alkaloide für die üblen Nebenwirkungen verantwortlich waren. Diese konnte man jedoch herausfiltern. Zitronensaft war das Geheimnis. Das hatte sie in einem einschlägigen amerikanischen Forum herausgefunden. So etwas wie ›Chefkoch.de‹ für Selbstmörder. Sie war selbst ein wenig erschrocken, wie leicht dies herauszubekommen war. Man musste sich nicht einmal anmelden, nur bestätigen, dass man volljährig sei. Torsten hatte also nicht unter den heftigen Krämpfen gelitten, die mit einer Eibenvergiftung üblicherweise einhergingen. So war er einfach nur müde und anschließend bewusstlos geworden. Der Rotwein und die Betablocker, die er aufgrund seiner körperlichen Verfassung einnehmen musste, machten ihr die Sache noch einfacher.

Als er das Bewusstsein verloren hatte, wurde sie rege. Sorgfältig spülte sie Topf und Tassen ab. Dann holte sie ihren USB-Stick aus dem Arbeitszimmer und verband ihn mit seinem Notebook. Datei kopieren, Original löschen. Alles eine Arbeit von wenigen Klicks. Sie würde die nächsten Tage seinen, nein ihren, Roman zu Ende lesen und jede Zeile genießen. Dann musste sie nur noch prüfen, dass sein Name nirgends in Kopfzeile oder Dateibeschreibung auftauchte. Zu guter Letzt würde sie ihrem Verleger ihr fertiges Manuskript zusenden können. Gerade noch rechtzeitig.

Sie würde natürlich einen Arzt rufen müssen. Torstens Leiche verschwinden zu lassen, wäre ein Ding der Unmöglichkeit. Keine zwei Meter würde sie seinen massigen und jetzt noch dazu schlaffen Körper bewegen können. Doch das hatte Zeit bis zum Morgen. Er habe auf dem Sofa übernachtet, legte sie sich die Worte zurecht, und sie habe ihn eben erst reglos vorgefunden. Aufgrund seiner Anamnese sollte sein Tod so unwahrscheinlich nicht sein. Herzversagen kommt bei so voluminösen Menschen ja durchaus häufiger vor.

Wenige Minuten später ging sie zügigen Schrittes an der Kirche und der dahinter aufgestellten Lutherbüste vorbei. Sie durchschritt die Pfarrgasse mit ihren auf dem Kopfsteinpflaster aufgemalten riesigen Fußabdrücken, die ihr den Weg zu weisen schienen, wenngleich sie sich heute unter der frischen, dünnen Schneedecke verbargen. An der kleinen, rostigen Brücke, über die es nach links hin zur Straße des Friedens ging, stoppte sie. Hier entsorgte sie den von seinen Nadeln befreiten Weihnachtskranz im Hetzbach, der gegenwärtig wegen des tagelangen Regens genügend Wasser mit sich führte, um die nackten Eibenzweige rasch mit sich zu reißen. Die Teebeutel hatte sie bei dieser Gelegenheit vorsorglich gleich mit entsorgt. Gleichzeitig wich auch der Ballast von ihrem Herzen. Sie spürte, wie die Last der letzten Wochen von ihr abfiel. Frohen Mutes schritt sie durch die nächtlichen Straßen Oederans zurück in ihre Wohnung. Zu ihrem Roman, der sie zurückbringen würde an die Spitze der sächsischen Krimiszene. Gute Recherche war das halbe Leben.

Als sie wenige Minuten später ihren Flur betrat, entdeckte sie sein Päckchen auf der Kommode. Das hatten sie ganz vergessen. Sie nahm es mit in die Küche, setzte sich an den Tisch. Unter dem weinroten Schleifenband klemmte ein Briefumschlag. Sie zog ihn hervor und öffnete das Kuvert, auf das Torsten in geradezu kalligrafischer Schrift ›Für Ulrike‹ geschrieben hatte. Ein Perfektionist auch hier. Zunächst aus reiner Neugier, dann jedoch mit zitternder Hand las sie seine Zeilen:

Liebe Ulrike,
eigentlich wollte ich dir meinen neuen Kriminalroman widmen. Du bist für mich die Person, der ich am meisten vertraue, die mir Kraft gibt, mir Leben einhaucht. Ich habe in den letzten Tagen jedoch gespürt, wie sehr du unter deiner Schreibblockade leidest. Ich kann es nicht ertragen, mir vorzustellen, dass dein Verlag dich fallen lassen könnte, nur weil du dich gegenwärtig außerstande fühlst, Texte zu verfassen.

Ich hoffe, du verzeihst mir daher meine verrückte Idee. Ich schenke dir meinen Roman. Nicht als Buch, sondern als Manuskript. Das Anschreiben für den Verlag habe ich schon vorbereitet. Du musst nur noch unterschreiben und alles wird gut.
Ich wünsche dir frohe Weihnachten.
Torsten

Eine Träne rann ihr übers Gesicht, verharrte für einen Moment an ihrem Kinn. Irgendwann löste sie sich und fiel lautlos auf das Päckchen, das vor ihr lag.

Birgitta Hennig

Nemesis

Chemnitz

Recht. Gerechtigkeit. Unrecht.
Phrasen. Alles Phrasen.
Ich sitze in der Straßenbahn und schaue angestrengt aus dem rechten Fenster. Wenn ich zurückfahre, schaue ich angestrengt aus dem Fenster, aus dem ich das Haus nicht sehe. Welcher Teufel hat mich geritten, die Wohnung Am Harthwald zu nehmen? Jedes Mal muss ich an diesem Haus vorbei, wenn ich mit der Straßenahn fahre.
Man kann seinem Schicksal nicht entrinnen.
Ich denke zu viel nach. Oder ist es normal, dass man nachdenkt? Nächstes Jahr werde ich fünfzig, das ist für viele Menschen ein Schnitt im Leben, aber nicht für mich. Fünfzig, sechzig, zwanzig, was macht das schon für einen Unterschied in einem sinnlosen Leben?
Vielleicht wäre alles anders gelaufen, wenn ich sie nicht wiedergesehen hätte. Es ist ewig her. Es war nur ein kurzer Moment. Ich erhaschte einen Blick. Sie nahm mich nicht wahr. Das war das Schrecklichste. Und dabei weiß ich nicht einmal genau, ob sie es war.

Meinen Termin im Jobcenter werde ich wie üblich hinter mich bringen: Mit Phrasen. Hartz IV, ich reihe mich ein in die Schlange des Abschaums. Einmal Abschaum, immer Abschaum. Ich werde wieder Bewerbungen vorzeigen, diese Beratertussi wird mir sagen, ich könne keine Ansprüche stellen. Klar doch. Sie sitzt im geheizten Büro auf ihrem fetten Arsch, kassiert am Ende des Monats ein horrendes Gehalt und schurigelt die Menschen, die eh schon am Abgrund stehen. Manchmal muss ich an mich halten, ihr nicht ins Gesicht zu spucken, man könnte gewalttätig werden. Aber das werde ich nicht tun. Ich werde wie immer lammfromm dasitzen und mich schurigeln lassen.

Auf der Heimfahrt schaue ich stur nach rechts. Jedenfalls solange, bis ich an der Haltestelle Uhlestraße vorbei bin.

Die Straßenbahn hält. Tief in Gedanken versunken schaue ich zum Fenster hinaus. Plötzlich wird mein Blick abgelenkt. Als würde jemand meinen Kopf gewaltsam drehen, schaue ich zur Tür. Ich will nicht hinsehen, doch es ist wie ein innerer Zwang, dem man sich nicht entziehen kann. Etwas in mir dreht meinen Kopf, meinen Blick zur Tür und auf dieses lachende Gesicht mit den gebleckten gelben Zähnen. Ein Schauer geht durch meinen Körper und bedeckt ihn mit einer Gänsehaut. Dieser viel zu große Mund für dieses Gesicht, welches ein dreckiges Lachen zeigt und dabei die viel zu großen Zähne für diesen Mund sichtbar macht. Ich müsste wegsehen, aber ich schaue auf dieses Gebiss. Und höre mit Schaudern auf diese Lache. Gebannt. Unfähig, woanders hinzusehen. Wegdrehen, Ohren zuhalten, denke ich, aber ich schaffe es nicht. Immer wieder schaue ich hin. Seine Augen sind zusammengekniffen, der Mund weit offen. Unsere Blicke treffen sich, ich erstarre vor Schreck. Er bleibt an der Fahrertür stehen, ein zweiter Mann geht an ihm vorbei, sie gehören offensichtlich zusammen, jedenfalls steigen sie gemeinsam ein und reden miteinander, nein, sie machen wohl dreckige Witze. Jetzt kann ich nur noch einen Teil seines Körpers sehen, das Pferdegebiss ist hinter dem Rücken des anderen verschwunden.

Krampfhaft überlege ich, was ich tun soll. Aussteigen? Sitzen bleiben? Er erkennt mich nicht, denn sein Blick sagt nichts aus. Keine Regung in seinem Gesicht. Es ist ja auch lange her. Aber er ist es. Oder doch nicht?

An der nächsten Haltestelle steigt er aus. Der andere bleibt in der Bahn. An der Uhlestraße sind wir längst vorbei. Ich stehe schnell auf, renne fast eine alte Frau um, und kann gerade noch hinter ihm aussteigen. Er läuft ein Stück, dann schließt er das Haus Nummer 128 auf. Es ist nicht weit von meiner Wohnung Am Harthwald entfernt, nur eine Haltestelle. Ich muss sowieso ein Stück von der Haltestelle bis zu meiner Wohnung laufen, es kommt auf die paar Meter, die ich eher aussteige, nicht an.

Ich nehme all meinen Mut zusammen und schiebe mich an ihm vorbei in das Haus. Bei so vielen Wohnungen in einem einzigen Haus herrscht Anonymität. Auch ich kenne nur meine unmittelbaren Nachbarn. Das bestärkt meinen Mut, meine Dreistigkeit, denn ich rechne nicht damit, gefragt zu werden, zu wem ich will. »Hallo«, sage ich, er brummt etwas. Dann besteigen wir zusammen den Lift. Er drückt die fünf, ich die vier. Ich sehe an ihm vorbei, tue so, als würde ich in meiner Jackentasche den Schlüssel suchen.

Als ich in der vierten Etage aus dem Lift getreten bin, warte ich, bis sich der Lift weiter nach oben schiebt. Ich renne die Stufen bis zum nächsten Zwischenpodest hinauf. Auf jeder Etage sind drei Wohnungen. Welche Tür wird er aufschließen? Er darf mich nicht sehen, keinesfalls.

Aus der linken Wohnung kommt eine alte Frau.

»Ach, Guten Tag Herr Mellendorf«, sagt sie. »Wenn Sie wieder einkaufen gehen, bringen Sie mir bitte Wasser mit? Soll ich Ihnen das Geld gleich geben?«

»Quatsch, Frau Vogt, das haben wir doch immer geregelt.«

»Na, dann Danke.«

»Schon gut.«

Wie gelähmt schleiche ich zum Lift zurück und verlasse das Haus.

Mellendorf. Wieso Mellendorf und nicht Bartel?

Zu Hause angekommen, lege ich mich aufs Bett. In meiner kleinen Zweizimmerwohnung im Erdgeschoss lässt es sich aushalten. Hinter dem Balkon beginnt die pure Natur. Dreimal in der Woche jogge ich mindestens zwei Stunden, das hält mich fit und den Geist frisch. Ich steige einfach über die Balkonbrüstung, ein kleiner Sprung, und ich kann loslaufen. Heute jedoch geht es mir schlecht, das Joggen hake ich ab. Ich muss nachdenken, zum Ausziehen ist keine Zeit, nur die Schuhe streife ich ab, sie fallen polternd neben das Bett.

Aufschreiben, hat mein Psychologe gesagt. Bisher fand ich das nutzlos. Wofür, für wen und vor allem was sollte ich aufschreiben? Es ist alles gesagt.

Wie ferngesteuert hole ich Kugelschreiber und Block und lege mich wieder hin. Ist es einen Versuch wert?, hämmert es in meinem Kopf.

Heute schreiben wir den 15. April 2014. Ich werde sie niemals in meinem Leben wiederfinden. Wo soll ich denn anfangen zu suchen? Und wenn ich sie finden würde, was würde es bringen? Zwei völlig unterschiedliche Leben.

Quatsch, Käse, dummes Zeug. Ich lege den Block und den Kugelschreiber weg, zerknülle die Seite und werfe sie in den Papierkorb. Ich werde nichts schreiben, hake auch das ab und falle in einen tiefen, traumlosen Schlaf.

Heute ist Donnerstag. Eigentlich hätte ich heute meinen wöchentlichen Selbstverteidigungskurs, den ich mir vom Mund abgespart habe. Ich kann nicht. In der Spüle steht das Geschirr der letzten drei Tage und fängt an, übel zu riechen, ich muss abwaschen. Stattdessen liege ich tatenlos im Bett. Nein, soweit darf ich mich nicht gehen lassen. Gegessen habe ich in den letzten Tagen viel zu wenig, meine Gedanken haben meinen Appetit vertrieben. Alles hat meinen Appetit vertrieben. Ich fühle mich schwach. Den Abwasch muss ich schaffen. Der Gedanke an diese Arbeit strengt mich an, auch wenn es nicht viel Geschirr ist. Ich kann die Wohnung nicht in so einem Zustand lassen. Vielleicht sollte ich auch Staub saugen? Aber ich liege tatenlos im Bett und denke nach. Die Fahrt gestern mit der Straßenbahn, der Blick nach links, das war der Ausschlag. Bevor sich die Türen schlossen, bin ich noch schnell ausgestiegen. Man muss sich der Wahrheit stellen, hat mein Psychologe gesagt. Ich habe mich der Wahrheit gestellt. Ja, ich bin ausgestiegen, habe die Uhlestraße überquert, bin das kleine Stück die ›Anna‹ zurückgelaufen, habe das Gartentor geöffnet und bin in den Garten gegangen. Das Haus sieht noch genauso aus wie damals, nur ist es älter geworden und vielleicht noch ein wenig verfallener: Die kleine, von der Zeit geschundene Haustür hinter dem Haus, die man von der Straße aus nicht sieht, selbst der Anbau, in dem die Außentoiletten untergebracht waren, alles ist noch vorhanden. Ob es die Außentoiletten noch gibt? Aber an den Fenstern hängen ja Gardinen, also muss jemand darin wohnen. Nur der Apfelbaum steht nicht mehr im Garten. Die Tür habe ich nicht geöffnet. Was hätte ich sagen sollen, wenn jemand gekommen wäre und gefragt hätte, zu wem ich will?

Noch immer steht der Abwasch da. Ich raffe mich auf und lasse Wasser ins Spülbecken, nehme die verkrusteten Tassen und Teller und versuche, sie sauber zu bekommen. Ich stelle mir vor, ich würde mich reinwaschen. Ich habe keine Angst mehr, weil ich weiß, dass ich sie niemals finden werde. Ich werde auch mich selbst niemals finden. Ich bin müde. Das Valium tut seine Wirkung. Aber ich habe keine Angst. Vor nichts und niemandem. Ich werde schlafen und dann werde ich ... Ich weiß es nicht. Manche Dinge müssen reifen, müssen sich ergeben.

Freitag. Es ist bereits Mitternacht. Ich habe keine Zeit mehr, ich muss beginnen. Ich habe Tatsachen geschaffen, ich habe mich zu erkennen gegeben. Es ist alles gesagt, jetzt muss ich alles aufschreiben. Dazu werde ich mich ins Bett legen, meine Lieblings-CD auflegen und dann beginne ich einfach. Block und Kugelschreiber liegen bereit. Schreiben. Einfach schreiben. Alles aufschreiben. Mit der Hand. So ist es authentischer.

Geschrieben habe ich noch nie besonders gern. Weder Briefe noch Mails. Maximal eine kurze SMS oder eine WhatsApp, aber selbst die mit Widerwillen. Alles, was mehr als vier Zeilen hat, ist mir ein Graus. Jetzt werde ich viele Zeilen schreiben müssen.

Ich beginne also:

Es war im Jahr 1985. 1988 sah ich sie das erste Mal wieder. Ich bin überzeugt, sie war es. Man kann beim Anblick eines Menschen nicht solche Gefühle entwickeln. Mein Gefühl war unbeschreiblich. Eine Mischung aus Wärme, Liebe und unendlicher Hoffnung. Mein Herz klopfte wie wild, so kannte ich mich nicht. Ich weiß noch genau, ich lief die Straße der Nationen entlang, wollte etwas kaufen, was, weiß ich nicht mehr. Ich blieb wie angewurzelt stehen, nicht in der Lage, etwas zu sagen oder gar ihr hinterherzulaufen. Das war mein größter Fehler.

Nein, so kann man nicht beginnen.

Ich fange neu an.

Wir schreiben das Jahr 1985.

Die Wohnung in der Annaberger Straße. Sie bestellten mich an einem Freitag genau um siebzehn Uhr dreißig. Der Eingang ist hinter dem Haus, sagten sie, gehen Sie hinter das Haus und warten Sie dort, bis wir kommen. Hinten befand sich der Eingang, eine kleine Haustür, gleich neben dem Anbau mit den Außentoiletten. Ich weiß noch, im Garten stand ein Apfelbaum. Es war Anfang Oktober, die Äpfel waren reif und ich nahm mir einen. Ich war etwas zeitiger dort. Als ich den Apfel halb aufgegessen hatte, kamen sie.

Hauptkommissar Peter Wagner hatte schon zu viele Leichen gesehen, er nahm den Anblick gelassen. Was ihn jedoch immer wieder störte, war der Geruch in den Räumen der Gerichtsmedizin.

Gert Freytag führte Wagner zur Bahre, auf welcher der unbekleidete Tote lag.

»Wie schon am Tatort gesagt, der Tod trat gegen zwanzig Uhr ein. Ein guter Zeitpunkt, die Leute gucken Fernsehen.«

»Das würde mit den Geräuschen, die die Nachbarin gehört haben will, zusammenpassen.«

»Plus minus, du weißt ja. Der Messerstich saß. Er hat nicht lange mit dem Tod gerungen. Als er abgestochen wurde wie Vieh, lag er bereits am Boden. Das ergibt eindeutig der Einstichkanal. Zu Boden gestreckt haben ihn offensichtlich sowohl eine volle Handkante gegen den Hals, gezielt zur Halsschlagader ausgeführt, und ein Elektroschocker, gezielt in die Genitalien. Danach wäre jeder Mann, sei er noch so stark, in die Knie gegangen. Es hat kein Kampf stattgefunden. Allerdings: Sein Alkoholspiegel war ziemlich hoch, muss zum Tatzeitpunkt bei zirka 1,7 Promille gelegen haben. Das erklärt vielleicht, weshalb er sich nicht gewehrt hat oder weshalb er gefallen ist. Das Messer wurde mit ziemlicher Wucht in den Hals gerammt. Hier steckt eine ungeheure Mordlust dahinter, vielleicht auch ein ungezügelter Hass. Ansonsten war gesundheitlich nichts zu beanstanden. Ein ziemlich durchtrainierter Typ. Bizeps und Rücken- sowie Beinmuskulatur lassen auf regelmäßigen Sport schließen.«

»Das ergibt alles keinen Sinn. Welcher durchtrainierte Kerl lässt sich einfach so überrumpeln und abstechen? Ich muss nochmal zur Spusi. Tschüss, Gert, wenn noch was ist, weißt schon.«

»Es ist Samstag, Mann, ich geh jetzt nach Hause.«

Melchior Dambach war bekannt für seine akribisch genaue Arbeit am Tatort. Ihm entgingen keine Kopfschuppe und kein noch so kleines Indiz, das sich an einem Tatort befand. Zuweilen sah man ihn mit einer Lupe über Teppiche kriechen oder mit der Stirnlampe in die unzugänglichsten Ecken leuchten. Dieser Tatort jedoch war eher langweilig für ihn. Der Täter hatte alles zurückgelassen, außer seinen Schuhen. Das Messer lag neben dem Toten, ein Arbeitsanzug, den offensichtlich der Täter getragen hatte, lag im Flur vor der Ausgangstür, überall gab es Fingerabdrücke, allerdings von verschiedenen Personen. Nur auf dem Messer befanden sich keine.

Als Peter eintrat, schaute Melchior mürrisch von seinem Frühstücksbrot auf. Zwei Dinge waren ihm heilig: Sein Wochenende und seine Pausen, in denen er völlig entspannt sein mitgebrachtes Essen verzehrte. Heute wurde beides gestört. Er nahm demonstrativ die Thermoskanne und goss Kaffee ein.

»Könnt ihr eure Leichen nicht montags finden?«, fragte er mit abweisendem Blick.

»Nur 'ne Frage. Können es auch zwei Täter gewesen sein?«

»Es können mindestens fünf gewesen sein, aber dann müssen die entweder vorher abgehauen oder danach durch den Raum geflogen sein.«

»Wie meinst du das?«

»Wie ich es gesagt habe. Es gibt unzählige Schuhspuren, der Kerl hat wenig von Haushygiene gehalten. Aber die mit Blut beschmierten stammen eindeutig nur von einem Schuhpaar. Derbe Sohlen in der Größe 42, geschützt mit einem Überschuh aus Plastik, wie sie normalerweise Handwerker tragen, also dünnes Zeug. Oder besser mit zwei Überschuhen, der Täter hatte ja zwei Füße. Warum fragst du?«

Peter verdrehte die Augen. Immer diese Krümelkackerei.

»Die Brutalität und der Umstand, dass er auf dem Boden

liegend einfach so abgestochen wurde. Das ergibt keinen Sinn. Auch dass der Täter sich null Mühe gegeben hat, seine Spuren zu beseitigen und sogar das Messer am Tatort lässt.« Peter wiederholte, was Gert Freytag ihm gesagt hatte. »Nehmen wir mal an, ein zweiter hat ihn mit dem Elektroschocker und der Handkante zu Boden gestreckt. Denn wenn es nur ein Täter gewesen ist, wäre er doch garantiert trotz 1,7 Promille fähig gewesen, die Attacken abzuwehren, so wie der gebaut war. Also können es doch zwei oder mehr gewesen sein? Der zweite hat ihn niedergestreckt und ist abgehauen?«

»Sag ich doch«, antwortete Melchior und wendete sich demonstrativ seinem mit Leberwurst belegten Brot zu. »Wäre 'ne Variante«, muffelte er mit vollem Mund, »er haut ab, der andere erledigt die Drecksarbeit.«

»Mach's gut, alter Junge. Lass es dir weiter schmecken, nichts für ungut. Wann bekomme ich die DNA-Auswertungen?«

Melchiors Blick sagte wieder mehr als Worte, er biss ein großes Stück ab und nuschelte zwischen Brotkrümeln: »Übermorgen.«

Hauptkommissar Peter Wagner und Kommissar Bernd Beier traten auf der Stelle. Der Täter hatte ganz Arbeit geleistet. Alle Spuren nutzten nichts, wenn man sie nicht zuordnen konnte. Fieberhaft warteten sie auf die DNA-Auswertung. Schuhspuren und Fingerabdrücke gab es genug, aber welche waren vom Täter? Da sich auf dem Messer keine befanden, war ein Vergleich mit den übrigen in der Wohnung gefundenen nicht möglich.

»Das private Umfeld haben wir so gut wie durch«, sagte Bernd. »Geschieden, zwei Töchter aus dieser Ehe, der Kontakt ist aber irgendwann abgebrochen. Er hat regelmäßig Sport getrieben und war bis vor einem Jahr als Werkschutz tätig, meistens nachts. Die Firma ging Pleite und er ging stempeln. Bei seinen ehemaligen Kollegen und Vorgesetzten galt er als umgänglich, was zwar nicht hieß beliebt, aber eben auch nicht unbeliebt. Zuweilen hätte er ein etwas protziges Gehabe an den Tag gelegt. Alles keine großen Erkenntnisse. Seine Frauenbekanntschaften wechselte er eher häufig. Seine Kumpels, mit denen er hin und wieder ein Bier trinken ging, sagten nur Gutes über ihn. Mit anderen Worten: Ein unbeschriebenes Blatt.«

Peter Wagner saß an seinem Schreibtisch und kaute am Ende seines Kugelschreibers. Wo war das Motiv für diesen grausamen Mord? Eifersucht schied aus, er hatte keine feste Partnerin. Seine Exfrau war wieder verheiratet, sie lebte in Göppingen bei Stuttgart. Die Frauen, mit denen er kurzzeitig liiert war, sagten in etwa das Gleiche: Kein Mann, mit dem man ein gemeinsames Leben aufbauen konnte. Unzuverlässig sei er gewesen. Eine seiner Ehemaligen sagte aus, er kam und ging, wie es ihm passte. Manchmal fiel es ihm ein, in der Nacht noch aufzukreuzen, manchmal ließ er sich tagelang nicht sehen. Auf die Frage, ob er mehrere Freundinnen gleichzeitig gehabt hätte, zuckte sie nur mit den Schultern. Aber sonst sei er ganz nett gewesen. Keine ausgefallenen Sex-Praktiken, keine Exzesse, keine Saufgelage. Ein ganz normales Leben.

Da sein PC nicht einmal passwortgeschützt war, war es ein Leichtes, seinen Mailverkehr zu lesen und die letzten Internetaufrufe zu rekonstruieren. Es gab keine nennenswerten Ergebnisse.

»Was ist mit der Zeugin, die angeblich etwas aus seiner Vergangenheit weiß?«, fragte Peter.

»Ich habe sie für Montag sechzehn Uhr bestellt, sie ist bei ihrer Mutter in Dresden. Ich gehe alles noch einmal durch, vor allem seine letzten Telefonate. Sehr viele waren es nicht. Irgendetwas müssen wir übersehen haben.«

»Immer die gleichen Sprüche, lass mich damit zufrieden«, blaffte ihn Peter an. »Wenn ich nochmal auf die Welt komme, werde ich Hedgefonds-Manager. Haufen Knete und nichts zu tun.«

»Du hast Ahnung. Die stehen mehr unter Stoff als wir alle.«

»Für paar Millionen stehe ich gern unter Stoff.«

»Ach, beinahe hätte ich es vergessen. Das soll ich dir von Melchior geben.«

Peter zog die Brauen nach oben. »Das haut mich jetzt mal um.«

Heute war Peter Wagner schon sehr früh in der Dienststelle. Er ordnete seine Gedanken und nahm sich vor, alles, was er und Bernd Beier bis dahin an Material hatten, noch einmal durchzugehen, als sein Telefon klingelte. »Wir haben einen vermeintlichen Suizid, könnt ihr das bitte übernehmen?«

»Wir sind voll eingespannt, weißt du das nicht?«

»Ich habe niemand, den ich so schnell abstellen kann. Nehmt den Azubi mit, damit er nicht nur Akten wälzt. Sollte es sich nicht um Suizid handeln, nehme ich euch den Fall wieder ab, versprochen. Okay?« Markus Dietz, der Dienststellenleiter nannte Adresse und Namen.

Peter Wagner telefonierte mit Bernd Beier und sie verabredeten sich vor dem Haus der angegebenen Adresse.

»Wer hat sie gefunden?« Peter ertappte sich dabei, immer dieselben Fragen zu stellen.

»Gerda Weigand, eine Kollegin aus früheren Tagen. Sie sagt, Martina Behrend, die Tote, hätte ein- bis zweimal im Jahr Kontakt zu ihr gesucht, aber immer nur telefonisch, und heute früh hätte sie angerufen und sie gebeten, zu ihr zu kommen, sie könne nicht aufstehen, der Schlüssel läge unter dem Abtreter. Da hat die Weigand gedacht, sie ist krank und ist sofort hergefahren.«

»Wo ist sie?«

»Im Wohnzimmer. Sie weint sich die Augen aus. Es muss einen Abschiedsbrief geben. Die Spusi geht eindeutig von Suizid aus, Fremdeinwirkung ist mit an Sicherheit grenzender Wahrscheinlichkeit ausgeschlossen.«

Peter ging ins Schlafzimmer, in dem die Tote lag. Sie sah friedlich aus. Als ob sie schliefe. Auf ihrem Gesicht lag ein Lächeln. Neben ihr fand er den Brief. Peter zog die Handschuhe über, nahm den Brief und begann zu lesen.

Es war im Jahr 1985. 1988 sah ich sie das erste Mal wieder ...

Sein Blick raste über die Zeilen, er bekam Herzklopfen.

... kamen sie. Das ist Mundraub ..., las er weiter.

Bernd kam ins Zimmer. »Komm, ich denke, man braucht uns hier vorerst nicht mehr.«

»Warte«, winkte Peter ab, setzte sich auf den Stuhl neben dem Schrank und las Zeile für Zeile.

Das ist Mundraub, wird aber nicht bestraft, sagte der Größere von beiden. Er wollte lustig klingen, es gelang ihm nicht. Ich denke, Mundraub gibt es im Sozialismus nicht, antwortete ich sarkastisch, das hätte ich mir verkneifen sollen. Nun werden Sie mal nicht frech, antwortete der kleinere von beiden. Ein ungutes Gefühl beschlich mich. Sollte ich es Angst nennen? Angst kannte ich nicht. Ich redete mir ein, dass mir nichts passieren konnte. Die ersten zwei Vernehmungsstunden in der kleinen Wohnung im Erdgeschoss gingen glimpflich an mir vorbei. Die Wohnung war im Stil der sechziger Jahre eingerichtet. Ich saß auf dem altmodischen Sofa, sie saßen mir auf zwei Sitzgelegenheiten gegenüber, die ein Zwischending zwischen Stuhl und Sessel waren, ich glaube, man nannte es damals tatsächlich Stuhlsessel. Sie sagten, ihre Namen täten nichts zur Sache. Später stellte sich der Größere mit dem dreckigen Lachen als Herr Bartel vor, den Namen des Kleineren erfuhr ich nie.

Wer diese ominöse Friedensveranstaltung geplant hätte. Wer alles dabei war. Wo wir uns getroffen hätten. Wahrheitsgemäß antwortete ich: Wir trafen uns im Vorfeld des glorreichen Jahrestages unserer stolzen Republik jeden Dienstag und Donnerstag auf dem Brühl, gleich am Anfang des Brühlboulevards. Werner hatte dort im Hinterhof eine kleine Wohnung mit Außenklo. Ich wohnte damals noch mit meiner Mutter zusammen in zwei Zimmern in der Herrmannstraße 2, auch mit Außenklo, also gleich um die Ecke. Wir trafen uns immer im Hof, dort fühlten wir uns geschützt, weil man uns von der Straße aus nicht gleich sehen konnte. Man gelangte durch einen kleinen Torbogen auf den Hof. Wenn es regnete, gingen wir zu ihm in die Wohnung und saßen um den großen, runden Tisch. Meistens standen zwei Gläser saure Gurken auf dem Tisch und es gab Wein. Ich erzählte alles so, als würde ich einem Kind ein Märchen erzählen. Solchen Quatsch wollen wir nicht wissen, bleiben Sie bei der Sache, brüllte mich Bartel an. Ab diesem Zeitpunkt wurde mir jedes Wort im Mund verdreht. Heute weiß ich: Alles hatten wir bedacht, nur an die Nachbarn hatten wir nicht gedacht. Wir fühlten uns sicher, außerdem taten wir nichts Unrechtes, wir planten einen kleinen Brühlspektakel als Friedensveranstaltung. Überall wurde von Frieden gesprochen und in unserer glorreichen Republik lebte überhaupt das friedvollste Volk der Welt. Wir planten ein richtiges kleines Theaterstück. Gegen Gewalt, gegen Waffen, die sich gegen die eigene Bevölkerung richteten. Wobei wir nicht sagten, um welche Bevölkerung es sich handelte.

Die Namen, schrie mich dieser Bartel an und bleckte seine gelben Zähne. Ich nannte die Vornamen, den Nachnamen wusste ich nur von Werner, an seinem Namensschild stand W. Schneider. Sie wissen doch die Namen bestimmt schon, sagte ich.

Auch das war schon wieder zu viel.

Weiter, brüllte Bartel mich an. Was meine Aufgaben gewesen seien, mit wem ich sonst noch verkehre. Ob ich nicht gewusst habe, dass zwei aus der Gruppe mit imperialistischen Elementen verkehrten. Und so weiter und so weiter.

Heute erinnere ich mich an jede einzelne Stunde, an jedes Wort, an jede Frage, an jedes Treffen, und an jede Situation. Vor allem an die eine, sie war nicht die grausamste, aber schlimm genug.

Ich bin müde. Ich werde jetzt schlafen und morgen weiterschreiben.

Ich habe gut geschlafen, nun kann ich weiterschreiben. Schuld. Was ist Schuld. Ich denke nach. Im Duden steht, Schuld sei die Ursache von etwas Bösem, für das man verantwortlich ist. Ein begangenes Unrecht oder ein sittliches Versagen. So steht es im Duden.

»Was ist jetzt?« Bernd wurde ungeduldig.

»Nein, warte. Ich lese das hier noch zu Ende.«

»Aber das sind viele Seiten.«

»Ja, weiß ich. Lass mich das jetzt zu Ende lesen.«

Bernd nahm die erste Seite. »Das ist eine Lebensbeichte«.

»Hm, sowas Ähnliches.« Peter las weiter.

Ich denke zurück. Renitent war ich schon immer, das Abitur wurde mir verwehrt. Wäre ich angepasst gewesen, hätte ich mir viel erspart. Ich lernte einen Beruf, den ich nie mochte. Und dann war es zu spät. Ich war nicht hart genug für den Leistungsdruck, der danach kam. Im neuen Leben sagte man mir immer wieder: Sie sind nicht geeignet für diesen Job. Ich hätte mich mehr anpassen müssen, wie damals, ich habe es wieder nicht geschafft. Also ging ich irgendwann nach zahllosen Kündigungen zuerst zu einem Psychologen und dann in Hartz IV und auf die Suche. Ich wollte sie wiederfinden. Aber wie? Ich wollte es allein schaffen. Einmal im Leben etwas schaffen, was ich ganz alleine bewerkstelligen konnte. Ich wollte stolz auf mich sein. Ich wollte ...

Sie.

Nie wird mir der Anblick der gebleckten gelben Zähne aus dem Sinn gehen. Ich sehe die Zähne über mir, als er mich auf diese altmodische Couch drängte. Ich sagte nein. Er wurde aggressiv. Er schrie mich an. Ob ich nicht wüsste, welche Macht er habe. Er kann mich ins Gefängnis bringen. Zwei Jahre, und wenn er will, auch mehr. Wenn du willig bist, sagte er, geht es mit Bewährung ab. Er riss mir die Kleider vom Leib. Es war ekelhaft. Ich sagte ihm, dass ich schwanger bin. Er lachte und sagte: Dann kannst du Schlampe wenigstens nicht von mir schwanger werden. Ich war zu dem Zeitpunkt mit Holger zusammen, wir wollten heiraten. Ich war im dritten Monat.

Die Schwangerschaft änderte nichts am Strafmaß. Ich hatte eine strafbare Handlung begangen. Nach Paragraf 218 Strafgesetzbuch war ich angeblich in einer Vereinigung tätig, die gesetzwidrige Ziele verfolgt. Selbst der Versuch, dort mitzuarbeiten, war strafbar. Noch heute fühle ich die Ohnmacht, als die Tore hinter mir geschlossen wurden. Untersuchungshaft-Anstalt der Staatssicherheit der Deutschen Demokratischen Republik, Kaßbergstraße. Zwei Jahre waren die Höchststrafe, und die bekam ich. Trotz ...

Holger hat mich verlassen. Die zwei Jahre Knast erlebte ich mehr oder weniger bewusst. Ich glaubte, wenn man verdrängt, ist es eher zu ertragen. Aber alles kann man nicht verdrängen.

Fast dreißig Jahre sind eine lange Zeit. Er ist alt geworden. Damals war er ein junger Schnösel, aber die Zähne, die hatte er behalten. Als er lachend in die Bahn stieg, kam alles wieder hoch, ich musste mich beherrschen, nicht in die Straßenbahn zu kotzen. Die Zähne hatten ihn verraten. Viel zu groß für diesen Mund. Und der Klang seiner Lache! Mellendorf. Nicht Bartel. Dieses Schwein. Ich besorgte mir aus dem Internet einen Elektroschocker, borgte mir einen Arbeitsanzug und nahm das größte und schärfste Messer, was ich besaß. Ich ging in dieses Haus, stieg in den fünften Stock und klingelte bei Mellendorf. Dann stand er vor mir. Dasselbe arrogante Gesicht, die großen, gelben Zähne. Ich nutzte die Überraschung. Kennst du mich noch, Herr Bartel?, fragte ich und nannte die Adresse des kleinen verfallenen Hauses in der Annaberger Straße.

Was wollen Sie?, fragte er mit verblödetem Blick, er hieße Mellendorf. Er zog mich in seine Wohnung, aber vorher sah er sich um, damit seine Nachbarn auch ja nichts gehört hatten.

Ja du Schwein, antwortete ich, aber damals nanntest du dich

Bartel. Weißt du eigentlich, dass man mir im Knast meine kleine Tochter genommen hat? In dem Knast, in den du mich gebracht hast? Einfach weggenommen? Dass ich sie bis heute nicht wiedergefunden habe?

Und dann ging alles sehr schnell. Ich rammte den Elektroschocker an die Stelle, die mich gequält hatte. Sein Jammern war wie Musik in meinen Ohren. Und dann haute ich ihn mit der Handkante gegen seinen Stiernacken. Ha, er fiel vor mir erst auf die Knie und dann um. Ich stach zu. Mit voller Wucht. In diesem Zustechen lag mein ganzer Hass, auf ihn, auf mich, auf mein ganzes sinnloses Leben. Meine Tochter habe ich nie kennenlernen dürfen. Und ich weiß, dass ich sie nie kennenlernen werde.

Ich habe ihn getötet. Mellendorf. Alias Barthel. Das größte Schwein auf Erden. Ich habe ihn getötet.

Schuld ist die Ursache von etwas Bösem, für das man verantwortlich ist. Ein begangenes Unrecht. Ich habe Schuld mit Schuld gesühnt. Ich habe begangenes Unrecht mit Unrecht gesühnt. Weil er niemals für diese Tat und für das, was er mir angetan hat, zur Rechenschaft gezogen worden wäre. Es ist verjährt. Er hat meine Seele getötet, ich habe einen Menschen getötet. Ich bin eine Mörderin geworden. Und ich bitte nicht um Verzeihung, sondern sühne auch diesen Mord mit Mord. An mir selbst.

Martina Behrend

Peter legte die Blätter aus der Hand. Er war kreidebleich.

»Als du mir den Zettel gabst, dass im und am Arbeitsanzug DNA-Spuren einer Frau waren, habe ich es nicht glauben wollen.«

Er faltete die Blätter zusammen. »Gehen wir.«

Frank Kreisler

Ertappt im falschen Film
Nordsachsen

»Okay Leute, vor ein paar Tagen hat die Filmstelle uns ihren Geldsegen erteilt, wir können endlich loslegen und haben nicht viel Zeit. Der Film soll ja schon Weihnachten ins Fernsehprogramm«, beginnt Regisseur und Projektleiter Roman Wallkranz vor versammelter Filmcrew und wischt sich den Schweiß von der Stirn. Verdammt heiß, dieser Sommer, denkt er und fährt fort:

»Das Happy End, die Doppelhochzeit von Schneeweißchen und Rosenrot mit ihren beiden Märchenprinzen, drehen wir gleich zu Beginn. Dafür hab ich das Torgauer Schloss Hartenfels gebucht. Auch der Rosengarten an der Außenmauer lässt sich wunderbar in die Handlung einflechten. Eine Woche Dreh in dem Kleinod mit seinem grandiosen Wendelstein wird reichen. Es ist schon alles eingerührt. Und dann hab ich mir gedacht...« Er macht jetzt, ganz Profi, eine Kunstpause, sehr bedeutungsschwer, und alle spitzen die Ohren und warten auf den Knaller. »... sollten wir auch die beiden Braunbären, die in dem Bärenzwinger umhertollen, mitspielen lassen. Bären brauchen wir ja sowieso, einen mindestens. Was meint ihr?«

Roman Wallkranz weiß, was jetzt kommt.

»Das geht doch nicht!«, ruft einer dazwischen.

»Das ist doch viel zu gefährlich!«, meint ein anderer.

»Warum denn? Wozu gibt es Bärenkostüme! Und ein Mensch im Bärenkostüm läuft dahin, wo er hinlaufen soll, knabbert nicht alles an, klettert nicht überall herum, liegt nicht faul in der Gegend umher, ist also berechenbar.«

Mit Gegenwind hat Roman Wallkranz durchaus gerechnet. Er bleibt ruhig und gefasst, sein Entschluss steht fest.

»Ach i wo, das ist doch nicht gefährlich. Es gibt zwei Pflegerinnen und außerdem bekommen die Bären regelmäßig was zu fressen. An Menschen sind sie gewöhnt. Ich hab alles mit Mona und Jana abgesprochen. Sie sind einverstanden«, entgegnet Wallkranz. »Ein Bärenkostüm nehmen wir sicherheitshalber aber mit.«

Plötzlich ist eine verdutzte Stille im Raum. Dann rufen alle durcheinander, der Bär ist längst abgehakt: »Mona? Wieso denn Mona? Wir dachten Rosalie soll ... Das ist doch ... Mona packt es doch nicht, sie sieht zwar gut aus, schauspielert aber genauso grottig wie die Ferres!«

Keinen stört, dass Mona anwesend ist, die aber seltsam gefasst bleibt. Sie macht »Pah« und zuckt mit der Schulter.

»Nein, Rosalie will nicht, es ist ihr Wunsch, sie ist gewissermaßen unpässlich. Sie steht mir bei diesem Dreh als Assistentin zur Seite. Rosalie, willst du was dazu sagen?«, fragt Roman und sieht warnend zu ihr herüber: halt ja die Klappe!

Rosalie dreht demonstrativ ihren Kopf zur Seite und schüttelt ihn verneinend. Sie ist eindeutig ziemlich sauer, weil sie dieses Mal Kaffee und Pausenbrote servieren und ihren eigentlichen Kollegen, den Schauspielern, hinterherrennen darf, damit sie pünktlich vor der Kamera stehen. Und peinlich ist es ihr auch. Dass sie Rosenrot nicht spielen will, stimmt einfach nicht. Das erkennt jeder an ihrem Gesicht. Roman hat sie degradiert. Oder ist da noch etwas anderes?

Doch Rosalie ist verschwiegen wie ein Grab.

Auch Mona sagt lieber nichts.

Was, zum Kuckuck, ist da los?, fragt sich der eine oder andere. Sollte Roman mit beiden gleichzeitig was haben und jetzt zwischen zwei Stühlen sitzen? Oder wird Rosalie, seit geraumer Zeit seine heiß geliebte Flamme, gerade knallhart abserviert? Tritt Mona an ihre Stelle und genießt die Vorteile, die eine Liaison mit Roman mit sich bringt?

Warum sonst diese merkwürdige Besetzung, die keinen so richtig überzeugt?

Die Hotels der Stadt Torgau reichen nicht aus, um die Filmcrew unterzubringen. Auch die Unterkünfte in Eilenburg, Delitzsch, oder wo es sonst in Nordsachsen freie Hotelbetten gegeben hat, sind jetzt alle belegt. Was sich nachts da vom Set aus so im Landkreis verteilt, trudelt jeden Morgen um sieben Uhr und völlig verschlafen auf Schloss Hartenfels zum Dreh ein. Der Tag beginnt mit einem Kübel heißen Kaffee, den die Leute vom Catering aufbrühen und der dann in Pappbecher und weiter an die Protagonisten vor und hinter der Kamera verteilt wird. Als wäre dieses schwarze Gesöff ein Zaubertrunk, verschwindet danach die Müdigkeit aus den Gesichtern der Filmemacher. Auch belegte Brötchen gibt es täglich.

So turbulent wie seit zwei Wochen, ging es wohl seit Jahrhunderten nicht zu in dem Schloss, das seit der Frührenaissance ein paar Meter neben der Elbe, auf felsigem Grund aufragt. Die Schauspieler, Statisten und Techniker gehen, schlurfen oder laufen quer über den großen Schlosshof mit den hellen Fassaden, verschwinden in Hauseingängen, um zu den Requisiten, dem technischen Equipment und in die Maske zu gelangen. Gedreht wird derzeit auf dem Schlosshof, vor phantastischer Kulisse.

Die Bären im Zwinger unter der Zugbrücke haben sich bäuchlings über einen dicken, abgesägten Baumstamm gelegt und dösen vor sich hin.

»Wir machen jetzt da weiter, wo wir gestern vor Einbruch der Dämmerung aufgehört haben«, schnarrt Regisseur Roman Wallkranz' Stimme aus dem Megafon und nach diesen Worten setzt er es wieder ab.

»Rot wie Rosen, weiß wie Schnee. Wo, zum Kuckuck, bleiben unsere beiden Grazien!«, wendet er sich gallebittergrün im Gesicht an Rosalie, seine neue Assistentin. Das geht ja heute wieder gut los, denkt er verärgert.

»Weiß ich nicht«, grunzt sie und sieht ihn seltsam an.

»Sind bestimmt in der Maske. Ich geh mal nachsehen.«

Aufreizend mit schwingenden Hüften steigt sie die steinerne Treppe zum Wendelstein hinauf und verschwindet durch eine prachtvoll gestaltete, hölzerne Tür.

»Du lässt deine Finger von ihm, das ist meiner und nur meiner und bis zum bitteren Ende wird das auch meiner bleiben, auch wenn ich ihn eigentlich nicht besonders mag, weil er viel zu auffällig ist«, keift Mona, die Mitte zwanzig ist, ihre etwas jüngere Kollegin Jana an.

»Warum gönnst du ihn meinen weichen Lippen nicht. Ich will ihn auch mal probieren, wenigstens einmal«, entgegnet Jana und hofft, dass Mona nicht Nein sagt. Jana will mit ihrer neuen Kollegin klarkommen. Das mit Rosalie ist zwar Mist, aber nicht zu ändern.

Auch wenn es nur um Monas Lippenstift, und nicht etwa um ihren Freund oder so geht, fällt die Antwort kategorisch aus.

»Nein, nur über meine Leiche!«, erwidert Mona und sie meint es weiß Gott nicht pathetisch, sondern mit einer gewissen Nachdrücklichkeit.

Beide haben hüftlanges, brünettes Haar, das gleich zu Beginn der Dreharbeiten quasi bis in die Kopfhaut hinein gefärbt wurde: Monas rabenschwarz, Janas weizenblond. Aber nicht nur daran erkennt man sie schon von Weitem. Vor allem erkennt man sie an den Kleidern, die beide Rollen mit sich bringen: Mona ist Rosenrot und trägt ein rotes Kleid, Jana ist Schneeweißchen und ihr Kleid war zumindest nach dem ersten Drehtag noch weiß wie frisch gefallener Schnee.

Mittlerweile erinnert das Kleid an helles Elfenbein, als hätte sich ein gelb-bräunlicher Hauch auf das Weiß gelegt.

Beide Darstellerinnen werden jeden Morgen geschminkt: Die Lippen, die Wimpern und die Wangen bekommen Farbe. Wobei der Kontrast in Monas Gesicht am stärksten ist: das Haar schwarz wie Ebenholz, das Gesicht weiß wie Schnee. Man könnte glatt an ein anderes Märchen denken. Und die Lippen sind von einem Kirschrot, das Mona ziemlich ordinär findet. Doch Roman will das so. Dunkelrot wie eine Rose oder eben wie Blut. Wenn das hier kein Märchen wäre, könnte man auch sagen: Rot wie die Lippen eines leichten Mädchens kurz vor Arbeitsbeginn.

»Roman schreit schon nach euch zwei ... na ja«, platzt Rosalie in die Garderobe, die in einem der Obergeschosse, in einem ehemaligen Schlafgemach untergebracht ist und unterbricht den kleinen Disput. Sie wollte ›euch zwei Hübschen‹ sagen, verkneift sich das aber.

»Er will endlich anfangen«, meint sie nur.

»Ja doch, es geht gleich los.« Mona hat sich zu ihr umgedreht und schaut sie ungerührt und kalt, wie aus Fischaugen an. Klar, die beiden mögen sich nicht.

Rosalie lässt sich ihren Ärger und ihren Frust nicht anmerken. Sie tut geradeso als wäre nichts geschehen. Und deshalb argwöhnt Mona, dass Rosalie hinter ihrer freudestrahlenden Fassade irgendetwas im Schilde führt, dass sie einen Racheplan wie eine gefährliche Waffe geschmiedet hat und jetzt nur auf eine gute Gelegenheit wartet, die Waffe zu ziehen und ihren Plan in die Tat umzusetzen.

Verdammter intriganter Giftzwerg, denkt Mona grimmig.

Und was Rosalie ihrerseits von Mona hält, ist nicht schwer zu erraten.

Die beiden Darstellerinnen folgen Rosalie nach ein paar Minuten auf den Schlosshof. Die Sonne scheint, es ist warm. Ein schöner Tag eben.

»Hallo Roman«, flötet Mona, als sie den Regisseur sieht. Er nickt nur und sieht sie alles andere als freundlich an.

»Wo bekommt man hier frischen Fisch?«, fragt Roman eines Tages die nette Dame an der Rezeption seines Hotels, das in der Dübener Heide, genauer gesagt mitten im Wald, steht.

»Wie frisch soll er denn sein?«, entgegnet sie nach einem kleinen Moment der Verblüffung.

»Er darf gern noch schwimmen«, antwortet Roman.

»Soso, schwimmen also. Tja …« Sie überlegt und lacht sympathisch. »Angeln wollen Sie aber nicht, oder? In Elbe, Mulde, einem See? Nein, sicher nicht!« Sie antwortet gleich selbst.

»Ich empfehle Ihnen einen Fischereibetrieb. Da geht es den Fischen prächtig, bis ihnen im Herbst das Wasser unter den Flossen weggezogen wird. Da gibt es hier einige Teiche, zum Beispiel in …« ›Torgau‹ wollte sie sagen, kommt aber nicht dazu.

»Auch Lachs?«, unterbricht er sie.

»Das weiß ich nicht. Da können Sie nur mal fragen. Warten Sie!«

Sie ruft am Computer eine Internetseite auf, liest eine Telefonnummer ab, notiert sie in großen, leserlichen Buchstaben auf einem Zettel, den sie Roman zuschiebt.

»Die gibt es hier seit über 400 Jahren und können Ihnen wahrscheinlich mehr sagen. Viel Glück.«

Er bedankt sich, geht auf sein Zimmer und telefoniert.

»Haben Sie auch Lachs in den Teichen?«, fragt er nach einer kurzen Begrüßung.

»Nein, nicht? Och schade!« Er klingt enttäuscht.

»Ach so, der wird dazugekauft. Also gefroren!« Roman fällt ein Stein vom Herzen. Na gut, denkt er, besser als nichts.

»Prima. Die Adresse noch … Gut, hab ich. Ich komme noch heute vorbei«, sagt er und legt auf.

Das Gespräch dauerte nur ein paar Minuten.

Gleich darauf verlässt er das Hotel. Mit seinem Auto, einem dunklen Cabriolet, fährt er davon und kehrt erst nach ein paar Stunden zurück.

Als er das Hotel wieder betritt, trägt er eine Tiefkühltasche, die mit einem grinsenden, blauen Fisch bedruckt ist. Darin eingepackt ist ein gut vier Pfund schwerer Lachs, der zwar noch gefroren ist, aber wohl schon langsam auftaut.

Lecker, Fisch – das wird ein Festmahl geben, denkt Roman düster, geht auf sein Zimmer und an diesem Abend früh schlafen. Bevor er das Licht löscht, verstaut er das Fischpaket in der Minibar.

Roman steht am nächsten Morgen früher auf als sonst, holt den Fisch aus der Kühlung und schneidet ihn in dünne Scheiben, wie man sie für Sushi verwendet. Den frischen Fisch nimmt er mit ins Schloss. Er fährt etwa eine Stunde früher als üblich los.

Roman ist pünktlich, nicht eine Minute zu früh auf seinem Posten. Niemand hat bemerkt, was er vor Arbeitsbeginn in der Küche und anderswo gemacht hat. Na, die werden sich wundern, denkt Roman seltsam gelöst, fast heiter.

So langsam trudelt auch die Crew ein. Müde Gestalten, von denen einige mal wieder zu viel gefeiert haben dürften, schieben sich durch das mit Ornamenten geschmückte Schlosstor auf den hellen Hof. Neben Kaffee gibt es wie immer auch belegte Brötchen. Käse, Wurst, Eiersalat, lauter leckere Sachen. Lachs ist erstmals auch dabei.

»So, dann legen wir mal wieder los«, ruft Roman nach einiger Zeit ins Megafon.

»Und womit wollen wir beginnen?«, fragt Rosalie zurück.

»Hochzeit, Rosengarten oder Bären?«

Roman überlegt.

»Hochzeit vielleicht?«, bohrt Rosalie nach.

»Mit der Hochzeit warten wir, bis die Sonne hoch genug

am Himmel steht, dann scheint sie in den Schlosshof. Und die dunklen Ecken, die dann noch bleiben, leuchten wir einfach mit den Strahlern aus. In den Rosengarten kommt die Sonne erst am Nachmittag. Wir fangen am besten mit den Bären an. Ist alles vorbereitet?«, erkundigt sich Roman.

»Steht alles bereit«, bestätigt Rosalie. Alle drei Baustellen sind gleichermaßen hergerichtet, man könnte jederzeit das Equipment nutzen.

»Konntest du die beiden Pflegerinnen erreichen?«, will Roman wissen.

»Aber na klar, die sind immer hier.«

»Gut, also auf zu den Bären!«

»Ach verdammt,« ruft Rosalie. »Wir brauchen doch nur einen Bären! Wir haben aber zwei und die sollen unzertrennlich sein!«

»Ach was, so unzertrennlich werden sie schon nicht sein«, bleibt Roman gelassen. »Und wer weiß – vielleicht können wir beide aufnehmen. Den grimmigsten Bären nehmen wir dann. Ein paar Aufnahmen machen sich auch für den Hintergrund ganz gut. Der Bär schleicht sich an oder so und die beiden Damen erschrecken sich. Irgend so etwas. Ach, wo ist der Zwerg eigentlich? Den brauchen wir natürlich jetzt auch. Ist doch klar, oder? An den Baumstamm kommt der. Den Bart müsst ihr aber nicht richtig einklemmen. Falls die Bären doch … damit der da nicht festhängt, falls es wider Erwarten …« ›Brenzlig wird‹ wollte er sagen, lässt es aber lieber. Nicht, dass da jemand auf dumme Gedanken kommt.

Rosalie seufzt.

»Menschenskinder, kannst du das nicht eher sagen. Du und der ›letzte Drücker‹ – ihr müsst Brüder sein.«

Die Dreharbeiten verzögern sich um eine halbe Stunde. Dem Zwerg, einem kleinwüchsigen Schauspieler, wird der lange Bart so fest angeklebt, dass er den für mindestens drei

Tage wohl nicht abbekommen wird. Egal, sein Problem. Jetzt geht es los. Endlich!

Die Protagonisten betreten den Bärenzwinger.

Die beiden Braunbären dösen wieder am abgesägten Baumstamm in der Sonne. Der Zwerg muss warten, an den Baumstamm kann er im Moment jedenfalls nicht.

»Irgendetwas riecht hier komisch«, meint Jana und verzieht das Gesicht.

»Na, Bären eben. Die riechen halt«, entgegnet Mona.

»Weiß nicht. Ich hab das schon länger in der Nase ...«

»Vielleicht mal putzen oder so ... Na, Pardon, ist nicht böse gemeint. Hast wohl Recht, das sind die Bären oder ihr vergammeltes Futter ... und der Luftzug treibt den Gestank umher. Hab so etwas auch in der Nase. So 'ne schwache Geruchsspur; kommt manchmal irgendwie um die Ecke geweht. So ein bisschen nach Mülltonne, Bioeimer. Seltsam. Ganz schwach, man glaubt zu träumen oder so.«

Wollkranz stellt sich neben die beiden.

»So, ihr beiden Hübschen, dann wollen wir mal. Die Szene ist folgendermaßen: Ihr seid allein durch die Gegend gestreift und wollt euch genau hier treffen.« Roman zeigt auf einen Flecken in dem geräumigen Zwinger, ein gutes Stück von den Bären entfernt.

»Im Hintergrund ist der Bär zu sehen. Jana, du kommst von da!« Romans Hand weist auf eine felsige Terrasse, weit von den Bären entfernt.

»Und du, Mona, kommst aus dem dunklen Torbogen, wie aus einer dunklen Höhle. Das glatte Gestein retuschieren wir am Computer ein bisschen wilder, bemooster, gezackter. So, und dann fallt ihr euch hier in die Arme. Ach ja, der Zwerg geht ebenfalls in die Höhle und schaut Rosenrot hinterher.«

»Was willst du mit dieser Einstellung?«, wirft Rosalie ein.

»Meinst du den Zwerg?«

»Nein, Rosenrot und Höhle – was soll das?«

»Weiß ich noch nicht. Ist mir gerade so eingefallen. Vielleicht können wir eine solche Szene gebrauchen. Wenn wir schon mal dabei sind ... Rausschneiden können wir das immer noch.«

»Ich denke, Schneeweißchen und Rosenrot sind derart unzertrennlich, dass sie nicht einmal allein aufs Klo gehen, geschweige denn heiraten können, selbst das tun sie gemeinsam.«

»Mag ja sein, aber irgendwann braucht jeder mal seine Ruhe und seinen Frieden«, seufzt Roman und die Umstehenden haben den Eindruck, er meint mit diesem Satz nicht das symbiotische Verhältnis der beiden Damen aus seinem Märchenprojekt, sondern etwas ganz anderes.

Doch schnell konzentrieren sich die Gedanken wieder auf den Filmset.

Jana in ihrem weißen Kleid scheint durch den Zwinger fast zu schweben.

Doch was jetzt passiert, damit hat wohl niemand gerechnet.

Denn während sich Mona in dem Torbogen postiert, ist es mit der Trägheit der beiden Bären, die sich in der Nähe befinden, seltsamerweise vorbei. Sie fangen an zu brummen, ihre Nüstern recken sich sehr lebendig in die Luft, als hätten sie Witterung aufgenommen, eine interessante Geruchsspur entdeckt.

Neben den beiden Pflegerinnen hat nur Roman diese Veränderung registriert. Die beiden Frauen sind alarmiert.

Roman hingegen beobachtet angespannt, wie es weitergeht. Er ist feuerrot im Gesicht.

Und es passiert etwas. Doch so schnell kann niemand reagieren. Und wenn es doch jemandem gelungen wäre, hätte er sich genauso gut einem fahrenden Zug in den Weg stellen können. Die beiden Bären rennen plötzlich auf allen vieren in Richtung Mona los. Sie erkennt die Gefahr und flüchtet kreischend in den Torbogen hinein, wo ein Eisengitter ihr den Weg versperrt. Sie rüttelt vergeblich an den Stäben. Der Zwerg, der sich schon im Dunkeln des Torbogens verborgen hielt, stürzt zu Mona herüber, um sie aus der Falle zu ziehen und zu retten. Doch der Hieb einer Bärentatze schleudert ihn filmreif zur Seite. Jetzt stürzen sich beide Bären gleichzeitig auf Rosenrot. Sie schlägt mit den Armen um sich und versucht die Bären wegzutreten. Natürlich erfolglos. Sie schreit in Todesnot, sodass den Umstehenden das Blut in den Adern gefriert. Die soeben zu Ungeheuern mutierten putzigen Bären knurren und brummen blutrünstig, hauen mit ihren schweren und kralligen Tatzen auf sie ein und beißen sie immer wieder heißhungrig in Nacken und Rücken. Der Höllenlärm, der dem Kampf auf Leben und Tod entspringt, ist unglaublich grausam.

Die Schüsse aus dem Betäubungsgewehr kommen viel zu spät. Längst ist von Mona nichts mehr zu hören und zu sehen erst recht nicht. Die Frau ist unter den Bären wie unter einem schmucklosen, zottelig aussehenden Erdhügel begraben.

»Zieht doch mal einer die verdammten Viecher da weg«, schreit Rosalie. Sie zittert am ganzen Leib.

Mit vereinter Kraft werden die beiden schweren, braunen Leiber von Mona heruntergezogen. Kein Lebensfunken, sondern ein Bild des Grauens erwartet die Helfer. Rosenrots Kleid ist in Fetzen gerissen, ihr Körper, vor allem Kopf und Rücken, zerfleischt, ein einziger blutiger Brei: Das ist Rosenrots Tod. Es riecht nach Blut und Dreck und dann ist da noch so eine andere Geruchsspur, ganz schwach, in dem Blutgeruch kaum wahrnehmbar. Was, zum Kuckuck, ist das?

Es bleibt rätselhaft, was die tödliche Bärenattacke ausgelöst hat. Waren es vielleicht die ungewohnt vielen Menschen ringsum oder vielleicht das wechselhafte Wetter oder gar eruptive Sonnenwinde am Tag, ein bleicher Vollmond bei Nacht, ein leerer Futtertrog mit wunderbaren Restdüften? Oder haben sich die beiden Bären aus unerfindlichen Gründen um Rosenrot gezankt, weil vielleicht ihr Lippenstift so anturnend geduftet hat? Was hatte Mona an sich, dass die Bären sich auf sie gestürzt und sie zugerichtet haben wie einen leckeren Happen?

»Was ist denn das für ein bescheuerter Befund?«, wundert sich Kommissarin Lisa Knoblich, als sie den Obduktionsbefund von Rosenrots Tod zwei Tage später in den Händen hält und aufmerksam liest.

Die Kommissarin hat Rosalie in den Rosengarten gebeten, gleich neben dem Bärenzwinger.

Beide Areale sind durch einen eisernen Zaun, in dem sich eine Tür befindet, voneinander getrennt.

»Bitte sagen Sie mir doch eins, Frau Schmitz«, wendet sich die Kommissarin an Rosalie, »Was hat es am Tag der tödlichen Bärenattacke am Set zum Frühstück gegeben?«

Rosalie sieht die Kommissarin verblüfft an. Dann zählt sie auf: »Kaffee, Brötchen, belegt mit Margarine, Wurst, Käse, Grünzeug, letzteres leicht verwelkt.«

»Das ist alles? Gab es auch Fisch?«, bohrt die Kommissarin weiter.

»Fisch? Eigentlich ni... – Doch! Lachs, an diesem Tag«, fällt es Rosalie wieder ein. »Der lag im Kühlschrank, frisch geschnitten. Hab gekostet. Weiß nicht, wer den besorgt hat. Ich jedenfalls nicht.«

»Hat Frau Weimert Lachs gegessen?«

Rosalie schaut die Kommissarin mit großen Augen an.

»Sie meinen, Mona könnte gestorben sein, weil sie Lachs gegessen hat!? Dann hätten wir alle sterben können!« Sie kann es nicht fassen.

Lisa Knoblich entgegnet jedoch: »Nein, nein – vom Lachs

essen stirbt natürlich niemand, jedenfalls nicht einfach so. – Hat sie nun oder hat sie nicht?«

»Das weiß ich nicht. Auf jeden Fall war vom Lachs am Ende nichts mehr übrig.«

»Im Mundbereich haben wir bei ihr davon nichts gefunden. Aber in dem blutigen Brei, der mal Nacken und Rücken gewesen ist, waren ein paar Lachsmoleküle vorhanden.«

»Vielleicht haben die Bären ja vorher Lachs im Futternapf gehabt, gefressen und – na ja, die Zähne putzen sie sich ja nicht.«

Lisa Knoblich schüttelt mit dem Kopf. »Nein, kleine Lachsstücke, nicht mehr so ganz frisch, haben wir beispielsweise – und jetzt hören Sie gut zu: eingenäht im Kragen gefunden, dazu eine Verpackung: perforierte Plastikfolie. Also, alles grauenvoll zerfetzt natürlich, immer nur Reste davon. Der Fisch war eingepackt, sollte ausdünsten und bei den feinnasigen Bären Fressgelüste wecken. Das Opfer konnte nichts bemerken. Und das hat funktioniert. Mit anderen Worten: Der grausame Tod von Ramona Weimert war ein erfolgreicher Mordanschlag.«

Rosalie muss sich setzen und schlägt die Hände vors Gesicht. Schlagartig begreift sie, was da passiert sein muss. Den Lachs, den er für seinen mörderischen Plan nicht mehr benötigte, hat er einfach – war wohl zu schade zum Wegwerfen – in den Kühlschrank zu Wurst und Käse getan. So sicher hat er sich gefühlt, denkt sie und ihr wird schlecht.

»Ist schon sehr merkwürdig«, fährt die Kommissarin fort. »Wissen Sie, dass der Bär den Zwerg nicht mag, weiß ich aus dem Märchen. Dass aber Rosenrot am Ende nicht in den Armen des Prinzen landet, sondern der Bär sie tötet, stellt das Märchen auf den Kopf. Entsprang der Mord vielleicht einer verfahrenen Beziehungskiste? Animalische Gelüste – okay, aber heiraten oder sowas – um Gottes willen?«

»Woher soll ich das wissen?«, entgegnet Rosalie.

»Man munkelt, und Sie können sich sicherlich denken, wer da so gemunkelt hat, dass das Mordopfer, als es noch lebte, Sie bei Roman Wallkranz ausgestochen haben soll. Und damit haben Sie, Frau Schmitz, ein sehr triftiges Motiv, Frau Weimert die Zähne zu zeigen, beziehungsweise das die Bären für Sie tun zu lassen, zumal Sie ...«, und das sagt die Kommissarin mit einer gewissen Süffisanz, »... die Brötchen serviert haben, mit Wurst und Käse und – Lachs drauf!«

»Das ist doch hanebüchener Unsinn«, entgegnet Rosalie matt. Sie ist noch immer geschockt. »Roman und ich sind nach wie vor zusammen. Daran hat sich überhaupt nichts geändert. Mit Mona hat er gar nichts gehabt!«, ruft Rosalie, der langsam dämmert, dass die Knoblich in ihr die Täterin sieht. Tatmotiv Eifersucht.

»Soso«, entgegnet Lisa Knoblich skeptisch, »da hat er Sie einfach aus einer Laune heraus vor versammelter Filmcrew degradiert und gedemütigt: von der Schauspielerin und Geliebten zur Kaltmamsell. Und Mona hat er den Vorrang gegeben, obwohl sie eine miserable Schauspielerin gewesen sein soll, hab ich gehört?«, seufzt die Kommissarin und meint: »Wenn nicht Sex – was dann?«

Darauf hätte Rosalie nicht antworten müssen, weil – woher soll sie das bitte schön wissen?! Sie antwortet aber doch und entlastet sich. Sie weiß aber auch, was ihre Antwort für sie und vor allem für Roman bedeuten wird. Vielleicht gerade deswegen vergehen einige Minuten, bis sie endlich etwas sagt. »Mona hat etwas mitbekommen, was sie nie hätte mitbekommen dürfen.«

Lisa Knoblich begreift sofort.

»Also Erpressung! Wer wird erpresst und womit? Sie etwa?«

Rosalie schüttelt mit dem Kopf. »Nein, verdammt, nicht ich ...!« Bevor sie weiterreden kann, hört sie hinter sich ein grässliches Knurren und Brummen. Eines dieser zottigen

Ungetüme prescht, wie eben der Hölle entsprungen, auf allen vieren heran.

Rosalie ist starr vor Entsetzen. Wie kommt der Bär hierher? Warum ist die Tür zum Bärenzwinger nicht abgeschlossen? Die Kommissarin handelt geistesgegenwärtig: »Ziehen Sie alles aus, was Sie anhaben.« Als Rosalie zögert: »Los, runter damit!«

Und dann fliegen der gelbe Seidenschal, das dunkelblaue Kleid und das Unterhemd im hohen Bogen die Gartenterrassen hinunter. Sie steht praktisch nackt da. Die beiden Frauen fliehen in den oberen Bereich der Terrassen. Der Bär stürmt den Hang hinunter und macht aus der neuesten Sommermode mit seinen Tatzen hübsche Putzlappen in allen erdenklichen Formen. Als der Bär endlich merkt, dass er vom Zerfetzen der Kleidung nicht satt wird, will er einer weiteren Geruchsspur den Hang hinauf folgen.

Endlich trifft ihn ein Betäubungspfeil. Der Ausflug ist vorbei.

Roman, der sich gerade aus dem Zwinger verdrücken will, wird festgenommen und abgeführt. Er muss jetzt nichts sagen.

Rosalie wird das tun. Sie hat keinen Grund mehr, ihn zu schützen.

»Mona war im falschen Moment am richtigen Ort und hat dabei entdeckt, dass Roman eine viertel Million des Drei-Millionen-Filmbudgets unterschlagen hat. Geld wollte sie für ihr Schweigen nicht, aber fürs Erste meine Rolle, an der eine üppige Gage hängt. Und irgendwann, es wäre nur eine Frage der Zeit gewesen, hätte sie mehr gewollt, immer mehr, vielleicht auch Roman. Er hätte nichts, aber auch gar nichts dagegen tun können und deshalb der Bedrohung ein Ende gesetzt. Ich ...«

Ja, denkt Lisa Knoblich, und du hast das alles gewusst und solltest deswegen auch sterben.

Patricia Holland Moritz

Auf den letzten Drücker
Leipzig

Das Letzte, was Siegfried Reske durch den Kopf ging, war eine Kugel.

Ott, Oberstleutnant der NVA a. D., dachte in letzter Zeit oft an Siegfried Reske und jenen Tag im Juni 1981. Nicht, weil er stolz darauf war, wie andere auf den Tag ihrer Hochzeit oder den der Geburt ihres ersten Kindes. Dabei hätte er stolz sein können. Aber das war nicht das Gefühl, das den Gedanken an den jungen Mann immer wieder nach oben holte. Ott dachte sowieso immer die gleichen Dinge, die wie ein nutzloser Haufen mehrfach und mit wachsender Langeweile gelesener Bücher in seinem Kopf herumspukten.

Sein Gegenüber war eine Häuserfront. Mal spiegelte sich das Abendrot in den Dachfenstern, mal war die Dachschräge von Schnee bedeckt. Die Farbenvielfalt des Leipziger Wetters war für Ott nur Kulisse, die hier und da mit neuen Stoffen behängt wurde.

Ott rückte einen Stuhl ans Fenster. Dieser Tag war noch ganze neunzehn Stunden lang. Jetzt, Punkt fünf Uhr, schloss Helga Gläser das Klappfenster ihres Schlafzimmers. Hinter dem schmalen Küchenfenster ging kurz darauf das Licht an. Es war bereits hell. Trotzdem schaltete Frau Gläser die Beleuchtung ein, wenn sie Wasser für den Kaffee aufsetzte. Sie trug einen hübschen Morgenmantel. Er konnte sehen, wie sie ein Streichholz an der Schachtel rieb, denn nun schaute er durch sein Zielfernrohr. Manchmal blickte sie gedankenverloren zu ihm herüber. Dabei schaute sie nicht wirklich zu ihm, denn alles, was sie sah, war eine baufällige Fassade.

Arndtstraße 34. Das vergessene Haus der Südvorstadt. Die Häuser links und rechts davon waren renoviert und aufpoliert. Nur für sein Haus hatte sich nach der Neuverteilung des Eigentums im Land niemand gefunden. Und ihn, Ott, hatte man in der Wohnung unterm Dach vergessen. Wobei es niemanden gab, der ihn hatte vergessen können. Die Familien im Haus waren nach und nach weggezogen. Die Alten weggestorben. Ott hatte weder Familie, noch war er sterbenskrank. Und mit 66 Jahren sah er zwar aus wie achtzig, fühlte sich aber wie vierzig. Was nur daran lag, dass er seit seinem 40. Geburtstag nicht mehr weitergezählt hatte. Damals, als alles im Lande zu Ende ging, beendete Ott seine Existenz.

Vorsichtig drehte er am Einstellring des Zielfernrohrs. Das dazugehörige Luftgewehr *Seitenspanner Haenel Suhl Modell 312* hatte sich Genosse Jarosch unter den Nagel gerissen. Jarosch war überhaupt die größte Enttäuschung gewesen. Ein harter Hund, der gerne Sachen sagte wie: »Hinrichten. Wenn notwendig auch ohne Gerichtsurteil.«

Als die Ersten mit Kerzen in der Hand um das Gewandhaus rannten, brachte Jarosch schnell seine Schäfchen ins Trockene. Wobei man bei dem schon von ganzen Herden reden musste. Ott lachte krächzend. Ganz Leipzig schien plötzlich von Typen wie Jarosch bewohnt zu sein. Noch Wochen vor dem Ende hatten Ott und Jarosch mit den Genossen die Bänke in der Nikolaikirche besetzt. Gut sichtbar das ›Neue Deutschland‹ gelesen und ihre Thermoskannen dabei gehabt. Damit zum Gottesdienst nur nicht zu viele Elemente der Konterrevolution Platz finden würden. Und dann? Kaum hatten die letzten Kerzenhalter auf ihrer gewaltfreien Demo den Dittrichring passiert, faselte Jarosch ständig von Kompromissen, und dass man die Gründe ›eruieren‹ müsse, aus denen die Leute reihenweise das Land verließen. Mit dem Schweinehund war es nun zum Glück vorbei, dachte

Ott und legte auch den Gedanken an Jarosch zurück auf den Haufen tausendfach gedachter Gedanken.

Während Helga Gläser ihren Kaffee aufbrühte, zündete sich Ott eine Karo an. Sie trank ihren Kaffee. Er rauchte seine Karo. So war das jeden Morgen. Ihr Kaffee kam aus einem Filter, sein teerverstärktes Nikotin nicht. Wieder lachte er krächzend. So, wie er jeden Morgen über diesen immer gleichen Witz zu lachen pflegte. Der war nämlich immer noch besser als das, was der Fernseher mit flackerndem Bild oder die kostenlosen Zeitungen boten, die er jeden Tag im Briefkasten fand.

Hentschel war am Ende. Krampe und Schulz waren als Kollegen wenig hilfreich. Beide zusammen geradezu unbrauchbar. Also tippte er dem kleineren der beiden Übel auf die Schulter und sagte: »Krampe. Komm mit.«

Hentschel schätzte Krampes vierzigjährige Berufserfahrung. Allerdings bedauerte er, dass Krampe sie so gar nicht einzusetzen wusste.

An seinem Schreibtisch sitzend rückte Hentschel ein Foto zurecht. Für Krampe ein untrügliches Zeichen für Ratlosigkeit bei seinem Vorgesetzten. Und dann das Foto: dickliche Frau mit verkrampftem Lächeln und vier Kindern um sich herum, die allesamt aussahen wie Hentschels ehemaliger Vorgesetzter, den alle nur den ›Grassi-Django‹ genannt hatten, weil er sich hier im Museumsviertel die eine oder andere Geliebte hielt.

»Dieser Jarosch wurde vor einem Monat erschossen, und wir sind noch keinen Schritt weiter«, setzte Hentschel widerwillig an. »Er war fett in der Antiquitätenbranche. Der Schalck-Golodkowski von Leipzig. Es muss doch einen aus seinem Umfeld geben, der bereit ist zu reden?«

Krampes Finger durchpflügten seinen grauen Haarkranz. »Der Schuss, mit dem Jarosch getötet wurde, war äußerst präzise angesetzt. Der Täter war nicht irgendein wütender Käufer, der sich betrogen fühlte.«

»Nun«, gab Hentschel zu bedenken, »jeder wütende Käufer kann heutzutage einen Profi anheuern. Die Kohle dafür legt er einfach noch auf den eh schon erlittenen finanziellen Verlust obendrauf, hat dann wenigstens Genugtuung und geht ein verschwindend geringes Risiko ein, gefasst zu werden.«

Krampe winkte ab. »Dass der Verfassungsschutz den Fall an uns zurückgegeben hat, nachdem sie am Anfang so wichtig taten, spricht ja wohl Bände.«

»Richtig!«, sagte Hentschel und fuchtelte mit dem Zeigefinger. »Deshalb sitzen wir hier. Du nimmst dir die Unterlagen vor, die mit dem Fall geliefert wurden und gräbst dich noch mal durch Jaroschs Umfeld. Soweit ich weiß, war er Stasimajor. Gibt es Akten, wer waren seine Opfer? All sowas. Vielleicht ist der Täter dort zu suchen. Verfassungsschutz steht nicht wirklich für DDR-Aufarbeitung, wie wir wissen. Auch wenn dessen Abteilung ›Organisierte Kriminalität‹ bereits den passenden Namen dafür trägt. Also müssen wir uns kümmern.«

»Verstanden«, sagte Krampe lustlos.

In Hentschels Innerem formierte sich die Schadenfreude zum Fahnenappell: Krampe war ein klassischer Vertreter mit aufpolierter DDR-Vita. Fehlte noch, dass er als Bürgerrechtler geehrt wurde. Und nun musste er in den Reihen seiner Ex-Genossen ermitteln. Kein schlechter Schachzug. Hentschels Freude wuchs zu einem breiten Lächeln, auf das Krampe nur abschätzend reagierte. »War's das?«

»Vorerst«, sagte Hentschel süßlich und wies mit einer freundlichen Geste zur Tür.

Um sechs Uhr war das morgendliche Schäferstündchen am Fenster für Ott beendet. Er drehte am Wasserhahn. Seine

Existenz hier oben hing am seidenen Faden eines Behördenirrtums. Irgendwer zahlte die Rechnung dafür. Das berührte Ott nicht sonderlich. Er hatte genug für dieses Land getan. Jetzt waren die anderen dran. Und wenn sie ihn nur mit Wasser und Strom versorgten. Solange beides nicht aufeinandertraf, war alles gut.

Ott krächzte ein Lachen. Warmes Wasser lief in das Spülbecken. Der Geruch von *Badusan Flieder* lag kurz darauf in der Luft. Ott stand in Unterwäsche auf einem Handtuch und wusch sich mit einem Waschlappen. Sein Blick wanderte hinüber zu Helga Gläsers Wohnung. An dem schmalen Badezimmerfenster hing ein Vorhang. Da war auch ein Zielfernrohr keine Hilfe. Aber er war ja auch kein Spanner. Zu wissen, dass Helga Gläser zur selben Zeit wie er ihre Morgentoilette absolvierte, genügte ihm vollkommen. Ott setzte Wasser für Würstchen auf. Drei *Halberstädter im zarten Natursaitling* waren sein Frühstück. Jeden Morgen. Mit *Bautzner Senf* und einem Brötchen. Er musste einmal durch die ganze Innenstadt bis zum Brühl, um diese Sachen einzukaufen. Dieser Gang war jedes Mal eine Qual. Und dass der Supermarkt ›Ossiladen‹ hieß, machte die Sache nicht einfacher. Während er sich dort mühsam seine Lebensmittel zusammensuchte, schallte es »Guck mal, *Tote Oma*!«, »Oder hier: *Wofacutan* Waschlotion. Das klingt schon nach verätzter Haut!«, »Pittiplatsch und Arthur der Engel, wie süß!« um ihn herum. Wie in einem Erlebnispark. Dazu war sie geworden, die DDR, die es angeblich nicht mehr gab. Touristen und Leipziger, alle waren sich einig in ihrer armseligen Verhöhnung eines ehemals gut funktionierenden Systems, das besser gewesen war als das heutige, dachte Ott wie immer an dieser Stelle seines Frühstücks.

Lustlos notierte er, was er einkaufen musste. Das magere Angebot des Ladens genügte ihm vollkommen. Was Überfluss aus den Menschen machte, begegnete ihm auf dem

Weg vorbei an all diesen Karstädten und durch die vollgestopften Passagen. Gaffend, mit Tüten behängt glaubten sie, Träume zu kaufen, dabei kauften sie nur mehr Kredit bei ihrer Bank.

Er konnte nur vermuten, wie es um die kleinen Leute stand, wenn schon hochrangige Persönlichkeiten aus Justiz, Politik und Wirtschaft in Kinderprostitution, Immobiliengeschäfte und die damit in Zusammenhang stehenden kriminellen Machenschaften in Sachsen verwickelt waren. Bis in die 1980er war in diesem Land mit Verbrechern verfahren worden, wie es sich gehörte. Hetzer, Spione, Mörder und Kriegsverbrecher wurden damals hingerichtet. Heute bekamen sie Bewährung oder Haftverschonung. Recht und Unrecht trennte eine Silbe und keine tausend Varianten von Schuld. Störer gehörten entfernt. Das galt unter jedem System, wie auch immer es sich nannte. Am Ende lebten Menschen neben Menschen von Menschen. Und wer ihr Zusammenleben behinderte, hatte in der Gesellschaft nichts zu suchen.

Mittlerweile war es sieben Uhr. Ein letztes Mal fuhr Ott mit dem Finger über den Stadtplan. Vierzig Minuten brauchte er zu Fuß bis zum Hauptbahnhof. Er kannte jede Straße in der Südvorstadt. Den Plan nutzte er nur zur Beruhigung. Bei all den nutzlosen Veränderungen ringsum blieb wenigstens hier alles beim Alten.

Er kleidete sich an. Zufrieden betrachtete er sich im Spiegel. Würde er sich selbst auf der Straße begegnen, würde er sich nicht wahrnehmen. Ein grauer Schatten, der sich an grauen Wänden entlang bewegte. Die *Walter P38* mit Schalldämpfer war von seinem fadenscheinigen Sakko verdeckt.

Seit seinem Umbau glich der Leipziger Hauptbahnhof einem Einkaufszentrum, aus dem als Attraktion Züge rein- und rausfuhren. Ratlos stand Hentschel am Bahnsteig 26. Der

Fundort war notdürftig mit rotweißem Flatterband abgesteckt. Die Frau lag in einer Blutlache. Hentschel beugte sich zu ihr hinunter.

»Nahschuss in den Hinterkopf. Die Kugel ist durch die Stirn wieder ausgetreten.«

Krampe stand hinter ihm. »Hab schon mit dem Notarzt geredet.«

Hentschel schaute ihn unverwandt an. »Und?«

»Hm, j... ja«, stotterte Krampe, »wie bei Jarosch.«

»Gut. Ansonsten fällt dir nichts auf?«

Krampe schien jetzt angestrengt zu überlegen. Das konnte dauern, wusste Hentschel und kürzte die Sache ab. Er zeigte auf die Handtasche zu den Füßen des Opfers. »Prada-Uschi.«

»Wieso nennst du sie so?«, fragte Krampe entrüstet.

»Weil ganz Leipzig sie so nennt. Sie war eine der beiden Beschuldigten des Moroff-Attentats. Geht da bei dir eine Lampe an?«

»Hm.« Wieder verfiel Krampe in sein angestrengtes Denken.

»Okay, schone dich. Ich helfe dir«, sagte Hentschel. Ein Mitarbeiter der Spurensicherung tippte Hentschel auf die Schulter. »Wir sind durch. Sie wird jetzt in die Rechtsmedizin gebracht.«

»Gut.« Er richtete sich wieder auf. »Ursula Klinger. Immobilienunternehmerin.«

»Maklerin also.«

»Größer als das. Sie makelte in einer Größenordnung, dass ihr Leute wie der Chef der Leipziger Wohnungsverwaltung im Weg waren.«

Krampe runzelte die Stirn. Sein Nachdenken hatte offensichtlich zu einem Ergebnis geführt. »Moroff.«

»Den sie vermutlich aus dem Weg räumen wollte. Die Ermittlungen durch die Kollegen fielen jämmerlich aus. Geradezu grotesk. Während die vier Täter zu Haftstrafen zwischen zwölf Jahren und lebenslänglich verurteilt wurden, kamen die Auftraggeber, darunter ›unsre Uschi‹, mit lächerlichen Strafgeldern davon. Sie wurden nur wegen ›Anstiftung zur Körperverletzung‹ verurteilt. Von versuchtem Mord war keine Rede.«

»Und nun?« Krampe schaute ihn herausfordernd an.

»Und nun möchte ich wissen, was du über Jarosch herausgefunden hast. Innerhalb von zwei Wochen zwei Kopfschüsse. Mit den fünf ungeklärten aus der Abteilung der kalten Fälle macht das sieben.«

»Wir schauen nach Parallelen.«

»Perfekt kombiniert, Krampe. Bis gleich im Präsidium.«

Durch sein Zielfernrohr behielt er die Welt im Auge. Nicht nur diesen kleinen Ausschnitt der Fenster von Frau Gläser. Von jedem Turm aus, den er besteigen konnte, richtete er es auf die Umgebung. Nikolaikirche. Thomaskirche. Völkerschlachtdenkmal. Dann war ihm wohl ums Herz. Denn alles, was er sah, das Treiben auf den Plätzen, in den Straßen, konnte er mit einer einzigen Fingerbewegung steuern. Nie würde er das tun. Nie würde er so tief sinken. Allein die Genugtuung beim Gedanken an die Möglichkeit bereitete ihm Freude.

Versonnen stand Ott am Fenster. Sein grauer Anzug hing im Schrank. Die Pistole lag in ein Leinentuch gewickelt in der Schublade neben dem Besteck. Er musste den Kopf etwas an die Scheibe drücken, um über die Kreuzung hinweg die andere Hälfte der Arndtstraße zu erspähen. Bis 1956 war ja in Dresden hingerichtet worden. Dann wurde die ›Fallschwertmaschine‹ nach Leipzig verlegt. In die Arndtstraße 48. Einhundert Meter Luftlinie von hier. Und weil das Fallbeil manchmal klemmte und deshalb nicht jede Hinrichtung sauber ablief, rüstete man schließlich auf Pistole um. Sein unvermeidbares Sterben sollte der Delinquent in Würde erleben. Ott wurde sofort eingestellt, weil er ein so auffallend guter Schütze war. Und er war Oberstleutnant im Justizvollzugsdienst der DDR. Die Genossen hatten ihn beneidet. Bei einem überraschenden Einsatz morgens um fünf brauchte Ott nur zehn Minuten zum Einsatz und konnte sich schon zehn Minuten nach getaner Arbeit wieder ins Bett legen.

Ott zündete sich eine Karo an. Es war Mittag. Bei Helga Gläser lief der Fernseher im Wohnzimmer. Ott warf einen Blick auf die aufgeschlagene Zeitung. Er schob die Kartoffelschalen beiseite und entzifferte, welche Qualität an Sendungen zu dieser Zeit an Programm geboten wurde. ›Auf Streife‹ und ›Die Schnäppchenhäuser‹. Wie schade um die Frau.

Ott hatte sich immer wohlgefühlt an seinem Arbeitsplatz. Von ihm aus hätte das ewig so weitergehen können. Sein Büro war das ehemalige Wohnzimmer des Hausmeisters dieser Gefängnisanstalt gewesen. 500 Häftlinge, Mörder und Vergewaltiger, hatten hier eingesessen. Und von den Umbauarbeiten hatte keiner von ihnen etwas mitbekommen. Die Wohnungsfenster zum Innenhof wurden einfach zugemauert. Abgeschottet in dieser leer stehenden Erdgeschosswohnung einer ruhigen Nebenstraße zwischen Gründerzeithäusern der beliebten Leipziger Südvorstadt war dieser Ort geschaffen worden. Gedanklich zog Ott noch immer den Hut vor dem, was andere zynisch und perfide nannten. Ott wusste es besser. Jede Gesellschaftsordnung hatte ihren Auftrag. Und wenn dessen Ausführung den Menschen an seine Fehlbarkeit und an seine Endlichkeit erinnerte, dann musste man den Menschen vor dem Anblick schützen. Man war ja nicht mehr im Mittelalter, als öffentlich und zur Volksbelustigung hingerichtet wurde. In die tausendfach gedachten Gedanken versunken spürte Ott nicht, wie sich die Glut seiner Zigarette den Fingerkuppen näherte. Erst als er den Geruch verbrannter Hornhaut wahrnahm, drückte er den Stummel im Aschenbecher aus. Das Schießtraining hatte die Haut um seinen Zeigefinger verhärtet. Kein Abzug war ihm zu straff gespannt. Auch unter größter Anstrengung blieb seine Hand ruhig, sein Blick zielgerichtet.

Von seinem Büro aus war er manchmal in den Innenhof gegangen. War in der Mitte stehen geblieben. Hatte von hier aus die Tore zur Küche, zum Lager, zum Heizungsraum und zur Wäscherei sehen können und darüber die Reihen vergitterter Fenster. Wie ein kleines, friedliches Dorf war ihm dieser Ort erschienen. Eine Oase der Gerechtigkeit. Hier war es ihnen gelungen, das Böse ruhigzustellen. Es wegzuschließen. Todeskandidaten aus der ganzen Republik wurden hierher gebracht. Aus dem Gefängnis selbst traf es nur drei in all den Jahren. Die Geheimhaltung der Hinrichtungsstätte funktionierte auch hier bis zum Schluss. Der Delinquent wurde aus seiner Zelle in den Hof geführt und in einen Transportwagen, den hauseigenen *Barkas B 1000*, gesetzt. Damit ging es dann eine knappe Stunde durch die Stadt. Bis der Wagen wieder die Toreinfahrt Arndtstraße 48 passierte. Der Wagen hielt in der Einfahrt. Der Häftling wurde in die ehemalige Hausmeisterwohnung gebracht. Zuerst ins Wohnzimmer. Das Büro des Henkers. Hier galt es, den Papierkram vorbildlich zu erledigen. So ging jedes dieser zerschlissenen Leben wenigstens geordnet zu Ende. Und von hier konnte der Todgeweihte einen letzten Blick ins Freie werfen. Im Nachbarraum wartete er dann auf seine Hinrichtung. Hier standen eine Pritsche, ein Tisch und ein Stuhl. Er durfte einen letzten Wunsch äußern. Außer Freiheit gab es alles, aber mehr als 10 Mark durfte es nicht kosten. Schwarzbier, Bohnenkaffee, Tee, Rauchwaren oder eine bestimmte Speise, die sich schnell in der Küche zubereiten ließ. Der letzte Wunsch konnte auch ein Brief sein oder das Testament. Weder das eine noch das andere erreichte je diejenigen, für die das Papier bekritzelt worden war. Dennoch, und davon war Ott überzeugt, befreite schon das Aufschreiben von Gedanken und Wünschen den Menschen von der Last seines Lebens, bevor es tatsächlich zu Ende ging. Ott sah eine therapeutische Wirkung in dieser Geste. Die politische Wirkung der Zeilen durften sie nicht riskieren. Dann wäre der Tod des Delinquenten ein unnützer gewesen. Viele waren schließlich hier gelandet, weil sie die Sicherheit des ganzen Landes freimütig dem Klassenfeind hatten opfern wollen. Gedankengut wie dieses starb mit ihnen zusammen. Die Briefe, die anderes verhießen, kamen mit dem Totenschein – ›akutes Herzversagen‹ – zu den Akten.

Endlich stellte Helga Gläser den Fernseher aus. Ott sah, wie sie das Küchenfenster öffnete. Es war höchste Zeit. Sein Magen knurrte. Ott verstaute seine Einkäufe im Schrank. Auf seinem Rückweg vom Hauptbahnhof war er in den Laden am Richard-Wagner-Platz gegangen. Hatte widerwillig Tempolinsen, Würstchen, Senfeier und ein paar Dosen Soljanka gekauft. Nun warf er geschälte Kartoffeln in das bereits brodelnde Wasser. In einem kleinen Topf auf der Flamme daneben brodelten Fleischklopse in würziger Sauce. Helga Gläser streute Käse auf etwas, das wie eine Pizza aussah. Vielleicht war es auch ein Auflauf. Auf jeden Fall war es zu viel für eine Person. Vielleicht bekam sie ja Besuch.

»Ich hab da was. Jarosch war nicht nur Major der Stasi. Er war einer der ganz harten Hunde. Bis er zum Schluss nicht nur die Fahne in den Wind hängte und die Seiten wechselte, sondern auch noch zum Bürgerrechtler mutierte.«

Krampe zögerte bei Hentschels zweifelndem Blick. »Na ja, nicht ganz. Aber während seine Kollegen mit dem Vernichten der Stasiakten beschäftigt waren, schrieb sich Jarosch schnell noch eine. Und zwar eine Opferakte.«

Hentschel schaute Krampe weiter ungläubig an. Er ließ einen Kaffee aus der Maschine und bot Krampe einen an.

»Nee, lieber Tee.«

»Dann mach dir selber einen.«

Krampe winkte ab. »Okay. Zurück zu Jaroschs Opferakte.«

»Sag mal, willst du mich veräppeln?«

»Ganz bestimmt nicht. Jarosch tippte sich ganz einfach eine Stasiakte. Datierte sie zurück. Gab einen IM an, der nicht mehr für die Stasi tätig war. Brachte darin handschriftlich Notizen ein, die ihn gegenüber der so genannten ›Zielperson‹ als Menschenversteher dastehen ließen und nahelegten, dass dieser ›Operative Vorgang‹ schnellstens eingestellt gehörte. Die junge Frau hätte schließlich ein schulpflichtiges Kind. Beide hätten eine neue Chance in der Gesellschaft verdient.« Krampe seufzte. »Dass genau diese Akte natürlich nicht mit vernichtet wurde, ist klar.«

»Und dann?«, fragte Hentschel, der Krampes lupenreine Vergangenheit ebenfalls für eine gelungene Fälschung hielt.

»Und dann konnte Jarosch seine Geschichte überall rumerzählen. Ganz präzise, ein bisschen hier den Lebenslauf frisiert, ein bisschen da die Gesprächspartner manipuliert, ich meine: Der war doch durch genau diese Schule gegangen.«

»Sehr gut«, sagte Hentschel anerkennend. »Und ich lasse mir zu unseren beiden neuen Opfern die fünf ungeklärten Fälle der letzten Jahre raussuchen.«

»Unsere Aufklärungsquote ist vorbildlich, aber mehr als fünf ungeklärte Mordfälle gab es in den letzten Jahren ganz bestimmt«, gab Krampe zu bedenken.

»Natürlich sind das mehr. Leider. Aber genau fünf Morde wurden auf die gleiche Weise wie die aktuellen verübt. Schuss in den Hinterkopf. Es waren Hinrichtungen. Das haben die Fälle gemeinsam«, sagte Hentschel. »Prada-Uschi war millionenschwere Immobilienhändlerin aus einfachen Verhältnissen. Hatte in der DDR Sozialistische Betriebswirtschaft studiert und dabei das Gespenst des Kapitalismus so eingehend analysiert, dass sie wie keine Andere von seinem Spuk zu profitieren verstand. Jarosch war zum Antiquitätenhändler aufgestiegen. Und die Stücke stammten vorrangig aus Wohnungen und Häusern von Leuten, die im Knast saßen oder in den Westen ausgereist waren. Geht dir ein Licht auf? Bei mir in der Birne leuchtet nämlich eins.«

»Hm. Ist unser Täter ein Robin Hood?«

»Wohl kaum. Er vergreift sich ja nicht am Besitz der Leute. Ich halte ihn eher für einen ...«

»Ja?«

Hentschel kam sich lächerlich vor. Sagte es trotzdem. »Sniper.«

»Der Sniper von Leipzig!« Krampe lachte schallend. »Darunter machst du es nicht, oder? Dann werden wir ja demnächst die Buchmesse absagen müssen!« Er klopfte sich auf die Schenkel.

Die Tür ging auf. Kollege Meiser balancierte einen Karton mit Ordnern auf seinen Unterarmen. »Hier sind die gewünschten Akten.«

Hentschel war froh über die Ablenkung von seinem sichtlich amüsierten Kollegen. »Danke, Meiserchen.«

Er breitete die Akten auf dem Schreibtisch aus und begann zu blättern.

»An diesen Fällen haben sich schon andere die Zähne ausgebissen. Die letzten Aufzeichnungen sind ein Jahr alt. Da wurden schon einmal Parallelen gesucht. Alles säuberlich aufgezeichnet.«

»Zeig mal her.« Krampe rückte seinen Stuhl zu Hentschel.

»Wasch dich mal«, sagte Hentschel naserümpfend.

»Lohnt nicht mehr«, entgegnete Krampe und schaute interessiert auf die Aufzeichnungen. »Wann war der erste?«

»Vor sechs Jahren. Dann pro Jahr einer. Dann ein Jahr Ruhe. In diesem Jahr dafür schon zwei.«

»Hm.« Krampe rückte noch näher an Hentschel heran. Der Geruch wurde unerträglich. Jetzt erst fiel Hentschel auf, dass sie seit vierzehn Stunden im Dienst waren. Und dass seine Frau nicht mal angerufen hatte, um zu erfahren, wo er blieb.

»Krampe, du kannst nach Hause gehen, wenn du willst. Ich geh das schnell noch durch und mach dann auch Schluss. Es ist schon nach zehn. Ich hab nicht auf die Zeit geachtet.«

»Ach«, sagte Krampe betreten, »ist es wirklich so schlimm mit meinem Geruch? Ich riech das gar nicht mehr.«

Das glaubte ihm Hentschel sogar. Krampe war seit einem Jahr verwitwet. Seitdem ließ er sich hängen, machte Dienst nach Vorschrift und wusch sich zu selten.

»Nein«, log Hentschel, »überhaupt nicht. Ich hab nur ein schlechtes Gewissen.«

»Musst du nicht. Irgendwie scheint ja auf keinen von uns beiden jemand wirklich zu warten.«

Den fragenden Seitenblick seines Kollegen ignorierte Hentschel. Er tippte auf die Aufzeichnungen.

»Das Muster ist beinahe zu einfach, geradezu naiv, wenn es denn eines ist. Alle fünf Opfer vor den beiden aktuellen waren irgendwie in Machenschaften in und um Leipzig verwickelt. Und alle fünf waren zu DDR-Zeiten nicht nur gesetzestreue Mitläufer, sondern besonders engagierte Genossen. Alle fünf, wie auch Prada-Uschi und Jarosch, hatten ihre Ausbildung, ihr Wunschstudium und auch den Traumberuf bereits zu DDR-Zeiten gehabt. Kaum war die Fettlebe in dem einen System zu Ende, ging sie im nächsten munter weiter. Es ist zu vermuten, dass unser Sniper die Typen kannte und vielleicht selbst zu diesen Kreisen gehörte, letztlich aber den Absprung in den neuen Wohlstand verpasste.«

Krampe schüttelte ungläubig den Kopf. »Ein Sniper schießt von einem Dach, einem Turm, aus einer Hecke heraus. Die hier wurden mit einem Nahschuss in den Kopf hingerichtet.«

»Falsch, Krampe. Ein Sniper ist ein Scharfschütze. Was ihn ausmacht, ist, dass er aus einem Versteck heraus schießt, der Schuss also völlig unvermutet kommt.«

»Genau das meine ich«, gab Krampe zu bedenken. »Aus welchem Hinterhalt soll der Schütze am Bahnsteig 26 auf Prada-Uschi geschossen haben?«

»Aus dem Hinterhalt der totalen Unauffälligkeit, Schnelligkeit, Präzision, Routine – und das alles verdeckt von dem Getränkeautomaten, vor dem das Opfer lag.«

»Und die anderen?«

»Ähnlich. Alle an öffentlichen Orten mitten im Treiben und am hellen Tag erschossen.«

»Waffe?«

»Walter P 38, Kaliber 9 mm, ganz offensichtlich mit Schalldämpfer.«

»Mit unserer klassischen DDR-Dienstwaffe also«, schlussfolgerte Krampe.

»Mit eurer. Halt mich aus dem DDR-Krempel raus. Ich hab da noch mit Stöcken geschossen.«

Krampe lachte. Hentschel stimmte ein. Vom Geruch abgesehen, fand er seinen Kollegen gar nicht mehr so übel. Das konnte aber auch an den vier Bier liegen, die sie in der letzten Stunde gemeinsam getrunken hatten.

Fünf Uhr war die beste Uhrzeit, um die Erste zu rauchen. Fünf Uhr war auch die beste Zeit für Hinrichtungen gewesen, vorzugsweise donnerstags und freitags. Manchmal gab es Probleme, so früh am Morgen einen Pfarrer zu finden.

Manche hatten diesen seltsamen letzten Wunsch. Das ganze Leben auf Verrat und Schwindel, auf das Ausnutzen eines sozialen, gerechten Staates gebaut, und im letzten Moment den lieben Gott zu Hilfe rufen, damit der für die Ewigkeit noch schnell alles regelte. Der Geistliche ging nicht mit zur Hinrichtung. Man war ja nicht in der Kirche. Ott schüttelte den Kopf. Wie immer an dieser Stelle der gedachten Gedanken.

War der Zeitpunkt gekommen, ging der Delinquent hinüber zum Hinrichtungsraum. Vorbei an einer geschlossenen Tür. Hinter der Tür stand sein Sarg. Im ehemaligen Kinderzimmer hatte über Jahre das Fallbeil gestanden. Nun war es entfernt und verschrottet. Die Abflüsse hatte man im Boden gelassen. So ließ sich der Raum danach besser reinigen.

Der Letzte, Siegfried Reske, der hatte Ott glatt ein bisschen leidgetan. Der hatte das, was ihm vorgeworfen wurde, eigentlich gar nicht richtig zu Ende gebracht. War irgendwie nur so ein halber Verräter gewesen. Den hatte im wichtigsten Moment dann doch der Mut verlassen. Dumm genug war er zudem gewesen, brisante Akten mit nach Hause zu nehmen. Wollte sie dort in Ruhe lesen, in sein Hirn hämmern, damit er sie auswendig kannte und dann unauffällig wieder zurück in die Dienststelle bringen konnte. Wollte dem Feind alles aus dem Kopf herbeten. Und am Ende hätte man nichts Verdächtiges bei ihm gefunden. Hatte man aber doch. Die wirre Sammlung von Unterlagen in seiner Waschküche galt als vollendete Spionage. Reske, 39, wurde zum Tode verurteilt. Sein Gnadengesuch von Honecker abgelehnt. Es war ein verdammt ungünstiger Zeitpunkt, gestand sich Ott zum wiederholten Male ein. Wie immer an dieser Stelle seiner Gedanken. Kurz vor Reskes Festnahme war einer nach drüben abgehauen. Mit jeder Menge Militärunterlagen im Gepäck. Mielke hatte vor Wut getobt.

Helga Gläser kochte Kaffee. Besuch hatte sie am Vortag

keinen mehr bekommen. Also gab es heute Mittag die andere Hälfte der Pizza, die vielleicht auch ein Auflauf war.

Ott erinnerte sich an jedes Detail. Erst gegen neun Uhr morgens fuhr der *Barkas* in die Einfahrt. Das war ungewöhnlich spät für die Arbeit, die zu verrichten war. Dann saß ihm dieser junge, zugegebenermaßen schnittige Mann gegenüber. Ott nahm das Todesurteil aus dem Umschlag, gezeichnet: »Einverstanden. Mielke. 12.6.1981«. Reske wirkte gefasst und tieftraurig. Als realisierte er gerade, dass dies nicht mehr die Probe, sondern schon der Auftritt war. Dieses späte Erkennen, es war Ott häufig begegnet.

Helga Gläser war bereits im Bad. Ott ging diesen Tag mal etwas geruhsamer an. Er ließ warmes Wasser in die Spüle und gab *Badusan Flieder* dazu. Augenblicklich bildete sich ein Schaumturm unter dem Wasserstrahl. In der ganzen Wohnung roch es nach Flieder, und Ott zündete sich noch eine Karo an.

Reske wurde zum Hinrichtungsraum geführt. Vor der Tür standen der vom Generalstaatsanwalt als Vollstreckungsleiter beauftragte Staatsanwalt, der Gefängnisleiter, der Leiter des Haftkrankenhauses Meusdorf als Arzt und Jarosch als der zuständige Mitarbeiter des MfS. Reske war flankiert von zwei Gehilfen Otts. Ott als Scharfrichter wartete im Hinrichtungsraum hinter der geöffneten Tür. Der Staatsanwalt verlas das Todesurteil. Die zwei Gehilfen führten Reske in den Hinrichtungsraum. Die Worte des Staatsanwaltes:»Scharfrichter, walten Sie Ihres Amtes!« waren das Signal für Ott. Unvermittelt trat er hinter der Tür hervor, setzte die Pistole an Reskes Nacken und drückte ab. 200 Mark bekam er dafür. Extra zum Lohn. Die Worte des Staatsanwaltes:»Jetzt vollstreckt« beendeten die Hinrichtung formell. Die Gehilfen legten Reske in den Sarg. Der Sarg wurde in den *Barkas* gehievt. Die Fahrt ging zum Südfriedhof. Direkt ins Krematorium. Die Einäscherung nahmen zwei Vollzugsbeamte vor. Reskes Asche wurde wie die der anderen anonym bestattet.

Ott kratzte sich am Nacken. Im ›unerwarteten Nahschuss‹ sah er eine humane Art des Tötens. 29 Mal hatte er in seinem Leben abgedrückt. Und sich kein einziges Mal dabei schuldig gefühlt. Die Frage nach der Schuld war sowieso ein Auswuchs dieser Zeit, in der es so wichtig war, wer woran schuld war und auf wen man öffentlichkeitswirksam mit dem Finger zeigen konnte. Die Todesstrafe war ein legales Rechtsmittel gewesen, auch wenn die Bevölkerung erst bei deren Abschaffung davon erfuhr. Der Staat wollte endlich als Vollmitglied der UNO geachtet werden. Also biss man in den sauren Apfel der Ächtung jenes brauchbaren Instruments.

Helga Gläser zog den Vorhang im Badezimmer zur Seite. Sonne fiel in den kleinen Raum und auf ihr Kleid. Ott stutzte. Noch nie hatte er Helga Gläser so aufgeputzt gesehen. Er schaute auf die Uhr. Dann wieder auf das Haus gegenüber. Er legte die Zigarette beiseite und setzte das Zielfernrohr an. Helga Gläser schminkte sich. Ihre Lippen leuchteten rot. Ott ließ das Fernrohr sinken. Es war halb sieben. Wofür schminkte sich die arme Frau? Für ihr Frühstück? Ihre Fernsehsendungen? Ott drückte die Zigarette aus. Er ging zur Spüle. Entkleidete sich bis auf die Unterwäsche. Stellte sich auf ein Handtuch und begann sich zu waschen. Dann zog er wieder seinen Schlafanzug an. Die Wohnung würde er heute nicht verlassen. Im Gegensatz zu Frau Gläser. Die schloss ein Fenster nach dem anderen. Kurz darauf sah Ott sie im Treppenhaus nach unten laufen. Genau genommen war ein kleines Hüpfen in ihrem Gang zu erkennen. Sie war bestimmt schon sechzig. Und benahm sich wie eine pubertierende Göre. Ott drückte sich die Nase platt, um Helga Gläsers Weg bis runter zur Haustür verfolgen zu können. Unglaublich: Da stand ein hellblaues Auto, an dem ein Mann lehnte. So von oben schwer zu sagen, ob er alt oder jung war. Aber schon die

Körpersprache der beiden verriet, dass sie nicht verwandt oder verschwägert, sondern – Ott musste sich abstützen – verliebt waren.

Der Mann öffnete ihr die Autotür. Kurz darauf fuhren sie davon.

Das Siegel an der Wohnung war aufgebrochen. Hentschel trat vorsichtig ein. Er konnte den Geruch nicht gleich zuordnen. Die Wohnung war sauber und aufgeräumt. Aber dieser Geruch passte nicht dazu. Fliederduft gemischt mit dem Gestank von Verrottung. Eine Diele knarrte unter Hentschels Füßen. Im selben Moment hörte er ein kurzes Rascheln, das aus dem Raum nebenan kam. Vorsichtig zog er seine Dienstwaffe. Mit einem kräftigen Tritt öffnete Hentschel die Tür. Krampe, von dem Brett an der Stirn getroffen, ging zu Boden wie ein nasser Sack. Ungläubig ließ Hentschel die Waffe sinken. Richtete sie aber sofort wieder auf den am Boden liegenden Kollegen, als der die *Walter* in seiner Hand auf Hentschel richtete und abdrückte. Krampes Schuss traf Hentschels linke Schulter. Hentschels Schuss traf Krampes Herz. Es war vorbei.

Wegen des Vorfalls musste die Spurensicherung ein zweites Mal in Prada-Uschis Wohnung tätig werden. Hentschel saß, vom Notarzt notdürftig versorgt, auf dem Marmorsims am Kamin und blickte ratlos auf Krampes leblosen Körper. Meiser trat zu ihm und legte seinem Kollegen die Hand auf die unverletzte Schulter. »Wir hätten alle viel früher drauf kommen können«, sagte er beruhigend. »Mach dir bloß keine Vorwürfe.«

»Mach ich nicht.« Machte er sich doch. Hentschel schüttelte immer wieder den Kopf. Er hatte alles gesehen. Krampes Vergangenheit. Seine Verbitterung. Sein nostalgischer Umgang mit der *Walter*. Und doch hatte er nicht einmal die notwendige Parallele gesehen, die Leben gerettet hätte.

Meisers Handy klingelte. Er ging ein paar Schritte zur Seite, um in Ruhe zu telefonieren. Dann hockte er sich neben Hentschel, ein spöttisches Lächeln im Gesicht. »Und das Rad dreht sich weiter. Eine Frau Gläser hat den Suizid eines Nachbarn angezeigt. Arndtstraße 34. Ich übernehme das für dich. Du kurierst erst mal deine Schulter.«

Leipziger Volkszeitung. 30. Juni 2014
Zeitreise: DDR-Wohnung in Leipzig entdeckt. In den Regalen lagerten Packungen ›Rügener fischhaltige Paste‹, Tempolinsen und ›Karo‹-Zigaretten. Auf dem Küchentisch standen eine Flasche ›Hit‹-Cola und ein Becher ›Marella‹-Margarine. Die Geschichte des vergessenen Hauses in der Südvorstadt wird nun erstmals recherchiert. Bei dem letzten Bewohner des Hauses handelte es sich um Herbert Ott. Erst durch Otts Suizid wurde die Polizei auf dessen Verbleib in dem abrissreifen Haus aufmerksam. Otts Geschichte ist zudem eng mit jener Straße verwoben. Bis zur Abschaffung der Todesstrafe 1987 befand sich die zentrale Hinrichtungsstätte der DDR in der umgebauten Hausmeisterwohnung der hier untergebrachten Strafvollzugseinrichtung, Eingang Arndtstraße 48. Herbert Ott war der letzte Henker der DDR. Neben seinem leblosen Körper fand man die Dienstwaffe, mit der er seines Amtes gewaltet hatte, eine *Walter P38* Kaliber 9 mm. Den zur Waffe gehörenden Schalldämpfer hatte Ott in der Hand gehalten, als er sich am offenen Fenster vor den Augen der gegenüber wohnenden Mieterin Helga G. in den Kopf schoss.

Das Letzte, was Herbert Ott durch den Kopf ging, war eine Kugel. Und damit der erste Gedanke, den Ott zuvor noch nie gedacht hatte.

Jan Flieger

Hass

Leipziger Land

Was für eine Frau, dachte Fronzalla tief beeindruckt, als er sie, vor dem Gemälde stehend, aus den Augenwinkeln ausgiebig und von ihr offenbar unbemerkt musterte. Hatte das Schicksal etwa die Hand im Spiel und sie beide in dieser Galerie zusammengeführt, vor einem Gemälde Kirchners, einem Maler, den sie offenbar beide schätzen?

Die Frau trug ihr blond gefärbtes Haar zu einem kunstvollen Dutt zusammengesteckt. Wie umwerfend muss sie aussehen, wenn sie es offen trägt, dachte er beeindruckt. Aber er nahm auch die Fältchen in ihrem Gesicht wahr. Sie blickten sich an, einen kurzen, aber gewissermaßen auch langen Moment, der viel bewirken konnte. Und er tat es offensichtlich.

Ein Augenblick konnte die Welt für zwei Menschen verändern.

Ihr Lächeln ist wunderschön, dachte er. Sollte ich etwa hier, so unvermittelt, auf meine gesuchte Traumfrau gestoßen sein? Nach all dem Pech mit anderen Frauen bei der Jagd im Internet. Nun schien das Schicksal es gut mit ihm zu meinen, sehr gut sogar, und so durfte er nicht zögern, das Angebot anzunehmen.

Nur benötigte er dazu auch allen Mut der Welt.

Und doch sprach er sie an, denn den Maler Kirchner kannte er ja gut, über ihn konnte er viel erzählen. Er tat es auch, brillierte regelrecht mit seinem Wissen, auch später in dem kleinen Café mit den Elefantenköpfen über der Eingangstür und den schönen Torten.

Sehr behutsam formulierte er auch die Frage, ob sie vielleicht an einem weiteren Treffen interessiert sei.

Sie wirkte ein wenig verunsichert, aber sie nickte, wenn auch etwas zögernd, und zog einen kleinen Kalender aus ihrer Tasche, ehe sie ihm einen Termin vorschlug, den er sofort und ohne zu überlegen als gut bezeichnete. Für sie würde er jedes andere Treffen absagen, das wusste er.

Unsagbare Freude erfüllte ihn.

Und so begannen sie, sich in der Folgezeit zu treffen, wieder und wieder. Sie lebte in der kleinen Stadt, die Grimma hieß und schöne alte Häuser besaß und in der das Hochwasser, wie sie ihm versicherte, des Öfteren sein Zerstörungswerk verübte.

Sie war nicht geschieden, lebte aber schon ewig getrennt und hatte viele Jahre lang eine feste Beziehung mit einem gleichfalls verheirateten Mann in München geführt, einem Manager, der sich für sie nicht hatte scheiden lassen wollen, ein Umstand, der schließlich für sie der Trennungsgrund gewesen war.

Aber alles Vergangene, auch wenn es seltsam war, störte ihn nicht, er verdrängte es bewusst.

Nun wurde ihm dieses hübsche Grimma vertraut und auch dieser so herrliche Weg am Wasser entlang, der nach Höfgen führte, diesem idyllischen Dörfchen mit einer alten Kirche, die ein kleiner Touristenmagnet war. Aber auch Grimma selbst hatte eine besonders schöne Kirche, die sie Hand in Hand besuchten.

Dass seine neue Liebe arm war und nur Hartz IV bezog, schreckte ihn anfangs, doch sah er großzügig darüber hinweg. Mit ihr konnte er sich sehen lassen, überall, sie war ein Aushängeschild und stärkte sein Ego, ließ seine Brust schwellen.

Aber, und das war das Verwunderliche, mehr als ein

Händchenhalten gab es nicht. Keinen Kuss. An intime Geschehnisse wagte er erst gar nicht zu denken, nur in seinen Träumen erlebte er sie. Aber das Zusammensein mit ihr war doch sehr schön, er genoss die Stunden, wenn sie Ausflüge machten, zu Kunstausstellungen, zu Burgen, nur war alles etwas teuer, denn er bezahlte allein. Aber mit diesem Zustand fand er sich ab. So war es nun einmal mit dieser Frau. Nur die Freundin, die einen schwarzen Fiat Panda besaß und bei der sie so viele Stunden verbrachte, manchmal auch an Sonnabenden, störte ihn. Und auch zu den Festen dieser Freundin wurde er nicht eingeladen. Das allerdings ärgerte ihn, ärgerte ihn sogar sehr.

Aber ihm blieb keine Wahl, wenn er diese Frau wollte.

Und er wollte sie nun mal.

So verrann die Zeit.

Aber an einen Beischlaf mit ihr war nicht zu denken. Jeden Versuch, den er sehr behutsam unternahm, wehrte sie sanft, aber bestimmt, ab.

Eine tolle Frau, lobten die Freunde anerkennend.

Ja, erwiderte er stolz.

Doch so richtig froh war er bei seiner Antwort nicht.

Denn er kam ihr nicht näher.

Mehr als ein Händchenhalten gab es noch immer nicht, auch keinen Kuss.

Er tröstete sich mit Callgirls.

Aber es waren gekaufte Zärtlichkeiten, besonders die in Berlin, auch wenn sie weitaus billiger waren als in Leipzig.

»Der gewisse Funke«, sagte sie einmal zu ihm, »ist bei mir noch nicht übergesprungen.«

Er war entsetzt.

Doch wann kommt dieser Funke, fragte er sich immer wieder.

Oder wollte sie ihn nur zappeln lassen und den Grad seiner Liebe prüfen? So war es wohl.

Nur mit dem Freund wagte er es, über diesen so seltsamen Zustand zu reden. Bei anderen spielte er den zufriedenen Liebhaber und wurde von so manchem beneidet. Mit offenem Haar war sie eben die absolute Traumfrau.

Also würde er warten.

Und es gab ja die Callgirls in Berlin, die ihn über die platonische Liebe hinwegtrösteten und jünger waren als sie, viel jünger.

In ihrer kleinen Stadt kannte man sie beide nun.

Und er war stolz auf sie.

Nur der Freund hatte große Bedenken.

»Da stimmt etwas nicht in eurer Beziehung«, warnte er. »Da ist was faul, wenn sie nicht mit dir schläft.«

Er blickte den Freund verblüfft an.

Da ist etwas faul?, dachte er irritiert.

Dieser Satz bohrte nun in seinem Hirn wie ein Holzwurm in der Vitrine.

»Da gibt es doch solche Paarpsychologen«, überlegte der Freund. »Hole dir einfach mal Rat. Und dann gibt es doch noch diese Privatschnüffler. Schalte die ein, dann wirst du alles wissen.«

Er begriff den Freund nicht, denn der sah immer schwarz, grundsätzlich.

Und doch folgte er seinem Rat, wenn auch nach langem, endlosem Grübeln.

Und da saß er der Paarberaterin gegenüber, dieser Psychologin, die so gut sein sollte in ihrem Fach, besser als jede andere.

Er redete und redete, sprach sich alles von der Seele, es wurde ein endloser Monolog.

Die Frau sah ihn an, unablässig, unterbrach ihn nicht, ermunterte ihn aber immer wieder durch Gesten fortzufahren.

»Mehr weiß ich nicht«, beendete er seinen Monolog.
Die Frau nickte. »Es genügt schon.«
Dann stand die Stille im Raum, ehe die Frau begann.
»Sie ist sieben Monate mit Ihnen zusammen und sie küsst Sie nicht, sie schläft nicht mit Ihnen. Händchenhalten ist die einzige Gunst, die sie Ihnen gewährt. Und immer wieder ist sie bei der Freundin, zu deren Festen sie Sie nicht mitnimmt. Aber sie geht mit Ihnen durch ihre kleine Stadt, Hand in Hand, so dass Sie jeder sehen kann?«

»So ist es«, sagte er. »Sagen Sie mir, was Sie denken?«

»Gut«, begann die Frau. »Es ist eine Vermutung, wohlgemerkt, sie könnte eine tiefe lesbische Beziehung mit dieser Freundin haben, denn nachdem sich ihr letzter Geliebter nicht für sie scheiden ließ, will sie nun keinen neuen männlichen Partner mehr, sondern einen weiblichen. Um diese Situation aber zu verbergen, sind Männer für sie das Feigenblatt, Männer, mit denen sie sich sehen lässt in ihrer Stadt, aber mit denen sie nicht schläft.«

»Das fasse ich nicht!«, entfuhr es ihm empört. »Wie kann man nur so verlogen sein?«

Was er da hörte, war unglaublich! Es traf ihn ins Herz.

Er spürte die Hand der Frau auf seiner rechten Hand, beruhigend, tröstend, so, wie es die Mutter einst getan hatte.

Doch er wollte keinen Trost.

»Es ist eine Hypothese«, vernahm er. »Nichts anderes. Sie ist nicht bewiesen.«

»Aber so ist es«, hörte er sich sagen. »Sie haben Recht!«

»Fahren Sie Ihre Gefühle schrittweise zurück«, riet die Frau beruhigend. »Aber behutsam, nicht von einer Minute zur anderen. Denken Sie daran, dass Ihre ja noch verheiratete Partnerin durch diesen Geliebten, den sie sehr gemocht haben wird, schwer enttäuscht wurde. Er hat sie über Jahre hinweg hingehalten. Vielleicht kann sie nie wieder einen anderen Mann lieben.«

»Aber warum lässt sie sich nicht scheiden?«, wollte er wissen. »Scheiden lässt sie sich von ihrem angetrauten Mann nicht wegen der Witwenrente, denke ich. Sie ist vorsichtig und wohl auch sehr berechnend.«

Er verschloss mit der Hand seine Augen.

»O Gott«, stöhnte er auf.

Die Stille stand im Raum. Eine furchtbare Stille.

Eine Stille, die sein Herz presste und einen leichten, nie vorher gekannten Schmerz erzeugte.

»Sie müssen damit leben«, sagte die Frau. »Lesbische Beziehungen sind etwas Normales in unserer Welt. Sie gehören in unser Leben. Sie bereichern es sogar.«

Sein Mund war trocken, als befände er sich auf einem Marsch durch die Wüste, der kein Ende nehmen wollte und in das Nichts zu führen schien.

Er schluckte schwer.

Und er war nicht fähig zu reden.

Er war sprachlos.

Ausgebrannt fühlte er sich.

Er lehnte sich zurück und blickte zur Decke des Raumes.

Minutenlang.

Die Frau ließ ihn schweigen.

Einfühlsamer konnte er wohl nicht behandelt werden.

»Und wenn Sie einen Privatdetektiv ansetzen?«, fragte die Frau plötzlich.

»Es ist zwar ein teurer Weg, aber oft auch ein Weg, der ein Ergebnis bringen kann. Meine Vermutung könnte zur Gewissheit werden.«

Diesen Vorschlag fand er durchaus akzeptabel und begann zu Hause unverzüglich mit der Suche im Internet, wo er schnell fündig wurde und schon am nächsten Tag einen Termin bei einem Detektiv bekam.

Der Detektiv war ein wohl vierzigjähriger Mann, der auf ihn einen guten Eindruck machte, als er ihm von seiner

Freundin und den Vermutungen der Psychologin erzählte. Der Detektiv nahm den Auftrag an, so, als wäre es die einfachste Angelegenheit der Welt.

In den Tagen darauf wartete er ungeduldig auf den Rückruf des Detektivs, ja, er ersehnte ihn förmlich, bis er endlich dessen Stimme am Telefon vernahm.

Der Detektiv hatte ihn in sein Büro gebeten und angedeutet, dass er das so seltsame Geheimnis entschlüsselt habe. Es wäre ein schwieriges Unterfangen gewesen, aber mit Hilfe seiner ihm zur Verfügung stehenden Technik sei es ihm gelungen.

Er will den Preis wohl höher treiben, dachte er, da er ahnte, was für Informationen er nun erhalten würde.

»Ihre Bekannte«, begann der Detektiv, »hat tatsächlich eine lesbische Beziehung mit ihrer Freundin, dieser Schwarzhaarigen, von der Sie mir erzählt hatten.«

»Sie ist wirklich eine Lesbe?«, zischte Fronzalla.

Der Detektiv nickte und seine Miene sollte wohl Bedauern ausdrücken.

»Das ist sie! Auf diesen Pfad ist sie wohl gelangt, weil sie von ihrem letzten männlichen Partner so schwer enttäuscht worden ist. Sie will keinen neuen Mann mehr.«

Seine Hände umkrallten die Lehnen des Stuhles, als wollten sie diese zerquetschen.

Der Detektiv blickte ihn ein wenig mitleidig an.

»Sie waren die Tarnung, damit ihre lesbische Bekannte in dieser kleinen, spießigen Stadt nicht ins Gerede kommt. Deshalb bummelt sie mit Ihnen Hand in Hand durch die Straßen. Jeder, der Sie beide sah, musste an eine Beziehung glauben. Aber sie schlief nicht mit Ihnen, sie tat, als ob sie Sie zappeln ließ. Über Monate. Und Sie machten dieses Spiel ja mit. Das ist mir etwas unbegreiflich. Sie hat genau den Mann gefunden, den sie brauchte, der sich mit Händchenhalten zufrieden gibt. Sie hatte vor Ihnen noch andere Verehrer gehabt. Sie aber waren der Hartnäckigste, der Bequemste.«

»Ich habe sie geliebt«, stieß Fronzalla hervor.

Der Detektiv rieb sich das Kinn. »Eine Frau sollte man nicht unbedingt lieben. Man sollte mit ihr schlafen und nur so tun, als ob man sie liebt. Da erspart man sich viel Ärger, glauben Sie mir. Ich kenne aus meiner Arbeit die Abgründe der Beziehungen zwischen Mann und Frau. Und ich kenne nur Abgründe.«

»In so einen Abgrund bin ich also gefallen?«, zischte er leise und erntete ein Nicken.

»So ist es, mein lieber Herr Fronzalla. Sie hätten mich längst bemühen sollen, Sie haben an der falschen Stelle gespart.«

»Wie haben Sie das festgestellt?«, wollte er nun wissen.

»Ich habe ein kleines Loch in die hohe Hecke geschnitten, die das Grundstück dieser ominösen Freundin umgibt und das ich immer wieder mit Zweigen verdecken konnte. Bis mir endlich die Filmaufnahmen von den beiden Damen bei ihren Zärtlichkeiten am Pool gelangen. Es war ein Meisterstück, glauben Sie mir, denn von den Nachbarhäusern aus durfte mich ja keiner sehen.«

Dann blickte Fronzalla auf einen Bildschirm, auf dem man unschwer erkennen konnte: Die beiden Damen waren ein Paar.

»Ich bin also nur benutzt worden«, stellte er fest.

Wie ein eisiger Strom floss der Hass durch seinen Körper, verbunden mit dem Wunsch nach Rache, nach einer unvorstellbaren Rache. Jedes andere Gefühl in seinem Herzen schien erloschen, von einem Augenblick zum anderen.

So, als befände er sich in einem Traum, zählte er die Scheine auf den Tisch, die Bezahlung für das Unvorstellbare, was er erfahren hatte.

Der Detektiv zählte nicht nach.
Er schob die Scheine in die Innentasche seines Jacketts.

»Sie hat mit dir gespielt«, sagte der Freund. »Sie hat dir Hoffnungen gemacht, aber mit ihrer Freundin Sex gehabt. Perfide! Vielleicht gab es sogar eine Wette mit ihrer Freundin, wie tief sich ein Mann erniedrigen lässt. Dieses Dreckstück hat die Wette gewonnen!«

»Sie wird sie verlieren«, stieß er hervor und ballte die Hände zu Fäusten.

Sie blickten sich an, schweigend und lange.

Und der Freund nickte langsam.

»Wir denken das Gleiche«, sagte der Freund. «Sie gehört in die Hölle. In den tiefsten Winkel.«

Am nächsten Tag besuchte er sie.

Du verfluchte Schlange, dachte er, als sie die Tür öffnete.

Doch er lächelte sie an.

Sie lächelte zurück.

Dass es ein falsches Lächeln war, wusste nur er. Noch kann sie lächeln, dachte er bitter, da sie glaubt, sich meiner sicher zu sein. Für wie dumm hält sie mich?

Doch er lächelte so, wie er es immer tat, zumindest versuchte er es.

»Ich mache uns einen Kaffee«, sagte sie.

Schlange, dachte er wieder. Dreckschlange!

»Das ist gut«, lobte er. »Hast du etwas Kuchen?«

»Aber ja«, versicherte sie. »Ich kenne doch deine Wünsche, mein Lieber.«

Das glaube ich, dachte er, aber von nun an kennst du sie nicht mehr.

Er war stolz auf sich, denn er hätte nie gedacht, dass er solch ein Meister der Verstellung war.

Er grübelte und grübelte.

Nächtelang.

Und der Hass blieb, ein gewaltiger, ein fürchterlicher Hass, gegen den er sich nicht wehren konnte. Sie spielte ja mit ihm, sie nutzte ihn aus! Anders konnte man diese seltsame Situation, in der er nun lebte, nicht nennen.

Es war so.

Der Detektiv hatte den Schlüssel in das Schloss geschoben, in die Tür zur Wahrheit. Nun stand die Tür offen. Weit offen.

Und der Hass wurde immer größer, nun da er alles wusste. Diese verfluchten Lesben, sie und diese Freundin.

Ein anderer Mann hat sie schwer enttäuscht, ohne Zweifel.

Ich aber, dachte er, zahle die Zeche! Nicht er!

Ihre Rache trifft nicht ihn, sondern mich!

Und ihm war bewusst, dass er an ihren Tod dachte.

Dieser Gedanke beschäftigte ihn nun weiter, noch ehe er die Möglichkeit einer Realisierung ins Auge fasste. Noch lag alles im Dunkeln, noch wagte er es nicht, bis zum Ende zu denken, an ihren wahrhaftigen Tod.

Ein Schauder durchfuhr ihn.

Doch der Hass war größer als die Hemmschwelle.

Er begriff es wohl.

Die Hölle rief nach ihr.

Aber wie schickte man sie dorthin und so, dass man nicht gefasst wurde?

Hatte er nicht einmal gelesen, die Friedhöfe wären auch in den Nächten hell, wenn auf Gräbern die Kerzen brennen würden, in denen eine heimlich Ermordete oder ein Ermordeter lag? Und dieses Buch hatte eine bekannte Journalistin geschrieben!

Der Hass wuchs und wuchs.

Vielleicht lachte sie, zusammen mit ihrer Freundin, über

die gelungene Täuschung, über seine grenzenlose, unfassbare Dummheit.

Und immer, wenn er diese Gedanken hegte, presste er die Fäuste zusammen, stand starr.

Sein Hass war riesengroß.

Nur eine Rache konnte ihn tilgen, eine tödliche Rache.

Wie aber sollte er sie ausüben?

Er knirschte mit den Zähnen, während er nachdachte.

Aber in der Welt geschehen seltsame Dinge. Und wer an das Schicksal glaubte, fand die Wege sogar vorherbestimmt.

Und so geschah es.

Ihr Auto musste repariert werden, ganz plötzlich. Es war die Kupplung. Aber sie besaß nicht das erforderliche Geld dafür. Er wollte es ihr auch nicht geben. Also stand es unbenutzt auf der Straße, obwohl sie es benötigte, um die so schwer erkrankte Tante in dem kleinen Dorf Großbothen mehrmals in der Woche besuchen zu können.

»Dann laufe ich eben«, verkündete sie lächelnd. »Das ist auch gut für meine Figur.«

Und da kam dem Freund dieser Gedanke. Wie aus dem Nichts. »Denn jetzt«, meinte der, »ist die Chance gekommen, sie in die Hölle zu schicken! Mit einem geklauten Auto, das du dann tief im Wald verbrennst. Die vollen Kanister mit dem Benzin hast du da schon im Kofferraum. Und ich gebe dir das Alibi. Du bist bei mir gewesen zur Tatzeit.«

»Du bist ein wirklicher Freund«, stellte Fronzalla tief beeindruckt fest.

Er bebte am ganzen Körper.

Der Hass?

Die Angst vor der Tat?

Ein Rest von Liebe, die er noch immer für sie empfand?

Ein Gemisch aus allem?

»Es werden täglich Autos geklaut«, sagte der Freund.

»Ich werde das Auto beschaffen. Ich zeige dir, wie man es auch ohne Zündschlüssel starten kann.«

Fronzalla spürte den Schweiß in seinen Handflächen.

Sie hat dich benutzt, sagte er sich, wie einen Gegenstand. Für ihre eigenen Zwecke. Sie ist ein eiskaltes Weib, das nun auf ihren Richter trifft, der auch ihr Henker ist. Es ist ihr Pech. Sie hat es selbst verschuldet!

Und so geschah es.

Er wusste, zu welcher Zeit sie immer von Grimma aus auf der Landstraße nach Großbothen zur Tante lief, wohl hoffend, dass ein Autofahrer ihrem nun offen getragenen blonden Haar nicht widerstehen konnte.

Aber heute irrte sie sich.

Er folgte ihr mit dem gestohlenen Auto, aber so, dass sie ihn nicht bemerken konnte. Auf der Straße, die durch das letzte Waldstück vor Großbothen verlief, gelang ihm die geplante Tat.

Er sah ihr wehendes blondes Haar und kein Auto weit und breit.

Er beschleunigte den Wagen, schneller und schneller, bis der Motor aufheulte und sie sich erschrocken umwandte. Das hatte er nicht beabsichtigt, denn ihr Gesicht wollte er beim Aufprall nicht sehen. Doch nun sah er es, im Schreck verzerrt.

Er raste weiter. Nur weg!

Nur weit weg!

Im Wald verbrannte er das gestohlene Auto. Es brannte lichterloh. Und er hatte die Schuhe gewechselt, noch bevor er den Wagen verließ. Er trug nun weit größere als sonst.

Er fuhr mit dem Bus nach Leipzig zurück, wo ihn der Freund in seiner Wohnung erwartete. Sie fanden einen Grund, um beim Nachbarn zu klingeln.

»Uns ist das Salz ausgegangen«, sagte der Freund.
Sie lächelten beide den Nachbarn an.
Der lächelte zurück.
»Nur ein kleines Übel«, stellte er fest.
»Ist das Radio zu laut?«, wollte der Freund wissen.
Der Nachbar schüttelte den Kopf. «Die Musik gefällt mir. Ich höre sie auch gern.«
Das Alibi war perfekt.

Er warf die Blumen auf ihren Sarg.
Und Tränen spürte er in seinen Augen.
Gewollte Tränen.
Er streifte die schwarzhaarige Freundin, deren schwarzen Fiat Panda er vor dem Friedhof gesehen hatte, mit einem kurzen Blick, die ihn, und da war er sich sicher, immer beobachtete, aber so, dass er es nicht bemerken sollte.
Aber er täuschte sie alle, ihren Sohn, ihre Freunde und dieses schwarzhaarige Biest, diese dreimal verfluchte Lesbe.
Es war der perfekte Mord gewesen.
Es gab ihn also!
Er wusste es nun.
Denn Zeugen fehlten. Er hatte ein Alibi durch den Freund und kein Motiv, denn einen Nebenbuhler gab es nicht. Ihr Tod war das Werk eines Rasers, der Fahrerflucht begangen hatte.
Sein Hass auf sie war nun erloschen.
Genugtuung erfüllte ihn.
Wieder blickte er zu ihrer Freundin, aber nur ganz kurz.
Sie hat Eisaugen, dachte er, auch jetzt, hier an diesem Sarg. Aber dieser Schlange habe ich den Giftzahn gezogen; auch wenn sie einen Verdacht bei der Polizei äußern würde, wer sollte ihr glauben?
Er hatte ein Alibi, sein Auto war unbeschädigt, und es hat-

te keinen Streit zwischen der Toten und ihm gegeben. Ja, selbst wenn sie die Reste des Autos entdecken würden, wie sollten sie es mit ihm in Verbindung bringen?

Eine DNA würde es nicht geben. Auch die findigsten Ermittler würden ihm den Mord nicht nachweisen können, ein Mord, der, wenn man es genau besah, nur eine gerechte Bestrafung war, nichts anderes.

Die Tage vergingen. Er las von dem Unfall in der Zeitung. Die Polizei bat um Mithilfe, um den flüchtigen Raser stellen zu können.

Beamte befragten ihn erneut, wo er zum Zeitpunkt des Unfalls gewesen wäre. Er gab den Namen des Freundes an. Sie wollten seine Schuhgröße wissen. Sie waren sehr höflich und ohne Arglist. Aber sie luden ihn wieder vor, untersuchten sein Auto, befragten ihn nach seiner Beziehung zu der Toten. Er spielte den noch immer Trauernden, und die Polizisten benahmen sich sehr verständnisvoll. Im Verhörraum waren sie zu zweit. Einer saß ihm gegenüber, der Andere schritt unablässig durch den Raum. Es war ihm ein wenig unangenehm, auf diese Weise befragt zu werden. Auch den Freund vernahmen sie auf die gleiche Art und Weise.

»Da müssen wir durch«, sagte der. »Sie können uns nichts beweisen. Sie gehen einfach allen möglichen Spuren nach. Und das Unfallauto? Selbst wenn sie die Reste finden, gibt es von dir keine DNA. Das ist so sicher wie das Amen in der Kirche.«

Er irrte sich nicht.

Wochen vergingen, Monate.

Manchmal dachte er noch an sie. Aber sein Hass war längst verflogen. Ja sogar ein wenig Mitleid kam in ihm auf, wenn auch nur ein geringes.

Er wollte sie einfach nur vergessen, sie aus seiner Erinnerung löschen und besonders diesen für sie tödlichen Augenblick.

Doch es war schwer, es wollte ihm nicht gänzlich gelingen. Immer wieder war da die Straße, die nach Großbothen führte, immer wieder war da der Aufprall eines menschlichen Körpers, ihres Körpers, immer wieder war da ihr Gesicht, vom Schreck gezeichnet und vom Schmerz.

Und doch begann die Erinnerung zu verblassen.

Mehr und mehr.

Es war ein heißer Tag, die Hitze flirrte über dem Asphalt.

Er hatte sein Auto in die kleine Freie Werkstatt in dem so nahen Dorf gebracht und lief nun gemächlich auf der Landstraße zum Bus.

Er war allein, die Hitze schien erbarmungslos die Autos und die Menschen von den Straßen vertrieben zu haben. Nur ein einzelnes Auto hörte er in der Ferne, die hinter ihm lag.

Als er die Straße überqueren wollte, vernahm er unvermittelt das nahe Aufheulen eines Motors. Erschrocken wandte er sich um. Ein Auto raste auf ihn zu, ein schwarzer Fiat Panda!

Romy Fölck

Alte Schuld
Meißen

Käbschütztal im Meißner Land, Frühjahr 1945

Das Grauen war groß in den letzten Kriegstagen. Wir fürchteten uns nicht nur vor den anrückenden Russen, sondern auch vor marodierenden Banden, versprengten SS-Einheiten, von denen es hieß, dass sie wahllos exekutierten, wer ihnen vors Sturmgewehr lief. Aber vor den roten Soldaten aus dem Osten war unsere Angst größer. Allerlei schlimme Gerüchte eilten ihnen voraus. Brutal und gewalttätig sind sie, erzählten Kriegsheimkehrer und Flüchtlinge. Barbaren, die lange Mäntel und Fußlappen tragen und nach Zwiebeln und Wodka stinken. Kurzen Prozess machen sie mit den Deutschen, stellen die Jungen und Männer an die Wand und schänden die Mädchen und Frauen oder schneiden ihnen die Brüste ab.

Noch war kein Russe ins Dorf gekommen. So war der Hunger der einzige ungebetene Gast, den wir täglich ertragen mussten. Ein paar der Männer kehrten aus dem Krieg zurück, ausgehungert und zerlumpt. Sie sahen aus wie Gespenster. In ihren Gesichtern lebte das Grauen des Erlebten fort. Ich hoffte jeden Tag, dass mein Josef es nach Hause schaffen würde und endlich Hans, unseren kleinen Sohn in die Arme schließen konnte.

Ein paar faulige Kartoffeln hatten wir noch und Milch und etwas Käse von der Ziege, die wir im Schuppen versteckten. Mehrfach zogen Flüchtlingstrecks aus Schlesien an unserem Haus vorbei, Frauen, Greise und ausgemergelte Kinder. Hungrig und zerlumpt bettelten sie uns an. Aber niemand wollte sie aufnehmen.

So zogen sie weiter ins nächste Dorf, um dort ihr Glück zu versuchen.

Eines Tages waren sie da. »Die Russen kommen!«, schrien die Kinder. Aufgeregt liefen sie die Dorfstraße entlang. Jeder, der ein Dach über dem Kopf hatte, verbarrikadierte sich. Lotte und ich versteckten uns mit dem Kleinen im Keller, wo es kalt und feucht war und nach fauligen Kartoffeln roch. Wir hörten das Malmen und Rattern der Panzer, als sie anrückten. Im Morgengrauen waren sie da, bellten laute Befehle in dieser fremden Sprache, die uns zu Tode erschreckte. Sie verschafften sich Zutritt zu den Häusern und plünderten alles, was sie fanden. »Dawaj!«, hörten wir sie oben an der Tür brüllen und mit den Gewehren ans Holz schlagen. Wer nicht öffnete, dessen Tür wurde eingetreten. Ich versteckte Lottchen unter einem Holzbottich, nahm meinen Säugling und ließ sie herein. Ich hoffte, mit einem Baby im Arm würden sie mir nichts tun. Zwei Russen drückten sich an mir vorbei ins Haus. Ein junger Soldat und einer, der sein Vater sein konnte. Der ältere bellte die Befehle. Sie durchwühlten alle Kammern im Haus, jeden Schrank und jede Truhe. Ich stand am Fenster und sah, dass ein anderer Russe die Ziege im Schuppen gefunden hatte und sie am Strick hinter sich herzog. Sie meckerte ängstlich und ich weinte still, weil es ab jetzt weder Milch für den Kleinen, noch Käse für uns geben würde. Sie nahmen die gute Bettwäsche mit, die geklöppelten Spitzen meiner Großmutter und den Anzug von Josef, den er zur Hochzeit getragen hatte. Mein Kleiner schrie im Wäschekorb aus vollem Halse. Aber sie lachten und der Ältere von ihnen sang ihm ein russisches Lied vor. Der junge Soldat sah mich plötzlich an, stellte sein Gewehr in die Ecke und drängte mich in die Schlafkammer. Ich wehrte mich und schrie. »Mein Kind! Ich muss zu meinem Kind!« Er lachte nur und riss mir den Kittel von meinem dürren Leib. Ich hörte meinen kleinen Jungen brüllen, als der Russe sich brutal an mir verging. Ich ertrug es stumm, weil ich Angst hatte, dass er sonst dem Baby etwas antat oder im Keller nach Lottchen suchte, die ich in Sicherheit wähnte. Der Ältere kam herein und bellte etwas in Russisch. Ich hatte einen kurzen Moment die Hoffnung, dass er mir helfen würde. Der Soldat ließ endlich ab von mir. Aber ich war nicht erlöst. Im Gegenteil, denn nun machte sich der Ältere über mich her. Er stank schrecklich nach Wodka und Schweiß, war brutal und würgte mich. Ich ertrug die Schmach und Brutalität, mit der er sich meinen Körper zu eigenen machte. Als er endlich fertig war, war es still im Haus. Mein Kleiner schrie nicht mehr. Wahnsinnig vor Angst, raffte ich meinen Kittel hoch und lief zum Wäschekorb. Aber Hans schlief friedlich, inmitten all der Barbarei in diesem Haus.

Entsetzliche Schreie ließen mir das Blut in den Adern gefrieren. Sie hatten Lottchen im Keller gefunden. Der junge Russe zerrte sie an den Haaren hinaus auf den Hof zu seinen Kameraden, die dabei waren, ein Feuer zu entzünden und die Ziege zu schlachten. Und dann begann die schlimmste Nacht unseres Lebens.

Amtsgericht Meißen, Dienstag, 5. Mai 2015

Ein neuer Gerichtssaal. Das Adrenalin pumpte durch den Körper von Raik Winter, obwohl er Prozesse wie diesen in Dresden routiniert verhandelte. Der Strafrichter fühlte sich wie vor einer Prüfung. Es war sein erster Prozesstag am Amtsgericht in Meißen. Er war von Dresden entsendet worden, um hier für zwei Monate einen kranken Richterkollegen zu vertreten. Über die Anfrage hatte er sich gefreut, da ein Ortswechsel immer angenehme Begegnungen und Überraschungen brachte. Er kannte Meißen kaum, obwohl die schöne Weinstadt so nah vor den Toren Dresdens lag. Einmal hatte er das Weinfest besucht, doch das war etliche Jahre her. Winter freute sich darauf, nach der Arbeit die alten Gassen um die Burg zu erkunden und endlich wieder Meißner Wein zu trinken. Vielleicht fand er sogar die Zeit, an einer Führung in der Porzellanmanufaktur teilzunehmen. Er erinnerte sich gut an das Tafelgeschirr mit Weinlaub seiner Großmutter, an dessen Unterseite er als Kind die blauen Schwerter bewundert hatte. Es war ihr Heiligtum gewesen. Seine Großmutter war lange tot, aber die Erinnerung an sie war eng mit dem Meißner Porzellan und den Blauen Schwertern verknüpft.

Erstaunt war er am Morgen aus dem Auto gestiegen. Die Adresse dieses Teils des Meißner Amtsgerichts befand sich im Haus Domplatz 3 im alten Bischofsschloss, einer spätgotischen Schlossanlage auf dem Burgberg mit Blick über die Elbe. Er sah den breiten Fluss aus dem kleinen Zimmer, das an den Sitzungssaal angeschlossen war. Für einen Moment beobachtete er einen der historischen Schaufelraddampfer, an dessen Heck die deutsche Flagge wehte. Winter zog sich die Richterrobe an. Nun hieß es, diese Feuertaufe zu überstehen. Er ordnete seine Unterlagen und atmete tief durch. Er war bereit.

Der Richter öffnete die Tür und betrat den Sitzungssaal.

»Bitte erheben Sie sich!« Die Stimme der Justizangestellten klang routiniert und drang bis in die letzte Ecke des Sitzungssaals. Flüstern, leises Stuhlscharren. Einige Zuschauer saßen auf den Stühlen im Hintergrund. Sie standen auf und sahen ihm neugierig entgegen.

Raik Winter legte seine Akten auf den Richtertisch. Er war jung, Mitte dreißig, aber die dunkle Robe ließ ihn streng und autoritär wirken. »Bitte setzen Sie sich!« Er wartete ab, bis Ruhe im Saal eintrat. »Wir verhandeln heute die Strafsache Freistaat Sachsen gegen Vasilij Schneider wegen Körperverletzung.« Er sah zu dem Angeklagten, der mit gesenktem Kopf neben seinem Verteidiger saß. »Anwesend sind der Angeklagte in Person, als Vertreterin der Staatsanwaltschaft Frau Staatsanwältin Wehner...« Er sah zu der blonden Frau, die auf der linken Seite hinter zwei dicken roten Bänden, dem Strafgesetzbuch und der Strafprozessordnung saß. Sie wirkten wie zwei Bollwerke, hinter denen sie sich verschanzt hatte.»... und Herr Rechtsanwalt Ohloff als Verteidiger des Angeklagten.« Der Strafverteidiger nickte und schrieb etwas auf einen Notizblock. »Weiterhin Frau März als Urkundsbeamtin sowie der Strafrichter am Amtsgericht Raik Winter.« Er räusperte sich leise. »Als Zeugen sind anwesend Herr Timo Selzig, Herr Erik Matthes, Frau Dr. Lamprecht, sowie KHK Müller.« Die Zeugen bestätigten durch ein leises »Ja« oder Kopfnicken, als sie aufgerufen wurden. Der Richter bat die Zeugen, den Sitzungssaal zu verlassen. Die Genannten gingen nach draußen und schlossen die Tür.

Raik Winter vernahm zuerst den Angeklagten zur Person. Vasilij Schneider war 1988 in Krasnojarsk geboren worden, lebte seit fünf Jahren in Deutschland, davon seit vier Jahren in Meißen. Er war mit Rita Schneider, ebenfalls wohnhaft in Meißen, verheiratet und besaß die deutsche Staatsbürgerschaft.

Winter betrachtete den Angeklagten, der in Deutsch mit russischem Akzent antwortete. Dabei rollte er das »R«, wie man es von Sprachen aus Osteuropa kannte. »Ihr Beruf, Herr Schneider?«, fragte der Richter.

»Sicherheitsbeauftragter.« Dreimaliges Rollen.

»In welcher Firma?«

»Golkov Security.«

»Was machen Sie dort genau?«, fragte Winter eher aus Neugier, als dass diese Frage zum Protokoll gehörte.

»Ich bewache Nachtclubs und Diskotheken in Dresden.«

»Nennt man das auch Türsteher?«

Der Gefragte nickte kurz und sah wieder auf die Tischplatte.

»Nun gut.« Raik Winter schrieb etwas auf einen Notizblock. »Fragen zur Person?« Weder die Staatsanwältin, noch der Verteidiger hatten diesbezüglich Fragen an den Angeklagten.

Der Richter übergab der Staatsanwältin das Wort und lehnte sich zurück. Nun folgte der Teil der Verhandlung, den er noch nie gemocht hatte. Die Verlesung der Anklageschrift im sonoren Juristendeutsch. Die Staatsanwältin stand auf und begann, die von ihr verfasste Schrift zu verlesen. Der Angeklagte hatte nach Auffassung der Staatsanwaltschaft an einem Samstagabend im November 2014 auf einem Bahnsteig des Bahnhofes Meißen einen jungen Mann angegriffen, der auf die S-Bahn nach Dresden wartete. Er hatte Timo Selzig, den Geschädigten, mit der Faust mehrfach ins Gesicht und in den Unterleib geschlagen sowie mit den Füßen gegen Kopf und Unterleib getreten, bis sein Opfer bewusstlos und verletzt auf dem Bahnsteig liegen geblieben war. Das Opfer war seitdem auf einem Ohr taub. Die Staatsanwalt sah es als erwiesen an, dass Vitalij Schneider sich der Körperverletzung strafbar gemacht hatte. Der Angeklagte blickte währenddessen starr auf die Tischplatte. Sein Anwalt machte sich Notizen, obwohl ihm die Anklageschrift sehr wohl bekannt war. Winter fragte sich, was Anwälte in dieser Situation niederschrieben. Oder malten sie eifrig Strichmännchen, nur um den Anschein ihres Tatendrangs zu erwecken? Die Staatsanwältin kam zum Ende und setzte sich wieder.

»Vielen Dank, Frau Staatsanwältin. Möchten Sie sich zur Sache äußern, Herr Schneider?«

Der Angeklagte sah hoch. »Ich war das nicht! Der will mir etwas anhängen!«

»Wen meinen Sie?«

»Na der Typ! Der mit der Brille.«

»Sie meinen den Geschädigten, Timo Selzig?«

Schneider nickte. »Genau! Der lügt! Ich war gar nicht dort.«

»Das festzustellen überlassen Sie bitte mir, Herr Schneider!«

Der Angeklagte faselte etwas in Russisch, was der Richter nicht verstand. »Würden Sie das bitte in Deutsch wiederholen?«

Keine Antwort. Nur ein Kopfschütteln.

»Gut, dann steigen wir in die Beweisaufnahme ein. Wir hören als ersten Zeugen den Geschädigten, Herrn Timo Selzig.«

Der junge Mann betrat den Gerichtssaal und setzte sich auf den Zeugenstuhl vor den Richter. Er würdigte den Angeklagten keines Blickes. Raik Winter nahm seine Personalien zu Protokoll. Timo Selzig, wohnhaft Rauhentalstraße 8 in Meißen, fünfundzwanzig Jahre alt, von Beruf Maler. Mit dem Angeklagten nicht verwandt oder verschwägert. Der Zeuge sah ihn nicht direkt an, sondern wandte ihm die rechte Gesichtshälfte zu. Winter vermutete, dass er auf diesem Ohr hören konnte, während das linke seit dem Überfall taub war.

Winter ließ sich schildern, was an jenem Abend auf dem Bahnsteig passiert war. Der junge Mann erzählte zügig. Seine Stimme war fest, aber man spürte, wie aufgeregt er war und dass er seine Wut über das Erlebte im Zaum halten musste. »Ich habe am Abend des 28. November 2014 gegen 22.30 Uhr auf die S-Bahn nach Dresden gewartet. Ich war allein auf dem Bahnsteig, dann kamen noch zwei andere Männer, die auch auf die Bahn warteten. Ich habe mir eine Zigarette angesteckt. Neben mir stand dieser Typ und telefonierte in Russisch mit seinem Handy. Als er fertig war, fing er an zu pöbeln. Ich sollte meine Zigarette ausmachen, weil ihn das stört. Aber ich habe nicht reagiert und weitergeraucht. Da hat er sich direkt vor mir aufgebaut und hat mir die Zigarette mit der Hand aus dem Mund geschlagen.«

»Ist der Mann heute hier?«

»Ja, er sitzt dort drüben.« Er zeigte auf den Angeklagten, der leise russische Flüche ausstieß. Sein Anwalt flüsterte beschwichtigend mit ihm.

»Wie ging es weiter?«, fragte Winter.

»Ich habe ihn gefragt, was das soll und habe mir eine neue Zigarette angemacht. Da hat er mir mit der Faust ins Gesicht geschlagen. Ich bin zurückgetaumelt und habe mir vor Schmerz ins Gesicht gefasst. Da spürte ich, dass ich aus der Nase blute. In dem Moment hat er mir in den Bauch getreten.« Selzigs Stimme zitterte und er räusperte sich verlegen. »Nicht nur einmal. Ich bin dann auf die Knie gegangen und er hat mir mit dem Fuß ins Gesicht und gegen den Kopf getreten, bis ich flach auf dem Boden lag. Ab da kann ich mich kaum noch erinnern. Ich habe mit den Armen meinen Kopf geschützt, während der Typ wütend auf mich eingetreten hat.«

»Wann hat der Täter von Ihnen abgelassen?«

»Das weiß ich nicht. Ich war bewusstlos und bin erst im Krankenhaus wieder aufgewacht.«

»Sie sagten, es waren zwei Männer auf dem Bahnsteig. Hat der andere Mann eingegriffen?«

Selzig schüttelte den Kopf. »Nein. Er stand ein Stück weit weg von mir. Als ich angegriffen wurde, habe ich ihn nicht mehr gesehen.«

»Sie haben den Angreifer nicht herausgefordert, beleidigt oder bedroht?«, fragte Winter.

»Nein! Ich habe nur geraucht. Sogar an einem Aschenbecher, der dort auf dem Bahnsteig angebracht war.«

»Darf ich wissen, welche Verletzungen Sie davongetragen haben?«

»Eine gebrochene Nase, eine Gehirnerschütterung, viele blaue Flecke. Das ist mittlerweile alles wieder ok. Aber auf meinem linken Ohr kann ich seitdem nichts mehr hören, der Arzt ...« Seine Stimme zitterte und er sah hinüber zum Angeklagten. »... hat mir wenig Hoffnung gemacht, dass das wieder wird.«

»Vielen Dank, Herr Selzig.«

Winter gab der Staatsanwältin die Möglichkeit, dem Zeugen Fragen zu stellen, aber sie schrieb eifrig und winkte ab. Für sie schien der Sachverhalt durch die Aussage des Zeugen bestätigt. Der Verteidiger erhielt das Wort. Er räusperte sich. »Herr Selzig, Sie sind Brillenträger?«

Der Zeuge drehte sich mit dem Suhl zum Verteidiger, da dieser links von ihm saß. »Wie bitte? Ich habe Sie leider nicht gehört.«

Der Anwalt wiederholte die Frage lauter. Er klang gereizt.

»Wie Sie sehen, trage ich eine Brille«, sagte Selzig ruhig.

»Sagen Sie uns bitte, wofür Sie diese Brille brauchen?«

»Damit ich besser sehe.«

»In die Ferne oder beim Lesen?«

»In die Ferne. Ich bin kurzsichtig.«

»Wie viel Dioptrien haben sie auf den Gläsern?«

»Minus eins und minus eins Komma fünf.«

»Ist es richtig, dass Sie an jenem Abend, als Sie überfallen wurden, gar keine Brille trugen?«

Der Zeuge nickte. »Das stimmt. Ich hatte sie beim Optiker gelassen, weil ein Glas kaputt war. Deshalb wollte ich ja auch mit der S-Bahn nach Dresden fahren und nicht mit dem Auto.«

»Das ist sehr lobenswert, Herr Selzig.« Er schrieb etwas auf. »Es war schon dunkel an jenem Novemberabend. Wie können Sie dann den Angeklagten so eindeutig identifizieren?«

Der Zeuge sah zum Richter. »Der Bahnsteig war gut beleuchtet. Ich habe mir sein Gesicht genau eingeprägt, als er vor mir stand.«

»Auf welcher Seite hat mein Mandant einen Leberfleck im Gesicht?«

Der Angeklagte hielt sein Gesicht gesenkt und starrte auf die Tischplatte, als Timo Selzig zu ihm schaute. »Keine Ahnung.« Er wirkte verunsichert und dachte nach. »Ein Leberfleck? Darauf habe ich nicht geachtet.«

»Oder Ihr Angreifer hatte gar keinen Leberfleck im Gesicht«, sagte der Anwalt.

»Das ist doch völlig egal, wo der Russe einen Fleck hat«, rief plötzlich einer der Zuschauer. Ein weißhaariger Mann war aufgesprungen und fuchtelte mit einem Arm. »Der will sich nur rausreden. Lassen Sie das nicht zu, Herr Richter!«

»Ruhe bitte!«, rief Winter. »Setzen Sie sich wieder, sonst muss ich Sie bitten zu gehen.«

»Die Russen denken, sie können hier schalten und walten wie damals nach dem Krieg ...«, brummte der alte Mann und setzte sich wieder.

»Bitte verhalten Sie sich ruhig! Und Sie kommen zum Punkt, Herr Verteidiger«, sagte Winter.

»Mein Mandant hat links am Kinn einen fingernagelgroßen Leberfleck. Sehen Sie?«

Der Angeklagte blickte auf und Winter konnte den Fleck deutlich sehen. »Wenn er wirklich auf den Zeugen eingeschlagen hätte, hätte der sich dieses Erkennungsmerkmal sicherlich behalten. Aber der Fleck taucht weder in seiner Aussage bei der Polizei, noch in seiner Zeugenaussage hier vor Gericht auf. Ich habe keine weiteren Fragen«, sagte der Rechtsanwalt.

Der Strafrichter entließ den Zeugen, der sich neben den alten Mann im Publikum setzte, der soeben aufgesprungen war. Timo Selzig legte ihm beruhigend die Hand auf den Arm. Sie wirkten vertraut. Es war immer schwierig, wenn Familie oder Freunde im Gerichtssaal waren. Aber so hatte sich bisher noch niemand in die Verhandlung eingemischt. Im Grunde war das Winter sympathisch, aber natürlich konnte er es nicht zulassen, dass hier das Publikum lauthals Partei ergriff.

Als nächste Zeugin bat Winter die Ärztin in den Sitzungssaal. Sie bestätigte, dass das Opfer durch Schläge und Tritte erhebliche Verletzungen im Gesicht, am Bauch- und Brustbereich und am Hinterkopf erlitten hatte. Dr. Lambrecht hatte bei Timo Selzig ein Schädel-Hirn-Trauma, eine Nasenbeinfraktur, zahlreiche Hämatome und eine Perforation des Trommelfelles diagnostiziert, die zur einseitigen Taubheit ihres Patienten geführt hatte.

Der Schutzpolizist, KHK Müller, sagte nach der Ärztin aus. Er war erst kurz nach der Notärztin vor Ort gewesen und hatte von einem Zeugen die Beschreibung des Täters erhalten, den man schließlich in der Nähe des Bahnhofes habe aufgreifen und aufs Polizeirevier bringen können. Er sei erkennungsdienstlich behandelt worden. KHK Müller bestätigte, dass es sich dabei um den Angeklagten handelte, der jedoch kein Geständnis abgelegt, sondern von Anfang an die Tat bestritten hatte.

Schließlich betrat der letzte Zeuge den Sitzungssaal. Winter hoffte, dass er Klarheit brachte in einem Prozess, der momentan kaum auf einen Schuldspruch hinauslief. Erik Matthes war klein und korpulent. Obwohl er nicht viel älter als dreißig war, hatte er bereits eine Halbglatze.

Raik Winter fragte seine Personalien ab und bat den Zeugen zu berichten, was er an jenem Abend auf dem Bahnsteig beobachtet hatte.

»Ich weiß gar nicht, warum ich hier bin«, sagte Matthes kleinlaut. »Ich habe nichts gesehen.«

Winter sah überrascht von seinen Notizen auf. »Sie wurden von der Staatsanwaltschaft als Zeuge geladen.« Er blätterte in der Akte. »Hier steht, dass Sie bei der Polizei Angaben zum Sachverhalt gemacht haben.«

»Das tut mir alles sehr leid ...« Er sah hinüber zum Angeklagten, der die Arme vor dem Körper verschränkt hatte und zufrieden lächelte. »Ich wollte mich wichtigmachen. Ich bin erst viel später auf den Bahnsteig gekommen. Als der Notarzt schon da war.«

»Sie haben also nicht gesehen, wer auf Herrn Selzig eingeschlagen hat?«

Der Zeuge schüttelte den Kopf. »Nein. Ich habe nichts gesehen.«

Die Zuschauer begannen aufgeregt zu flüstern. Die Staatsanwältin mischte sich ein. »Sie wissen, dass wir Sie wegen Strafvereitelung belangen können, wenn Sie nicht die Wahrheit sagen, Herr Matthes?«

Der Zeuge sah kurz zu ihr hinüber und senkte den Kopf. Dann zuckte er die Schultern. »Ich habe nichts gesehen.«

Plötzlich sprang der Weißhaarige im Publikum auf und stürmte nach vorn, bevor Winter eingreifen konnte. Der Mann baute sich neben dem Zeugen auf und richtete eine Pistole auf ihn. »Du lügst, du Scheißkerl! Sag die Wahrheit!«

Es war schlagartig still im Gerichtssaal.

Der Zeuge hob die Hände über den Kopf und wimmerte leise. Timo Selzig stand langsam auf. Er war kalkweiß im Gesicht. »Nein, Opa! Bitte, das bringt doch nichts! Tu die Waffe weg, du willst doch niemanden verletzen.«

Raik Winter starrte auf den bewaffneten Mann. Nein, es war nicht die Angst vor dem Tod, die ihn lähmte. Es war die Angst, eine falsche Entscheidung zu treffen. Eine Entscheidung, die das Schicksal von allen Menschen in seinem Gerichtssaal an diesem Tag verändern würde. Er hatte schon einmal eine falsche Entscheidung getroffen und danach war eine Frau gestorben. Eine Kriminelle, keine Frage. Aber sie war nun tot und er musste damit leben. Weil er sein eigenes Leben hatte retten wollen, hatte sie dem ihren ein Ende gesetzt. Ein Leben für ein Leben. Das würde nicht noch einmal geschehen. Nicht, wenn er es verhindern konnte!

Winter starrte auf die Schusswaffe, die in der bebenden

Hand des Weißhaarigen lag. Für einen Moment setzte sein Atem aus. Er hatte gesehen, was das Projektil einer Handfeuerwaffe anrichtete, wenn es durch den Schädel ins Gehirn eindrang. Es ging schnell, das war der einzige Vorteil. »Bitte nehmen Sie die Waffe herunter«, sagte er zu dem alten Mann, der so stark zitterte, dass der Richter dachte, dadurch könne sich ein Schuss lösen. Langsam stand Winter auf. »Bitte, lassen Sie uns reden.«

»Er soll endlich reden!« Der Alte stieß dem Zeugen wütend die Pistole in den Nacken. »Du hast alles gesehen, sag die Wahrheit!«

»Nein, bitte nicht ...«, jammerte der Zeuge. »Ich habe gar nichts gesehen.«

»Auf der Polizei hast du etwas anderes erzählt! Mein Enkel hat dich doch auf dem Bahnsteig gesehen, *bevor* er überfallen wurde. Du hast ihm nicht geholfen und jetzt belügst du auch noch den Richter?« Der Alte spuckte vor dem Zeugen aus. »Los jetzt! Wie war es wirklich?«

Raik Winter räusperte sich. »Legen Sie bitte die Waffe weg, dann befrage ich den Zeugen noch einmal.«

»Erst redet er!«, rief der aufgebrachte Zuschauer. »Los jetzt oder es knallt!«

Der Zeuge begann zu schluchzen. Der Angeklagte, sein Verteidiger und die Staatsanwältin saßen erstarrt auf ihren Stühlen.

Timo Selzig kam nach vorn. »Opa, bitte leg die Waffe weg! Du machst doch alles noch schlimmer!«

»Setz dich wieder hin, Timo! Hier soll endlich Gerechtigkeit walten. Die Russen haben schon mein Leben ruiniert ... das soll dir nicht auch passieren.« Er atmete hektisch. Sein Gesicht war rotfleckig vor Aufregung. Er hustete. »Du kennst meine Geschichte, aber diese Leute wissen nicht, wozu diese russischen Barbaren fähig sind!« Er fuchtelte mit der Waffe herum. »Die Russen haben so viel Unheil über unsere Familie gebracht. Meine Mutter haben sie am Kriegsende vergewaltigt, obwohl ich als Säugling im Wäschekorb daneben lag. Ihre kleine Schwester Lotte, ein halbes Kind, gerade fünfzehn Jahre alt, haben sie vergewaltigt, während sie am Lagerfeuer Lieder sangen, unsere Ziege fraßen und Wodka tranken. Einer nach dem anderen haben sie ihren kleinen Körper geschändet. Sie haben sie weitergereicht wie einen Krug Wein.« Er ächzte bei diesen Worten. Die Pistole bebte in seiner Hand.

Winter versuchte, die Ruhe zu bewahren. Er spürte, dass ihm der Schweiß ausgebrochen war. Sein Herz raste. »Das tut mir wirklich sehr Leid, was Ihnen geschehen ist. Bitte, legen Sie die Waffe weg! Wir hören Ihnen zu, auch ohne dass Sie jemanden hier bedrohen.«

Der Weißhaarige schien ihn nicht zu hören. »Lottchen hat sich einen Tag später die Pulsadern aufgeschnitten, weil sie die Schmerzen und die Schmach nicht mehr ertragen hat. Meine Mutter hat sie in ihrem Blut gefunden. Sie selbst musste im Februar 1946 ein russisches Balg zur Welt bringen. Noch im Kindbett ist es gestorben. Aber für Mutter war das körperlich zu viel. Kurz darauf ist auch sie gestorben. Fast verreckt bin ich vor Hunger, weil ich allein zurückgelassen worden bin. Wissen Sie, was es hieß, nach dem Krieg als Waise aufzuwachsen?« Er sah zu Winter. »Verstehen Sie mich, Herr Richter? Die Russen haben sich damals grausam an uns Deutschen gerächt. Der Krieg war schrecklich für alle Völker. Wir Deutschen haben eine schlimme Schuld auf uns geladen. Gar keine Frage. Aber irgendwann muss Schluss damit sein, dass man uns Nazis nennt!« Ein Hustenanfall schüttelte ihn, bevor er weitersprach. »Wir im Osten haben jahrelang Reparation an die Russen gezahlt. Wir haben unsere wichtigsten Industriebtriebe abgebaut, zigtausend Kilometer Eisenbahnschienen haben wir in die Sowjetunion geschickt. Und jetzt sitzt dort wieder so ein Stalin auf dem

Thron, annektiert mal eben die Krim und zettelt einen Krieg gegen die Ukraine an, weil er den Hals nicht voll bekommt. In Leipzig haben sie ihn zu Ostzeiten auch noch ausgebildet, den Putin. Was für eine Schande!« Er ließ die Schusswaffe sinken und stützte sich auf der Lehne des Stuhles ab, auf dem starr der Zeuge saß. »Und dann kommt so ein russisches Bürschchen nach Deutschland, der nie einen Krieg erlebt hat, heiratet eine Deutsche, um hier bleiben zu können und lebt wie die Made im Speck. Das kann er von mir aus alles machen. Aber dass er sich an meinem Enkel vergreift, ihn ohne Grund zusammenschlägt und auch noch den einzigen Zeugen schmiert, damit er lügt ... DAS IST GENUG!« Er hob erneut die Pistole. »DAS LASSE ICH NICHT ZU!«

Der Zeuge zuckte zusammen. »Bitte, hören Sie auf!«, rief er plötzlich. »Herr Schneider hat mich nicht bezahlt, damit ich lüge. Aber er hat mich und meine Mutter bedroht. Er und zwei andere aus seiner Sicherheitsfirma standen gestern Abend vor unserer Tür. Es tut mir leid, aber ich hatte Angst um meine Mutter! Bitte, nehmen Sie die Waffe runter.« Er begann zu schluchzen. »Dann sage ich die Wahrheit! Wie schon bei der Polizei.«

»Sie wissen, dass eine Aussage, die unter Gewaltandrohung zustande gekommen ist, von mir nicht für mein Urteil herangezogen werden kann?«, fragte Winter. »Also bitte, geben Sie mir die Pistole und ich befrage den Zeugen noch einmal.«

Der Alte sah Winter müde an. Ihm standen Schweißperlen auf der Stirn. Er schien einen Moment abzuwägen. »Versprechen Sie mir, dass Sie in dieser Sache ein gerechtes Urteil sprechen, Herr Richter! Geben Sie mir Ihr Wort!«

Winter nickte. »Natürlich! Sie haben mein Wort.«

Der Weißhaarige hustete und ließ die Waffe sinken. »Wissen Sie, ich bin sterbenskrank. Lungenkrebs, mir bleiben nur noch ein paar Wochen.« Er rang nach Luft. »Wie oft habe ich meinem Enkel gesagt, dass er nicht rauchen soll. Ein scheußliches Laster. Aber wegen einer Zigarette schlägt man niemanden bewusstlos, nicht?« Er ging zum Richtertisch, hinter dem Winter noch immer stand und legte ihm die Handfeuerwaffe auf den Tisch.

Winter starrte auf die historische Pistole. Eine ähnliche Waffe hatte er schon einmal gesehen. Eine Waffe aus dem Zweiten Weltkrieg.

»Die Pistole meines Vaters. Die *Luger* ist das Letzte, was mir von ihm geblieben ist. Er kam nicht zurück von der Front. Nur diese Pistole hat mir sein bester Freund gebracht, der den Krieg überlebt hat. Jetzt rufen Sie von mir aus die Polizei, Herr Richter! Ich werde mich nicht wehren. Aber bitte, halten Sie Ihr Wort, dass diesem Herrn Schneider ein gerechter Prozess gemacht wird.«

Winter nahm mit einem Taschentuch die Pistole auf und ging in das Richterzimmer, um zu telefonieren. Fünf Minuten später wurde Hans Selzig im Gerichtssaal verhaftet. Er umarmte seinen Enkel, dem Tränen in den Augen standen, als sein Großvater abgeführt wurde. Kurz darauf stellte ein Schutzpolizist fest, dass die Parabellum-Pistole, die auch *Luger* genannt wurde, nicht geladen gewesen war.

Ich hinterlasse dir mein Tagebuch, mein lieber Hans, damit du weißt, was mit deiner Tante Lotte geschehen ist, die so ein hübsches und liebes Kind war. Lottchens sinnloser Tod soll nie vergessen werden. Ich bete, dass du in einer friedlichen Welt aufwachsen kannst, mein geliebter Sohn. Und dass du nie Hunger, Angst und Leid erleben musst wie wir es taten. In Liebe, Deine Mutter.

Frank Dörfelt

Das fünfte Bild
Zwickau

Mit seinem neuesten Werk war Jörg Petermann mehr als zufrieden. Noch einmal hatte er das Gemälde lange und gründlich betrachtet und dabei nahezu jeden Pinselstrich und schließlich auch die Farbgestaltung überprüft. Das Bild trug den Titel ›Chogealls (Palau)‹. Er hätte es anders genannt, aber der Kunde war König. Und seit ein paar Monaten wusste der Kunstmaler nur zu genau, dass es gar nicht möglich war, dieses oder vier weitere Bilder, die er vorher gemalt hatte, anders zu benennen. Über die Zusammenhänge wollte er jetzt lieber nicht nachdenken. Jetzt nahm der große und kräftige Mann das 52 mal 80 Zentimeter große Bild von der Staffelei, legte es auf den mit trockener Farbe überzogenen Tisch und begann das Kunstwerk sorgfältig einzupacken. Der Künstler hatte gute Laune: Heute war Zahltag. Dabei wusste Petermann allerdings schon jetzt, dass von den 20.000 Euro, die ihm für das Bild versprochen worden waren, nicht viel für ihn übrig bleiben würde. Er musste Schulden bezahlen, dringend. Vor allem das Finanzamt hatte den Druck verstärkt. Sein Konto war gepfändet, aber Zahlungseingänge erwartet er dort schon lange nicht mehr. Bloß gut, dass die geldgierige Truppe nicht wusste, dass er noch Zugriff auf das Konto seiner ehemaligen Freundin hatte. Jörg Petermann verließ das am Rand des Zwickauer Stadtwaldes gelegene Atelier. Nicht das dem geborenen Stadtmenschen die Lage inmitten von Bäumen besonders gefiel, es war die einzige Arbeitsstätte, die ihm auch private Räume bot und die er vor allem bezahlen konnte. Er schloss sorgfältig ab. Ganoven lagen immer und überall auf der Lauer. Zu klauen gab es bei ihm zwar nun wirklich nichts, aber er wollte auf keinen Fall die Polizei im Hause haben. Schnüffler waren ihm ein Gräuel. Vorsichtig legt er das Bild in den Kofferraum seines Autos. Vielleicht sollte er dem fast 20 Jahre alten Golf von dem Verdienst eine Wäsche gönnen. Die Grundfarbe war kaum noch zu erkennen. Er machte sich auf den Weg nach Weißenborn. Lebte sein Abnehmer nicht in diesem Zwickauer Stadtteil, würde er da kaum hinkommen. Es ist eine eher vornehme und ruhige Gegend. Der Maler hätte die Abkürzung durch den Wald nehmen können, doch er wollte vermeiden auf einen Förster zu treffen, der ihn dann womöglich noch gefragt hätte, was er da in seinem Kofferraum liegen hat. Auch im Stadtwald gab es Wilderer. So fuhr er über offizielle Straßen, vorbei an den ehemaligen Sachsenringwerken, in denen einst der Trabant gebaut wurde, weiter in Richtung Crimmitschau. Sein Ziel lag nur ein paar hundert Meter von der Stadtgrenze entfernt. Das Haus seines Kunden konnte er von der Straße aus nicht sehen. Eine hohe und dichte Hecke versperrte die Sicht. Nur das Tor zur Auffahrt ließ einen Blick auf das gepflegte Gelände zu. Durch das verzierte Gittertor sah er einen Mercedes Geländewagen der G-Klasse. Ein Auto, von dem er selbst träumte, dass er sich aber nie würde leisten können. Den Offroader hatte er bei seinem Kunden noch nie gesehen. »Der kann sich das leisten«, murmelte Martin leise und ein wenig neidisch. Direkt am Tor konnte er nicht parken. Normalerweise störten ihn Halteverbotsschilder wenig, aber in diesem Falle wollte er seinen Besuch nicht von einer Polizeistreife dokumentieren lassen. Er bog in eine Nebenstraße ab. Auch ein Luxus, hier fand man immer einen Parkplatz, weil die, die hier lebten, ihre Wagen in Garagen abstellten und nicht die Straßenränder blockierten. Er war zu früh. Zeit für eine Zigarette. Petermann lehnte sich an sein Auto und überlegte, was er von dem Geld, das er gleich in den Händen halten würde, als Erstes bezahlen würde. Ein leises Rattern drang an sein Ohr. Irgendwo öffnete sich ein Tor zu einer Grundstückseinfahrt. Ein Motor heulte laut auf und ein Auto fuhr mit quietschenden Reifen davon. »Der hat es aber eilig«, brummte der Maler. Er wollte nicht zur Crimmitschauer Straße zurücklaufen. Er wusste, dass es einen Nebeneingang gab. Er hatte Glück, dieser war nicht verschlossen. Das Wohnhaus war ein sehr moderner und großer Flachbau. Kein Wunder, der Mann war Architekt und er konnte sich Extravaganzen leisten. Große Glasfassaden zwischen der Holzverkleidung, ein riesiger Swimmingpool und eine ausladende Terrasse. Der Rasen war gepflegt. Jörg Petermann sah keinen Weg, also lief er über das Grün in Richtung Eingangstür und klingelte. Nichts tat sich. Er klingelte noch einmal. Wieder reagierte niemand. Der Maler drehte sich um. Die Zufahrt zum Grundstück stand offen. Dabei war er sicher, dass das Tor geschlossen war, als er daran vorbeigefahren war. Auch der Geländewagen war verschwunden. Sollte Alexander Kant das Haus verlassen haben? Sie hatten einen Termin vereinbart. Kant hatte das Bild unbedingt bis heute Mittag haben wollen. Jörg Petermann zog sein Handy aus der Tasche. Keine Nachricht, kein Anruf. Er suchte Kants Nummer im Telefonspeicher und drückte die grüne Taste. Irgendwo erklang leise eine Melodie, die wieder abbrach und nach ein paar Sekunden erneut einsetzte, ein Klingelton. Mit dem Bild unter dem Arm machte sich der Maler auf die Suche und begann das Haus zu umrunden. Die Terrassentür stand weit offen, er sah in das große Wohnzimmer. Luxus auch hier, wohin er sah. Dort war er noch nie gewesen. Meist hatte ihn der Hausherr in seinem Arbeitszimmer empfangen. Das Klingeln kam vom Couchtisch. Dort lag ein Handy, dessen Display leuchtete. Von Alexander Kant war nichts zu sehen. Petermann überlegte, ob er das Haus betreten sollte. Er zögerte, entschloss sich dann jedoch unter lautem Rufen nach dem Hausherren doch dazu. Das Bild stellte er auf der Couch ab, ging um die große Sitzgelegenheit aus weißem Leder herum und stolperte über ein Hindernis. Er konnte sich nicht halten, schlug der Länge nach hin und fluchte nach dem unsanften Aufprall laut. Als er den Kopf hob, starrten ihn zwei Augen an. Der Hausherr lag in einer seltsamen Haltung neben ihm. Unter seinem Oberkörper hatte sich eine Blutlache ausgebreitet. Es dauerte eine Weile, bevor Jörg Petermann begriff. Mühsam, wie betäubt erhob er sich und starrte dabei weiter auf seinen Auftraggeber. Neben dem Toten lag ein Messer und darunter ein Personalausweis. Das Foto darauf kam ihm seltsam bekannt vor. Es war sein Eigenes. Aber wie kam sein Ausweis hierher? Unwillkürlich griff er in die hintere Tasche seiner Jeans und zog sein Portemonnaie heraus. Tatsächlich fehlt der Ausweis. Er hatte keine Ahnung, wo der ihm abhandengekommen war. Ohne nachzudenken, hob er das Messer auf, legte es zur Seite, nahm seinen Ausweis und steckte ihn ein. Gott sei Dank klebte kein Blut daran. Weg hier, nur weg hier, schoss es ihm durch den Kopf. Oder sollte er die Polizei holen? Dann hätte er erklären müssen, was er hier zu suchen hatte. Dabei wären die Schnüffler auch auf das gefälschte Max-Pechstein-Gemälde gestoßen und den Rest wollte er sich gar nicht erst ausmalen. Er war schon auf der Terrasse, als er noch einmal zurückging, um das Bild mitzunehmen. Da sah er einen dicken Umschlag auf dem Tisch neben dem Handy liegen. Aus der Öffnung lugten lila Geldscheine heraus. Der Anblick zog ihn magisch an, er nahm das Bündel an sich und zählte. 20.000 Euro. Kant hatte ihn also erwartet und seinen Lohn bereits zurechtgelegt. Weitere Überlegungen konnte der Künstler nicht mehr anstellen. Er hörte Polizeisirenen, die schnell lauter wurden und vor dem Haus erstarben. Höchste Zeit abzuhauen. Hastig stopfte er den Umschlag in seine Hosentasche. Jetzt traute er sich nicht mehr, durch den Nebeneingang zu verschwinden. Die Einfahrt schied ohnehin aus. Der Weg führte direkt in den Knast. Er sah sich hastig um und sah ein kleines Gartenhaus, hinter dem er sich versteckte. Von hier konnte er die Auffahrt einsehen. Zwei Polizisten gingen, die Hand an der Waffe und sich aufmerksam umsehend auf das Haus zu. Wieder hörte Jörg Petermann die Türklingel. *Höfliche Polizisten,* dachte er. Da auch ihnen niemand öffnete, umrundeten sie ebenfalls das Haus und kamen ihm dabei gefährlich nahe. Er hielt unwillkürlich die Luft an. Genau wie der Maler betraten sie das Haus durch die Terrassentür. Es dauerte nur Sekunden, dann kam der jüngere der Polizisten wieder auf die Terrasse gestürmt und sprach aufgeregt in sein Funkgerät. Es war nur noch eine Frage der Zeit bis es hier nur so von Bullen wimmeln würde. Der Maler saß er in der Falle. Über die Wiese konnte er jetzt nicht mehr spazieren. Er konnte ja schlecht behaupten, er sei der Gärtner. Dabei fiel ihm ein, dass der Gärtner ja angeblich immer der Mörder sein soll. *Na toll.* Petermann sah sich um. Nur zwei Meter hinter sich entdeckte er versteckt hinter einem Komposthaufen ein kleines Gartentor. Wenn er noch mehr Glück hatte, war es nicht verschlossen. Doch so viel Glück war ihm dann doch nicht beschieden. Allerdings war das Tor niedrig genug, um es ohne Probleme überwinden zu können. Über das Nachbargrundstück gelangte er auf die Straße, ohne dass ihn jemand daran hinderte oder ansprach. Nur eine Querstraße weiter stand sein Auto. Einsteigen und abhauen. Jörg Petermann lugte vorsichtig um die Ecke. Vor Schreck blieb ihm die Luft weg. Vor und hinter seinem Golf stand jeweils ein Polizeiauto. In mindestens einem davon saß ein Uniformierter. Mit dem Bild unter dem Arm konnte er unmöglich zum Auto laufen. Zurücklassen konnte er es aber auch nicht. Ein Max Pechstein, wenn auch eine Fälschung, an einer Hecke lehnend gefunden, wäre eine Schlagzeile für die Presse. Er fürchtete, dass ihm gar nichts anderes übrig blieb, als nach Hause zu laufen. Jetzt musste er nach einem Umweg durch die Wohnsiedlung den Weg durch den Wald nehmen. Das Auto konnte er später holen.

Jörg Petermann war während des Fußmarsches ins Schwitzen gekommen. Nicht nur wegen der Außentemperatur von über 30 Grad, sondern auch wegen der Überlegungen, die er zwischenzeitlich angestellt hatte. Wieso war die Polizei so schnell aufgetaucht? Und vor allem: Wer hatte sie informiert? Das Blut unter Alexander Kant war noch frisch gewesen. Der Schweißausbruch verstärkte sich. Hatte der Mörder das Haus verlassen, während er an seinem Auto geraucht hatte? Der Geländewagen fiel ihm wieder ein. Irgendetwas stimmte hier nicht. Normalerweise versuchte ein Mörder die Tat so lange wie möglich geheim zu halten, schon allein um sich selbst in Sicherheit zu bringen. Andere Personen, wie Nachbarn, waren ihm nicht aufgefallen. Es war auch in den Häusern rundherum alles ruhig geblieben. Also blieb nur der Mörder selbst. Aber warum? Als dem Maler mit einem Schlag die Erkenntnis kam, begann der Schweiß in regelrechten Sturzbächen über seinen Rücken zu rinnen. Irgendjemand wollte, dass man ihn am Tatort erwischte, vermutlich auch gleich noch mit dem gefälschten Bild. Ihm wurde schlecht und er musste sich an einen Baum lehnen. Er hätte es wissen müssen, dass die Fälscherei irgendwann zu ernsthaften Problemen führen würde. Er wusste nicht, was sein Auftraggeber mit den gelieferten vier Bildern, allesamt von Max Pechstein, gemacht hatte. Er kannte keine Abnehmer und schon gar keine Preise in der Branche. Dass er jahrelang für ein viel zu kleines Entgelt gearbeitet hatte, ging ihm durch den Kopf. Er wischte den Gedanken an eine Gefahrenzulage weg. Das war nun wirklich Nebensache und außerdem war es zu spät für Nachforderungen. Jetzt hatte eine andere Frage Priorität: Wer war da hinter ihm her? Er musste es herausfinden, bevor der Unbekannte vor seiner Tür stand. Zu Hause angekommen versteckte er zuerst das Bild in einem Geheimfach. Er musste ein kleines Regal mit Farbtuben zur Seite stellen und mehrere Ziegel aus der Wand ziehen, bevor der Spalt in der Mauer sichtbar wurde. Das Bild passte mit etwas drücken gerade so hinein. Das Geld verschwand in einer Schublade in seinem Atelier. Jetzt brauchte Petermann eine kalte Dusche. Danach war ihm wohler und auch seine Gedanken wurden klarer. Mit einer Flasche Bier setzte er sich auf die Bank vor seinem Haus und dachte über die Situation nach.

Nur wenige Kilometer entfernt saß ein Mann an seinem Schreibtisch, der ebenfalls angestrengt nachdachte und dabei an einem auffällig großen Ring, den er an seinem linken Zeigefinger trug, drehte. Sein Plan war gut gewesen. Mit einem Schlag hätte er die beiden Personen, die ihm gefährlich werden konnten, loswerden können. Der eine tot, der andere als dessen Mörder in Haft. Dieser Kant war einfach zu gierig geworden. Wollte an seinem Geschäftsmodell jedes Mal mehr verdienen, hatte zuletzt sogar gedroht ihn auffliegen zu lassen. Und der Maler war einfach eine Gefahr, weil er nach Kants Ableben der Einzige war, der von den falschen Pechsteins wusste. Es war ihm unklar wie dieser Petermann es geschafft hatte ungesehen vom Grundstück zu kommen. Die Idee mit dem Ausweis hielt er für brillant, auch wenn es einige Zeit gedauert hatte, bis der in seinen Besitz gelangte. Entweder hätte die Polizei den Ausweis neben der Leiche gefunden oder Petermann hinterließ am Messer seine Fingerabdrücke, sobald er den Ausweis aufhob. Immerhin hatte er so Vorsorge getroffen, dass die Polizei zumindest auf den Maler aufmerksam werden würde, wenn sie ihn nicht gleich am Tatort hätten verhaften können. Doch jetzt war alles anders. Petermann war nicht blöd. Er musste an ihn herankommen und ihn ausschalten. Im schlimmsten Fall würde er selbst im Gefängnis landen. Das galt es um jeden Preis zu verhindern. Die echten Max-Pechstein-Bilder waren schon lange nicht mehr in seinem Besitz. Dafür hatten verrückte Sammler gute Preise gezahlt, sehr gute Preise. Der Mann dreht wieder an seinem Ring. Es ärgerte ihn seit Langem, dass der Schmuck nicht fester saß. Ablegen wollte er ihn aber auch nicht. Es war ein Geschenk seines Großvaters, den er sehr verehrte. Er hatte nur Angst das wertvolle Stück zu verlieren. Daher kam wohl auch die Marotte ständig an dem Ring zu drehen. Er musste fühlen, dass er noch da ist.

Jörg Petermann holte sich eine weitere Flasche Bier aus dem Kühlschrank. Wie hatte es überhaupt soweit kommen können? Seiner aktuellen Lage konnte er nichts Positives abgewinnen. Klar, er hatte das Geld mitgenommen und das Gemälde hatte er auch noch. Es aber noch einmal zu verkaufen, dazu fehlte ihm der Mut. Er wusste ja noch nicht einmal, wem er den Pechstein anbieten sollte. Er kannte Alexander Kant schon seit Jahren. Er hatte eine seiner Ausstellungen besucht. Damals war Jörg Petermann noch ein aufstrebender junger Künstler gewesen. Doch schon bald hatte er feststellen müssen, dass man von diesem Umstand allein nicht leben konnte. Seine Bilder verkauften sich anfangs gut. Doch der Künstler konnte nicht mit Geld umgehen. Kaum war es da, war es auch schon wieder alle. Irgendwann gingen die Verkaufszahlen zurück, die Preise sanken. Da war es ein Glücksfall, als ihm Alexander Kant eines Tages ein Angebot machte. Ab und zu sollte er ein Bild für ihn malen, gegen gute Bezahlung. Ein paar Wochen später kam Kant wieder zu ihm, zeigte ihm ein großes Foto und fragte, ob er das Bild so abmalen könne. Klar konnte er das. Schließlich war er Maler. Dann ließ Kant die Katze aus dem Sack: »Nicht einfach nur abmalen«, sagte er verschwörerisch »Es muss so aussehen, dass zum Original auf den ersten und wenn es geht auch auf den zweiten Blick kein Unterschied zu erkennen ist«. Mit einem großen Bündel Scheine bekräftigte Kant seine Argumente. Natürlich hatte Jörg Petermann schnell gemerkt, dass es sich bei dem ursprünglichen Maler um Max Pechstein, einen der größten Künstler die Zwickau hervorgebracht hatte, handelte. Und schnell hatte er auch herausgefunden, dass es immer Bilder waren, die das neu geschaffene Max-Pechstein-Museum gerade gekauft oder ersteigert hatte. Bevor die Bilder der Öffentlichkeit erstmals gezeigt wurden, hatte er schon die Kopie fertig. Bis heute hatte ihn nie wirklich interessiert, wofür seine Fälschungen benötigt wurden. Jetzt brannte sich diese Frage in seine Gedanken. Kant hatte ihm stets nur versichert, dass es nichts Unrechtes sei, freilich etwas unkonventionell, aber vollkommen legal. Und er hatte bei jeder Übergabe in bar bezahlt. Von dem Geld hatte Petermann stets eine Weile leben können und sogar ab und zu ein paar Schulden getilgt. Diese Geldquelle war jetzt versiegt und er hatte neue Probleme am Hals. Mit einem lauten Knall flog die Bierflasche auf den Tisch. Das Messer, schoss es ihm durch den Kopf. Er hatte das Messer angefasst. Seine Fingerabdrücke waren darauf. Zwar hatte er bei der Polizei noch nie seine Fingerabdrücke abgeben müssen und daher konnte das Messer nicht direkt zu ihm führen. Aber sein Auto stand noch in der Seitenstraße. Inzwischen hatten die Bullen ihn bestimmt schon als Halter ermittelt. Er brauchte eine gute Erklärung, warum der Golf vor der Haustür eines Mordopfers stand. Und das sehr schnell. Er musste mit jemandem reden. Da fiel ihm sein Freund Steffen Soderberg ein. Soderberg war ausgerechnet der Chef der Zwickauer Kunstsammlungen und damit auch des Max-Pechstein-Museums. Er musste ihm ja nicht gleich auf die Nase binden, dass er unter die Kunstfälscher gegangen war. Das kam sicher nicht gut an. Sein Vorhaben konnte er nicht sofort in die Tat umsetzen, weil im Wald eine Staubwolke auftauchte, die ein Fahrzeug ankündigte. Das ungute Gefühl in der Magengegend wurde stärker. Ihm war immer noch keine Ausrede für den Standort seines Autos eingefallen. Und die brauchte er jetzt dringend. Der Streifenwagen hielt direkt vor dem Haus. Zwei Uniformierte stiegen aus. Er beobachtete sie hinter der Gardine. Als es klopfte, wartete er einige Sekunden, bevor er öffnete.

»Guten Tag Herr Petermann«, sagte der ältere der beiden Polizisten. »Wir hätten da ein paar Fragen an Sie. Dürfen wir kurz reinkommen?«

Der Maler versuchte den beiden so freundlich wie möglich gegenüberzutreten. »Selbstverständlich, bitte.« Am liebsten hätte er die Bullen mit einem kräftigen Tritt in den Wald befördert. »Was kann ich für Sie tun?«

»Es geht um Ihren VW-Golf. Wir haben ihn in der Steubenstraße gefunden. Warum steht der da, wenn Sie hier sind?«

Jörg Petermann blickte auf die Pfanne, in der er gestern Abend Fisch gebraten hatte. Und da kam ihm die rettende Idee. Eigentlich waren es gleich zwei Ideen. Die erste, dem Typen in der blauen Uniform die Pfanne über den Schädel zu ziehen, verwarf er gleich wieder. Stattdessen tat er etwas verlegen. »Das ist so«, begann er seine Erklärung, »ich war heute Nacht angeln.«

»In der Steubenstraße?«, unterbrach ihn der ältere Beamte. *Blödmann*, dachte der Maler. »Nein, nein, an den Teichen im Stadtpark«. Dabei, so erzählte er weiter, habe er ein paar Bier getrunken. »Und da wollte ich nicht mehr Auto fahren«. Den Mienen der Polizisten war nicht abzulesen, ob sie ihm glaubten. Er überlegte fieberhaft, welche Fische überhaupt in den Teichen lebten. Aber diese Frage stellte niemand.

»Und heute Mittag waren Sie nicht in der Gegend?«

»Nein, ich habe den ganzen Tag gearbeitet.« Nur gut, dass er gerade ein halb fertiges Bild in seinem Atelier stehen hatte, das zudem noch ein Original-Petermann war. Aber sehen wollte auch das keiner. Die Polizisten sahen sich an, der jüngere zuckte mit den Schultern und schon wandten sie sich zum Gehen. Da schien dem älteren noch eine Frage eingefallen zu sein. Offenbar wollte er Columbo nachahmen. »Haben Sie Zeugen für Ihren Aufenthalt hier in Ihrem Haus?«, fragte er. Die hatte Petermann freilich nicht und er beschloss, in diesem Fall bei der Wahrheit zu bleiben. Weitere Fragen kamen nicht, die Polizisten stiegen in ihr Auto und fuhren davon. *Da haben sie ja die richtigen beiden Streifenhörnchen geschickt*, freute er sich innerlich. Die angedrohte Anzeige wegen Fischwilderei interessierte ihn im Augenblick weniger. Allerdings war er sicher, dass die Sache noch lange nicht erledigt ist. Wer weiß, wer als Nächstes an seine Tür klopfte. Petermann tippt auf echte Kriminalbeamte. Er zog das Telefon aus der Hosentasche, rief seinen Freund Steffen Soderberg an und vereinbarte ein Treffen mit ihm. Der Maler wunderte sich, dass dieser spontan und sofort dazu bereit war. Er machte sich auf den Weg. Schließlich musste er erst in die Steubenstraße laufen, um sein Auto abzuholen. Missmutig stapfte er durch den Wald. Den Geländewagen, der vor seinem Haus vorfuhr, bemerkte er nicht. Der Mann mit dem auffällig großen Ring wusste genau, wo der Schlüssel versteckt war. Er brauchte keine Minute, um in das Atelier einzudringen. Deutlich länger dauerte es jedoch, das Ziel seiner Begierde zu finden. Das Bild war hinter losen Ziegeln gut versteckt. Der Mann brauchte einiges Geschick, um es aus dem engen Spalt zu ziehen. Mehrfach musste er die flache Hand zwischen die raue Wand und das Bild schieben, um dieses ohne es zu beschädigen entnehmen zu können. Ohne Kratzer an seiner linken Hand kam er nicht davon. Zur Vorsicht sah er kurz nach, was er da mitnahm. Er wollte keine Überraschung erleben und womöglich das falsche Bild klauen. Das Geld, das er fand, ließ er liegen. *Das mein Freund gehört dir*, dachte er großzügig und machte sich so schnell wie möglich auf den Rückweg. Er hatte gleich noch einen Termin, den er nicht verpassen durfte. Die Zeit wurde knapp.

Jörg Petermann stellte sein Auto auf dem Platz der Völkerfreundschaft ab und warf diesmal sogar einen Euro in den Parkscheinautomaten. Der größte Parkplatz der Stadt lag direkt gegenüber dem Museum, das vor genau 100 Jahren erbaut worden war. Es war Montag und das Museum geschlossen. Er klingelte am Seiteneingang. Doch zum zweiten Mal an diesem Tag reagierte auf sein Klingeln niemand. Er drückte wieder auf die Taste, diesmal deutlich länger. Vielleicht war sein Freund im Haus unterwegs und hatte das Läuten nicht gehört. Doch die Tür blieb verschlossen, die Gegensprechanlage stumm. Der Maler wunderte sich und lief auf dem Gehweg vor dem Museum auf und ab. Einen Vorteil hatte es: Er konnte noch einmal darüber nachdenken, was er seinem Freund erzählen wollte. Inzwischen tendierte er zur vollen Wahrheit.

»Entschuldige, ich war in der Ausstellung und habe dein Klingeln nicht gehört«, hörte der Maler plötzlich die Stimme seines Freundes hinter sich. Die Tür stand jetzt offen. Sie begrüßten sich mit einer Umarmung und gingen in Soderbergs Büro. *Irgendwie sieht Steffen abgehetzt aus*, dachte Petermann. *Er hatte sicher Stress. So kurz nach der Eröffnung des Max-Pechstein-Museums war sicher im Haus die Hölle los.* Pechstein war ein gutes Stichwort für seine Beichte. Er hätte nicht gedacht, dass es ihm so leicht über die Lippen kommen würde, sich als Kunstfälscher zu outen. Steffen Soderberg hörte, ohne ein Wort zu sagen, aufmerksam zu. »Na da bist du ja in einen schönen Schlamassel geraten«, fasste er das Gehörte zusammen. *Das ist wohl eher noch mild ausgedrückt,* dachte der Maler, nickte aber nur zu den Worten seines Freundes.

»Wo sind die Bilder jetzt?«, fragte dieser.

»Ich weiß es nicht«, antwortete Petermann wahrheitsgemäß. »Ich hatte schon befürchtet, dass es die Bilder sind, die ihr ersteigert oder gekauft habt«, brachte er vorsichtig an. Er wollte seinen Freund nicht verärgern. Das Flackern in seinen Augen war ihm nicht entgangen. »Es ist nur wegen des zeitlichen Zusammentreffens«, fügte er schnell hinzu. Soderberg sah ihn mit zusammengekniffenen Augen an und fuhr sich mit den Händen übers Gesicht und dann durch die Haare. Im Unterbewusstsein erkannte Jörg Petermann eine Veränderung an seinem Freund, wusste aber nicht, was es war. Er verdrängte den Gedanken. Das spielte jetzt keine Rolle.

»Du kannst dir die Bilder gern anschauen«, erklärte der Museumsdirektor. »Wenn du willst sofort. Ich bringe dich hin.«

Beide standen gleichzeitig auf. Da kein Besucherverkehr war, konnte sich Jörg Petermann in aller Ruhe umsehen. Steffen Soderberg hatte sich wegen ein paar dringender Telefonate verabschiedet und war wieder in seinem Büro verschwunden. »Keine Angst ich rufe die Polizei nicht an«, sagte er, als er sich beim Gehen noch einmal umdrehte. Der Maler atmete hörbar auf und war allein in den Räumen und trotzdem hatte er das Gefühl beobachtet zu werden. Fünf Bilder interessierten ihn besonders. Sein Problem bestand darin, dass er nun selbst nicht mehr hätte sagen können, ob es sich um Originale oder Fälschungen handelt. Blödsinn, sagte er sich, wenn Steffen sagt, dass es Originale sind, dann sind es auch welche. Schließlich waren die Gemälde alle auf ihre Echtheit geprüft worden, bevor sie angekauft wurden. Was sollte Alexander Kant da gedreht haben? Der hatte doch keine Chance an die Originale zu gelangen. Er wollte schon wieder gehen, als er vor dem letzten Bild stand und plötzlich stutzte. Bei seinem »Werk«, das »Im Kanu« hieß, hatte sich genau in der oberen linken Ecke das Haar eines Pinsels festgesetzt. Das hatte er zwar entfernen können, doch ein winziger eigentlich kaum sichtbarer Riss, war geblieben. Und genau diesen Riss sah er jetzt. Das konnte doch nicht sein. Er sah genauer hin, der Riss blieb. Am liebsten hätte er das Bild von der Wand genommen. Doch Aufsehen war das Letzte, was er jetzt brauchen konnte.

Sofort nach der Rückkehr in sein Haus ging Jörg Petermann zum Versteck des Bildes. Schon als er das Regal mit den Farbtuben sah, stutzte er, irgendetwas war anders. Tatsächlich: Das Geheimfach dahinter war leer, das Bild verschwunden. Er war hier gewesen. Auch wenn er immer noch nicht wusste, wer »Er« war, fürchtete er sich immer mehr vor ihm. Er bückte sich, um tiefer in die Öffnung hineinsehen zu können. Da sah er etwas glänzen. Etwas das dort nicht hingehörte. Petermann griff danach und förderte einen aufwendig gearbeiteten Herrenring zutage. Ihm wurde schlecht, als er diesen genauer betrachtete und ihm mit einem Schlag die Zusammenhänge klar wurden. Er dachte nicht nach, griff zum Telefon und rief die Polizei. Jetzt musste endlich Schluss sein mit dem Spuk.

Der Mann trommelte einen hektischen Rhythmus auf das Lenkrad. Er hatte sein Vorhaben zunächst abbrechen müssen und seinen Geländewagen etwas abseits des Weges im Wald versteckt. Von dort aus beobachtete er das Haus von Jörg Petermann aus größerer Entfernung. Der Anblick des Streifenwagens hatte ihn daran gehindert, direkt bis vor das

Haus zu fahren. Er hoffte, dass die Polizisten diesen lästig gewordenen Petermann wenigstens diesmal mitnahmen. Vielleicht brauchte er einfach nur abzuwarten. Wenn allerdings die Streifenpolizisten ohne den Maler wieder abfahren würden, trat automatisch Plan B in Kraft. Er öffnete das Handschuhfach. Die Pistole lag noch dort. Der Maler hätte einfach nicht herumschnüffeln und jede Menge Fragen stellen sollen. Das hatte er nun davon. Die Polizei und deren Gewahrsam wäre für seine Gesundheit auf jeden Fall die bessere Lösung. »Ich hätte es wissen müssen«, knurrte der Mann hinter dem Lenkrad verärgert. Die beiden Polizisten waren eben allein wieder in ihr Auto gestiegen und davongefahren. »Muss ich denn alles selber machen?«

Jörg Petermann sah den Mercedes-Geländewagen, den er in der Einfahrt zu Kants Grundstück gesehen hatte, kommen. Er stand am Fenster, wartete, holte tief Luft und öffnete seinem Gast die Tür. »Hallo Steffen, was treibt dich denn so schnell wieder zu mir«, fragte er.

»Ich wollte mal sehen, wie es dir geht. Das Ganze ist eine Hammergeschichte«, sagte Steffen Soderberg.

»Du hast ein neues Auto?«, wollte Petermann wissen. Sein Freund sah ihn überrascht an. Mit dieser Frage hatte er nicht gerechnet. »Teures Teil«, urteilte der Maler. »Du musst ja ganz schön Kohle verdienen in deinem Museum«.

Soderberg blickt sich um. Irgendetwas stimmt hier nicht, das sagte ihm sein Instinkt. Er tastete nach der Pistole, die er am Rücken in seinen Hosenbund gesteckt hatte.

»Oder hast du deinen Ring versetzt?«, Petermann brachte es jetzt sogar noch fertig zu lachen. Steffen Soderberg riss die linke Hand ruckartig vor seine Augen. Das teure Erbstück seines Großvaters war weg. Bevor er etwas sagen konnte, sprach sein Gegenüber weiter. »Ach ne, das geht ja gar nicht, der lag ja in meinem Versteck.« Er griff in seine

Hosentasche und holte den Ring hervor. Eigentlich wollte er noch mehr sagen, doch weiter kam er nicht. Er blickt in den Lauf einer Pistole.

»Das reicht«, fauchte Soderberg. »Den Ring her, sofort.« Petermann hielt es für besser, der Aufforderung nachzukommen. »Das war es dann wohl«, sagte Soderberg leise. »Du hättest einfach nur die Klappe halten müssen. Dann würdest du morgen noch leben.« Er deutete mit der Pistole in Richtung Schlafzimmer.

Jörg Petermann ging vorsichtig rückwärts. »Warum tust du das?« Er versuchte möglichst ruhig zu klingen, was ihm aber nicht so recht gelang. Schließlich hatte er nicht jeden Tag eine Waffe unter der Nase.

»Ich hatte eine größere Pechsträhne«, brummte Soderberg. »Hatte mich beim Poker verzockt. Die Typen verstehen keinen Spaß.«

Petermann wusste, dass Soderberg ab und zu zum Pokern ging. Und er wusste auch, dass es keine legalen Pokerrunden waren.

»Ich konnte meine Schulden bei denen nicht mehr bezahlen«, sagte Soderberg. Da sei er auf die Idee gekommen, Bilder fälschen zu lassen. Unmittelbar bevor das Bild in die Ausstellung kam tauschte er es gegen Petermanns Fälschungen aus. Die Originale verkaufte er. »Mehr musst du nicht wissen«, sagte Soderberg. Er straffte den Arm, legte die Waffe an, als er plötzlich durch die Luft gewirbelt wurde und hart auf den Boden knallte. Er spürte ein Knie in seinem Rücken und merkte wie ihm die Arme auf den Rücken gedreht und ihm Handschellen angelegt wurden. »Scheiße«, sagte er leise.

Jörg Petermann unterdrückte den Impuls, dem jetzt Wehrlosen einen heftigen Tritt zu verpassen. Er sah zu wie zwei Polizisten seinem Ex-Freund auf die Beine halfen und ihn abführten.

»Sie kommen bitte morgen in die Dienststelle«, sagte Kommissar Mahler. »Wir brauchen Ihre Aussage. Ich gehe davon aus, dass Sie nicht abhauen. Nur deswegen nehme ich Sie nicht fest.«

Petermann wusste, dass er wegen der Fälschungen vor Gericht landen würde. Als die Polizisten gegangen waren, zog er sich in sein Atelier zurück, stellte eine Leinwand auf die Staffelei und begann zu malen. Am frühen Morgen war er fertig und mit seinem Werk zufrieden. »Ein echter Jörg Petermann«, murmelte er vor sich hin. Das ist doch auch was Tolles. Das Bild musste er jetzt nur noch verkaufen.

Martina Arnold

Blutnacht

Bautzen

Wolfswanderung in der Lausitz – toll! Februar, eiskalt in diesem Jahr, mit extra viel Schnee – noch toller! Und jetzt ist der Jeep kaputt, irgendwas mit dem Vergaser, und sie stehen mitten im Wald, kein Handyempfang, Navi streikt, natürlich keine Autokarte dabei – am tollsten! Nils und Leonie haben die Nase voll vom Ferienprogramm ihrer Eltern, aber so was von. Die Stadtbesichtigung von Bautzen haben sie noch über sich ergehen lassen, die war ja ganz okay: historischer Stadtkern mit Stadtmauer, Burgwasserturm, schiefer Turm und jede Menge interessante Gefängnisse. Und die Stadtführung selbst machte so ein Typ, der sich Pumphut nannte, wandernder Müllerbursche mit breitkrempigem Hut und knorrigem Wanderstab – schräg! Aber im Moment ist das alles weit weg, denn im Moment stecken sie fest: Mutter, Vater und zwei Kinder und das nur, weil der Vater ohne Guide, also auf eigene Faust, zum Treffpunkt für die Wolfswanderung mitten im Wald wollte: »Das schaffen wir auch so, Kinder!« – logisch. Und wie sie das geschafft haben. Vereister Waldweg, Vater ungeübt, bisschen zu schnell – und zack! Motor aus. Vergaser hin. Oder so was Ähnliches. Nils versucht zum hundertsten Mal mit dem Smartphone Empfang zu kriegen. Wahrscheinlich müsste er dafür auf einen Baum klettern, aber dazu hat er keine Lust. Er ist schließlich kein Eichhörnchen. Leonie geht's auch nicht besser. Ihr Handy macht ebenfalls keinen Mucks. Was ist schlimmer, als 15 Jahre alt zu sein und ohne Handyempfang mit den Eltern im Wald zu stehen? 15 zu sein, mit den Eltern im Wald zu stehen und eine 16-jährige Schwester zu haben, die alles besser weiß.

»Du musst den Arm ausstrecken, so! Sonst wird das nie was!«, *belehrt sie ihn und macht es vor. Sein Leben ist elend. Und immer noch kein Empfang. Die Eltern braucht Nils gar nicht erst zu fragen, die haben so 'ne Geräte nicht, sind Ökos, Grüne, No Atomstrom und nur Natur pur, Vegetarier obendrein – also ganz schlimm. Und peinlich. Da kommt ihre Mutter: »Kinder, ich hab ein Gasthaus gefunden!« – Na endlich. Zivilisation!*

Das Gasthaus nennt sich ›Zur Köhlerin‹ und ist ein ziemlich heruntergekommener Schuppen mit schiefem Dach, dahinter drei der schwärzesten Tannen, die Nils je gesehen hat und er hat schon viele gesehen, in allen Teilen der Welt, den Öko-Eltern sei Dank. Ein weiterer Schuppen steht nebendran und beide sehen aus, als ob sie zusammenbrechen, wenn einer nur niest. Wie bei den drei kleinen Schweinchen, denkt Nils. Nur, dass wir vier sind. Aber die bösen Wölfe sind schon da. Das Geheule um sie herum macht ihm Angst, besonders jetzt, wo's dunkel wird, aber das würde er niemals zugeben.

Im Gasthaus ist es warm und erstaunlich gemütlich. Zwei alte Leutchen schmeißen den Laden. Der Mann kniet in so komischen schwarzen Hosen vor dem Ofen und legt Holz nach und die Frau kommt mit einem großen Topf in die Gaststube. Für ihr Alter ist sie noch ganz flink, stellt Nils fest und beobachtet, wie sie in Nullkommanichts den Tisch deckt. Wie alt genau sie ist, kann er nicht sagen. Alt. Mindestens 30 oder so, das steht fest.

Mutter verwickelt sie sofort in ein Gespräch, logisch, über Wölfe und so, und dass sie eine Panne haben und immerhin fragt sie, ob sie mal telefonieren dürften.

Und dann kommt's: »Wir haben so was nicht«, sagt die Frau. Kein Telefon! Nach Internet braucht man gar nicht erst zu fragen, aber Leonie tut's trotzdem. »Wir können auch skypen«, sagt sie und rollt eine Haarsträhne zu einem Zöpfchen. Das macht sie immer, wenn sie nervös ist, weiß Nils. Die Antwort der Frau haut ihn um: »Deichelmauke!«

»Hey, cooler Nickname, hahaha.« Aber außer ihm lacht keiner, und da ahnt Nils, dass das hier ein ganz langer Abend wird.

Irgendwann rafft er, dass dieses coole Wort was Essbares ist, denn sie setzen sich alle um den großen Tisch in der Mitte des Raumes und die Frau serviert.

»Sieht aus wie Kartoffelstampf«, sagt Nils und greift sich den Löffel. »Was isn das für Soße?«

»Das ist gesottenes Rind mit Wurzelgemüse«, erklärt die Frau, und der Vater und Nils strahlen.

»Das wollt ihr doch nicht essen?« Letzter Versuch ihrer Vegetarierfraktions-Mutter, aber die Revolution ist in vollem Gange und die Männer der Familie schaufeln sich schmatzend und grinsend das Essen rein. Leonie zögert, probiert und schließt sich ihnen an.

»Lecker«, nickt sie der Frau anerkennend zu, »weckt meine Lebensgeister.«

»Ja«, sagt der Mann, »die Deichelmauke hat magische Kräfte. Sie macht, dass man ewig lebt ...« Die Frau stößt ihn in die Seite und er verstummt.

»Und Sie? Essen Sie nicht mit?«, fragt Leonie.

»Ach, wir essen später«, antwortet die Frau und lächelt. Irgendwas ist komisch an der Brühe in der Mitte von diesem Kartoffelberg, aber Nils kommt nicht dahinter, was da so merkwürdig schmeckt. Er registriert es auch erst nach dem vierten oder fünften Löffel, vorher hatte er einfach zu viel Hunger. Die Brühe schimmert rötlich im Kerzenlicht. Eine andere Beleuchtung scheint es nicht zu geben. Man sieht nur, was direkt vor einem auf dem Tisch steht, der Rest des Zimmers, ja der ganzen Hütte liegt im Dunkeln. Dann sind die Teller leer und er ist wirklich satt geworden, anders als bei Mutters Gemüsebrühen-Veggie-Kram. Nur der leicht metallische Geschmack auf seiner Zunge will nicht weggehen, egal wie viel er auch von dem Kräutertee trinkt, den die Frau dazugestellt hatte.

»Steht Euer Wagen weit von hier?«, fragt der Mann und Vater erklärt ihm, wo der Jeep liegengeblieben ist. »Wir könnten das Gepäck holen«, bietet der Mann an.

»Nicht nötig. Wir ruhen nur kurz aus und versuchen dann

nochmal draußen Handyempfang zu kriegen. Vielleicht klappt's, wenn wir aus dem Wald raus sind. Mein Navi hat 'nen Hügel angezeigt, ehe es den Geist aufgab.«, antwortet Vater und gähnt.

»Heute werdet Ihr nicht mehr weit kommen«, sagt der Mann und deutet auf das einzige, fest verrammelte Fenster des Gasthauses. »Hört nur den Sturm. Dazu die Wölfe ... Es wäre besser, Ihr bliebet hier. Meine Frau richtet Euch gern ein Nachtlager.«

»Das wäre sehr nett«, sagt Mutter, der beinahe die Augen zufallen. So müde hat Nils sie lange nicht gesehen.

»Aber nur, wenn es keine Umstände macht.«

Der Mann strahlt: »Nein, nein, keineswegs. Und bis Euer Lager bereitet ist, erzähle ich Euch eine Geschichte. Dann wird uns allen die Zeit nicht lang. Wie gefällt Euch das?«

»Wunderbar«, murmelt Mutter und hat Mühe, nicht schlafend vom Stuhl zu fallen.

»So ist's recht«, sagt der Mann. »Kommt ganz nahe zu mir an den Tisch. Ich führe Euch in eine Zeit, die lange, lange vor der Euren liegt ...«

Und es begab sich aber und geschah, dass in einer rauen Februarnacht des Jahres 1823 eine illustre Reisegesellschaft in einen fürchterlichen Schneesturm geriet, wie man ihn seit Jahren nicht mehr erlebt hatte in diesem Teil des Königreiches Sachsen. So fürchterlich und rau, dass er sie zwang, in einem düstren Gasthof mitten im Wald Zuflucht zu nehmen.

Fürwahr: ohne diesen Sturm und ohne die Wölfe, die unablässig heulten und immer enger ihre Kreise um die Kutsche zogen, bis die Pferde scheuten und nicht weiter wollten – ohne diese Gewalten der Natur wäre die Reisegesellschaft noch in gleicher Nacht an ihrem Ziele, dem schönen Bautzen, dazumal Budissin geheißen, angekommen und hätte nicht jene schicksalhafte und unheimliche Begegnung gehabt, die ihrer aller Leben veränderte und von der hier die Rede sein soll. Aber gehen wir an den Anfang ...

In aller Frühe war man vor fünf Tagen aus der Hauptstadt Dresden, dem prächtigen Elbflorenz, aufgebrochen. Der Boden war gefroren vom strengen Frost, und so trieb der Kutscher die Pferde kräftig an, ohne befürchten zu müssen, die Räder würden im Morast versinken, wie sonst so oft auf dieser unwegsamen Strecke. Auch an diesem Morgen hielten sich Wind und Schnee zurück. Stattdessen überflutete gleißender Sonnenschein Felder und Wiesen, brach sich vieltausendfach auf den festen Eisdecken von Teichen und Seen und ließ sie funkeln wie kostbare Teppiche aus Diamanten. Bis zum Mittag hatten sie eine gute Strecke Weg gemacht und der Kutscher freute sich schon, am Abend wieder daheim bei seinem Weib und den Kindern in Bautzen zu sein. Seit nunmehr einem Monat hatte er die Familie nicht mehr gesehen und so trieb die Sehnsucht nach den Lieben ihn zusätzlich an.

Im Inneren des Vierspänners vertrieben sich die Reisenden die Zeit mit allerlei Versen und heiteren Geschichten. Der Zufall hatte sie zusammengeführt: Maximilian Hübner, ein wohlhabender Tuchhändler aus Görlitz, mit seiner knapp 17-jährigen Tochter Carolina, die er in Bautzen zu verheiraten gedachte, Johannes Meyer, ein blasser Kantor und Musiklehrer in den Zwanzigern aus dem fernen Leipzig, der seine ältliche Tante Amalie zu Verwandten begleitete und schließlich Friedhelm Coswig, ein stattlicher Mann in den sogenannten ›besten Jahren‹, der sich vieldeutig als ›Reisender in exquisiten Geschäften‹ vorgestellt hatte, was vor allem dem Tuchhändler nicht behagte. Sein Naturell als nüchterner Hüter von Bilanzen und Verträgen ließ ihn bei dieser vagen Angabe nichts Gutes vermuten. Ein Betrüger, so dachte Hübner, das könnte der Herr Coswig sein. Zumindest aber ein Konkurrent, der nur darauf aus war, ihm ein gutes Geschäft wegzuschnappen. Die ausgezeichneten Manieren und die offenkundige Weltgewandtheit Coswigs überzeugten Hübner nicht – im Gegenteil: Gerade Scharlatane vermochten ihre Opfer auf diese Weise zu becircen, das hatte er gehört. Erst redeten sie einen schwindelig und dann ... Nein, er war gewappnet und würde sich nicht blenden lassen. Einzig Coswigs wunderbar gewirkter dunkelblauer Mantel mit dem kleinen, aber feinen schwarzen Pelzkrägelchen stimmte Hübner milde. Von Tuch verstand er etwas. Und wer ein so Feines trug wie dieser Coswig und es mit so großem Respekt behandelte, es sorgsam faltete und strich und jedes noch so kleine Stäubchen wegzupfte, der konnte kein gar so schlechter Mensch sein. Hübner entschied bei sich, dem Reisegefährten eine Chance zu geben, wollte ihn aber im Auge behalten, falls er sich womöglich an seine Carolina heranmachte. Das galt es zu verhindern, denn sie war seit dem Herbste schon seinem langjährigen Geschäftspartner Mohnhaupt in Bautzen versprochen.

Die Stunden flossen so dahin und Hübner begann sich zu langweilen. Landschaft interessierte ihn nicht sonderlich, da man den Wert der schönen Aussicht weder in Talern noch in Kreuzern bemessen konnte. Also beschloss er die Zeit zu nutzen und dem geheimnisvollen Reisegefährten etwas auf den sprichwörtlichen Zahn zu fühlen. Er nahm eine Prise aus seiner Schnupftabakdose und hielt sie dann seinem Gegenüber hin.

»Bester Tabak, Herr Coswig. Nur zu, versuch er ihn.« Coswig ließ sich das nicht zweimal sagen und langte zu, verzog bald darauf das Gesicht und tat einen heftigen Nieser in ein spitzenverziertes Taschentuch, das er aus seinem Mantel hervorgezogen hatte.

»Brüssel?«, fragte Hübner und musterte interessiert die

Klöppelarbeit des Schnupftuches. Solche Qualität kannte man in seinen Kreisen nur aus dem fernen Belgien.

»In der Tat.« Coswig nickte. »Ihr habt ein gutes Auge.«

»Und Ihr seid weitgereist.«

Coswig hielt sich das Taschentuch vor den Mund, ließ es mit dem kleinen Finger flattern und zwinkerte dem Tuchhändler über den Rand hinweg fröhlich zu.

»Je nun, man muss beweglich sein für gute Geschäfte. Aber das brauche ich Euch doch nicht zu sagen, werter Freund.«

Werter Freund! Die Anrede war Hübner zu vertraulich. »Freund« nannte er selbst nur wenige und noch wenigere nannten ihn so. Er verzog verächtlich den Mund. Und dieses Gezwinkere, dachte er, passt eher zu einem Weibe, denn zu einem Mann. Hübners Mienenspiel blieb Coswig nicht verborgen, aber noch ehe er darauf antworten konnte, krachte es gewaltig, die Pferde wieherten schrill, die Kutsche kippte mit einem kräftigen Ruck auf die Seite und kam abrupt zum Halt.

»Ruhig, Lise, verdammisch! Willst du wohl stehen!«, hörten sie den Kutscher draußen fluchen. Die Pferde zogen wieder an, die Kutsche ruckte und zuckte bedenklich und sackte mit einigem Getöse noch mehr seitwärts ab. Amalie Meyer schrie auf, als der Neffe plötzlich nicht mehr neben ihr saß, sondern quasi auf ihrem Schoße.

»Ruhig, Brrrr«, versuchte der Kutscher das Gespann zu beruhigen, damit es nicht durchging und sie alle hinter sich herzog wie Wotans wilde Meute, wenn sie im Herbst am Himmel über die abgeernteten Felder jagt. Nicht nur der Neffe, auch die übrigen Reisenden waren ins Rutschen gekommen, lagen halb aufeinander und bemühten sich nun wieder um eine schickliche Sitzordnung. Der unglückliche Kantor Meyer aber schoss den Vogel ab, denn er war nicht nur auf der Tante gelandet, sondern steckte mit einem Fuß auch noch in ihrem Proviantkörbchen fest, das zwischen den Reisenden auf dem Boden gestanden hatte. Verzweifelt versuchte er freizukommen, ohne die Tante noch mehr zu derangieren, als sie es ohnehin schon war. Ihre Frisur hatte deutlich gelitten, aber Gottlob war ihr kleiner silberner Handspiegel im Reisekoffer oben auf dem Dach der Kutsche verstaut, und nicht zur Hand. Das Gezeter würde sonst gar kein Ende nehmen, dachte Hübner und seufzte. Wenn Weibsleute in den Spiegel guckten, dann heulten sie nach seiner Erfahrung und heulende Frauen beunruhigten seine Nerven, weil er nie wusste, was genau diese ›Anfälle‹, wie er die ihm fremden Gefühlsaufwallungen nannte, auslöste, geschweige denn, was sie verschwinden machte. An den Spiegeln konnte das Geheule nicht liegen, denn die kosteten gemeinhin ein Vermögen und es lag außerhalb von Hübners Vorstellung warum jemand heulen sollte, wenn er etwas Kostbares in seinen Händen hielt.

»Was für ein Unglück! Wo es doch so schön voranging heute!«, jammerte Amalie Meyer und versuchte mit einer Hand ein paar Haarsträhnen, die sich befreit hatten, unter das pelzbesetzte Reisehütchen zurückzudrängen. Mit der anderen tastete sie nach ihrem goldenen, mit Rubinen bestückten Kreuzanhänger, den sie an einer doppelreihigen Goldkette um den Hals trug.

»Herr Jesus, beschütze uns!«, rief sie, als sie das Kreuzchen gefunden hatte und küsste die Rubine.

»Der ist nicht zuständig für schlechte Straßen, der Herr Jesus«, beschied ihr Coswig mitleidslos. »Ihr hättet besser eine Medaille des Heiligen Nikolaus als Reiseschmuck gewählt, denn das ist der Schutzpatron der Reisenden.«

»… und der Seeleute«, fiel Hübner ihm ins Wort. Er witterte eine Chance, endlich mehr über diesen mysteriösen Herrn Coswig herauszubekommen.

»Und der Seeleute, ganz recht.« Coswig nickte.

»Und nicht zu vergessen: Der Russen«, setzte Hübner nach.

»Natürlich, die Russen beschützt er auch.« Coswigs Augen feuerten kleine Blitze in Hübners Richtung. »Was Ihr so alles wisst ...« Er lächelte spöttisch. »Und da heißt es immer, die sächsischen Tuchhändler sind ein ungebildeter Krämerhaufen.«

Ehe Hübner etwas erwidern konnte, wurde die Tür der Kutsche aufgerissen.

»Ein Rad ist gebrochen!« Der Kutscher schnaufte erregt.

Sein weißer Atem wehte ihm wie eine Fahne vor dem Mund.

»Ihr müsst alle aussteigen!« Vor lauter Aufregung vergaß er die höflichen Anredeformeln, die von seinem Stand erwartet wurden, was ihm aber angesichts der Misere keiner der Reisenden vorhielt.

»Und was nun?« Die Frage kam von Carolina. Sie war bisher ruhig geblieben und wirkte auch jetzt ganz gefasst.

Braves Mädchen, freute sich Hübner in Gedanken. Zeigt Contenance, wie es sich für eine Hübner gehört. Er nickte ihr aufmunternd zu.

»Nur ruhig, mein Kind, das wird schon.«

»Wir werden zu Fuß weiter müssen. Das wird schon.« Coswig griff nach Carolinas Hand und deutete einen Handkuss nach französischer Art an. »Aber habt keine Furcht, hübsches Fräulein. Ich werde Euch wohl geleiten.«

Eine Stunde später – es können auch leicht zwei gewesen sein, gemessen daran, wie durchgefroren die Reisegesellschaft war – also sagen wir gut zwei Stunden später, war allen klar, dass sie es aus eigener Kraft kaum bis nach Bautzen schaffen würden bis zum Abend, schon gar nicht zu Fuß. Die Damen trugen kein passendes Schuhwerk für einen längeren Marsch und auch die Herren kämpften mit dem vereisten Weg und konnten sie nicht tragen. Selbst der wettergewohnte Kutscher wickelte seinen langen Mantel fester um sich. Mit schwindendem Tageslicht kam eisiger Wind auf und trieb dicke Schneeflocken in heftigen Böen vor sich her. Die Sicht nahm ab und das Atmen wurde schwer. Was tun? Einmal mehr verfluchte der Kutscher sich dafür, nicht auf dem Gehilfen bestanden zu haben. Auf der Hinfahrt nach Dresden hatte er Janosz noch an seiner Seite gehabt. Für die Rückfahrt nach Bautzen hatte man ihm den Pferdeknecht verweigert. Zwei Leute zu bezahlen? – Dann würde die Fahrt nicht lohnen, hatte sein Herr erklärt. Verdammter Geiz! Zusammen mit dem kräftigen Böhmen hätte er es schaffen können, aber ohne Hilfe konnte er weder die Kutsche aufrichten, noch das gebrochene Rad abnehmen und durch das neue ersetzen, das sie sogar dabei hatten. So entschloss sich der Kutscher die Pferde abzuschirren und an den Zügeln mit sich zu führen. Sie mussten eben doch versuchen zu Fuß in das nächste Dorf zu kommen, etwas anderes blieb ihnen gar nicht übrig.

»Und das Gepäck? Sie lassen doch nicht etwa unsere Koffer hier zurück!«, empörte sich Amalie Meyer. »Noch immer wimmelt es in diesen Wäldern von Dieben und Mördern und Halunken, die dieser impertinente Franzose nicht mit sich genommen hat, nach seiner Niederlage!«

»Na na, gnädige Frau, eine Niederlage würde ich das nicht gerade nennen«, stellte Coswig sich ihr entgegen. »Napoleon hat die Schlacht 1813 hier bei Bautzen, also vor zehn Jahren, gewonnen. Obschon er es versäumt hat, damit den Krieg für sich zu entscheiden. Ungeschickt von ihm, das geb' ich gerne zu.«

»Ihr haltet also zu diesem Korsen, Monsieur Coswig?« Hübner funkelte ihn an. Endlich hatte er den Schwachpunkt seines Gegenübers gefunden. Ein Anhänger der abscheulichen Revolution und Gegner der Monarchie von Gottes Gnaden!

»Ich halte keineswegs zu Bonaparte, mein lieber Hübner. Aber eine Schlacht mit drei Monarchen auf der einen Seite, dem Kaiser der Franzosen auf der anderen und mehr als 250.000 Männern unter Waffen hätte reichen sollen, die Sache ein für alle Mal zu beenden, meint Ihr nicht? Und das vergossne Blut der andren Schlachten hätt' es nimmer gebraucht ...«

Hübner schnappte nach Luft. »Bei Bautzen kämpfte Bruder gegen Bruder!«, deklamierte er mit zum Himmel gereckter Faust. »Gepresst in den Dienst von diesem Franzosen! ...«

»Vater, bitte!« Carolina legte zitternd ihre Hand auf die Brust ihres Vaters. »Mir ist so schrecklich kalt. Können wir nicht weiter ...?«

»Wir sollten wirklich machen, dass wir hier wegkommen«, ließ sich der Kutscher vernehmen. »Hört Ihr?« Ein schauriges, lang gezogenes Heulen erfüllte die Luft.

»Wölfe!«, hauchte Johannes Meyer und wurde bleich.

Der Kutscher nickte. »Die Gegend ist voll davon. Es ist nicht gut, wenn sie uns hier erwischen, auf freiem Feld. Wir hätten ...«

»Keine Chance«, führte Coswig den Satz fort.

Amalie Meyer küsste wieder ihren Kreuzanhänger. »Heilige Mutter Gottes«, murmelte sie »Beschütz' uns in der Not.«

Wie sie es schließlich schafften, vom eiswindigen Feld in den mehr Sicherheit versprechenden Wald zu gelangen und da mittendrin den einsamen Gasthof auf der finstersten Lichtung heil zu erreichen, wusste hernach keiner von ihnen mehr zu sagen.

Ob es die stoßweise hervorgebrachten Gebete von Amalie Meyer waren, die sie beschützten, oder ob die auskeilenden Pferde die Wölfe auf Distanz hielten, die beständig um sie herumschlichen und sich ihre grausigen Botschaften zu heulten, oder ob es am Ende doch die Fackel war, die der Kutscher aus einem Ast und seinem Schal gemacht hatte und die er vorausgehend hoch erhoben in seiner Hand hielt? Wichtig für den Fortgang der Geschichte ist nur: die Reisegesellschaft fand in der dunkelsten Stunde der Nacht den kleinen Gasthof, welcher ›Zur Köhlerin‹ geheißen.

Nils wird plötzlich wieder munter: »*Hey, der Gasthof heißt genau wie der hier!*«, *sagt er und stupst Leonie an, die schon fast eingeschlafen ist.*

»*Ja, und?*«, *stöhnt sie.* »*Vielleicht isses derselbe.*«

»*Aber dann wäre das Haus mindestens 100 Jahre alt!*

»*Es ist in der Tat älter*«, *sagt der Mann* »*Viel älter sogar. An dieser Stelle haben von Anbeginn der Zeit Menschen gelebt.*«

»*Wow!*«, *macht Nils.*

»*Soll ich weiter erzählen?*«, *fragt der Mann und nimmt einen Schluck Tee.* »*Oder schlaft Ihr auch schon?*«

»*Nee, ich doch nicht*«, *meint Nils und schaut grinsend auf Mutter, Vater und Schwester am Tisch, im Tiefschlaf die Köpfe auf die Arme gelegt.* »*Hau rein, Alter!*«

»*Ihr wollt, dass ich Euch schlage?*«

Nils lacht. »*Sie sind echt cool, Mann!*«

Der Mann und die Frau wechseln schnelle Blicke. Auf ein Zeichen der Frau fährt der Mann schließlich fort.

»*Als dann*«, *sagt er und räuspert sich,* »*so geht es weiter ...*«

»Gerettet«, stöhnte Amalie Meyer. »Danke, Herr Jesus, dass Ihr uns hierher geführt habt. Von hier schaffen wir es allein weiter.«

»Nicht so voreilig«, knurrte Coswig und musterte aus zusammengekniffenen Augen das windschiefe Häuschen, dessen Rückseite sich altersschwach an drei mächtige schwarze Tannen schmiegte. Aus dem Kamin schlängelte sich eine dünne Rauchfahne in den schneeverhangenen Himmel.

Schwacher Lichterschein stahl sich aus den Ritzen der wurmstichigen Fensterläden. »Vielleicht brauchen wir noch allen Beistand, den wir haben können.« Erstaunlich, dachte Hübner. Er sieht aus, als ob er Angst hat. Das hätte er diesem arroganten Kerl gar nicht zugetraut. Auf einmal fröstelte Hübner von innen heraus und zog den Kragen seines Mantels fest.

»Lasst uns hineingehen«, sagte er lauter als es sein Mut eigentlich vorgab. »Vom Davorstehen wird uns nicht wärmer.« Und damit stapfte er mit knirschenden Schritten durch den Schnee auf die Tür des Gasthofes zu..

»Deichlmauke!«, verkündete die Wirtin und strahlte Amalie Meyer an. »Ganz frisch von heute. Nur das Sauerkraut ist vom Vortag. So schmeckt's eh am besten – ne wahr?«

Sie drückte mit der Suppenkelle eine Mulde in die gestampften Kartoffeln auf Amalie Meyers Holzteller.

Hierein füllte sie eine gute Menge gesottenen Fleisches und goss mit Brühe auf. Der zarte Duft von Majoran und Lorbeer drang an Amalies Nase und ließ sich auch durch das kräftigere Aroma des Sauerkrautes, das die Wirtin jetzt rund um die Kartoffeln häufte, nicht vertreiben.

»Mmh«, machte die Tante. »Das riecht doch recht manierlich, was Ihr da anrichtet. Aber was hat das mit einem Deich zu tun?«

»Nu, wächen dem Deichl in där Mitte vun där Mauke!«, lachte die Wirtin und deutete auf die Brühe mit dem Fleisch, die sich nunmehr wie Lava aus einem Vulkankrater nach links und rechts über die aufgetürmten Stampfkartoffeln ergoss.

»Sie meint den Teich«, übersetzte Johannes Meyer für seine Tante. Die guckte noch immer verständnislos.

»Deichlmauke ist Kartoffelstampf«, kam Coswig dem Kantoren zu Hilfe. »... Mauke geheißen, mit einem kleinen

Teich – einem Deichl – aus Fleischbrühe mit allerlei Wurzelgemüse in der Mitte.«

»Ach so!«, machte Amalie. »Ja, warum sagt sie das nicht gleich?«

Sie tätschelte der Wirtin den Arm wie einem närrischen Kind, das es zu beruhigen gilt und lächelte. »Sicher wird es gut schmecken.«

»Nu, das will isch mein'n.« Die Wirtin lachte zurück. Sie nahm die Töpfe, ging zum nächsten weiter und der Vorgang wiederholte sich, bis alle am Tisch vor gefüllten Tellern saßen. Daraufhin entschuldigte sich die Wirtin. Sie werde nun die Nachtlager vorbereiten. Wer Nachschlag wolle, könne sich ruhig selbst bedienen, die Töpfe stünden auf dem Herd. Einen Moment später hörte man sie im ersten Stockwerk rumoren, wo sie dem scheppernden Lärme nach die eisernen Bettpfannen austeilte.

»Ein kräftiges Winteressen!« Carolina freute sich. »Was für ein Zufall, dass die gute Frau noch so viel im Topf hatte.«

»Ja, ein großer Zufall, nicht wahr?« In Coswigs Stimme schwang wieder dieser spöttische Unterton, der Hübner schon den ganzen Tag gegen den Reisegefährten aufbrachte.

»Nun ist aber genug!«, polterte er deshalb quer über den Tisch. »Warum könnt Ihr nicht einfach die Höflichkeit haben und Euch zur Abwechslung bedanken für das, was man Euch Gutes tut!«

»Verzeiht, mein lieber Freund«, antwortete Coswig, »wenn ich Eure Einfalt nicht teile. Aber kommt es Euch nicht auch seltsam vor, dass ein abgelegener Gasthof mitten im Wald, der von einer einfachen Köhlersfrau geführt wird – denn als solche hat sie sich bei unserer Ankunft vorgestellt, Ihr erinnert Euch? – dass also ein solcher Gasthof, der vermutlich von Gästen nicht gerade überrannt wird, an einem ganz gewöhnlichen Wochentag mit einem Festmahl aus Fleisch aufwarten kann?« Coswig bemühte sich leise zu sprechen, aber sein Flüstern erreichte trotzdem jedes Ohr in der Runde.

»Und was für eine Art von Fleische mag das sein, so rötlich schimmernd, wie diese Brühe ist?«

Für einen Moment herrschte Stille. Nur das Feuer im Kamin knackte leise. Die Kerzen auf dem Tisch warfen ein flackerndes Licht auf die Gesichter der Runde an der Tafel. Außerhalb dieser kleinen Lichtkegel war der Raum in finstre Nacht gehüllt, denn eine weitere Beleuchtung gab es nicht.

»Es ist vom Rind«, kam es laut und klar aus dem Dunkel. »Das sagt sie jedenfalls immer«, setzte die fremde Stimme hinzu. Ein trockenes Lachen ertönte, gefolgt von einem Husten.

»In jedem Jahr an diesem Tag ist's das Gleiche.« Die Reisegesellschaft reckte die Hälse und versuchte die Schwärze des Raumes mit Blicken zu durchdringen. Allein, es war vergeblich. Die raue Männerstimme blieb ohne Körper. Carolina hielt den Atem an, das konnte ihr Vater, der neben ihr saß, deutlich hören. Amalie und ihr Neffe umklammerten wachsbleich ihre Löffel und wagten nicht weiter zu kauen, obgleich sie beide den Mund voll hatten. Und selbst Coswig war verstummt. Hübner hielt die Spannung nicht mehr aus.

»Wer spricht?«, fragte er und setzte energisch hinzu: »Zeig Er sich im Licht!«

Ein Stöhnen, dann ein Schlurfen, schließlich eine dunkle Gestalt, die leicht schwankend vor der Tafel stehen blieb.

»Ich bin's, Ihr werten Herren und Damen.« Der Mann grinste und zeigte ein schadhaftes Gebiss. Er deutete eine Verbeugung an. »Matthias Wenzler, halten zu Gnaden.«

»Ihr seid auf Wanderschaft?« Hübner deutete auf die weiten, schwarzen Hosen des Mannes. »Zimmermann?«

»Gott sei's geklagt, das bin ich. Nirgends willkommen und doch überall zu Haus«, lachte der Mann. »Gestattet Ihr, dass ich mich zu Euch setze? Und vielleicht ist noch ein Teller von der Deichlmauke übrig? Die würde mir den Bauch wohl wärmen.« Er rieb sich den mageren Leib.

»Ihr könnt meinen Teller haben, wenn's genehm«, sagte Carolina und rückte einen freien Stuhl zurecht. »Ich bin fertig.«

»Oh, es ist, es ist genehm, und wie, schönes Fräulein, ich freu' mich ...«

»Ich nicht!« Hübner ging die Freundlichkeit der Tochter viel zu weit. Aber jetzt griffen auch die anderen ein und bestanden darauf, den armen Mann an ihrem Mahle teilhaben zulassen. Und so begann er bald zu schmatzen und zu schlucken, dass es eine reine Freude war.

»Was meintet Ihr vorhin, als Ihr sagtet, die Wirtin würde *immer* sagen, das Fleisch sei vom Rind?« Coswig war neugierig näher gerückt. Er schenkte dem Gast einen Becher Wein ein. »Und was bedeutet das: In jedem Jahr an diesem Tag ist's das Gleiche?«

Der Zimmermann schluckte den letzten Bissen hinunter und griff nach dem Becher. »Eine lange Geschichte ist's, edler Herr. Sie wird Euch nicht gefallen, so zur Nacht. Der Alb wird Euch drücken, wie er mich drückt, schon im zwanzigsten Jahr. Aber wahr ist sie trotzdem. Dafür verbürg' ich mich.« Damit hob er den Becher und trank in gierigen Schlucken.

Er sollte Recht behalten. Nur der Kutscher hatte eine ruhige Nacht. Er bekam von der schaurigen Geschichte, die der Zimmermann nun erzählte und den Ereignissen danach nichts mit, lag er doch, als alles begann, längst zusammengerollt auf der Ofenbank und schnarchte mit dem alten Kater der Köhlersfrau um die Wette. Und hernach? ... Je nun hernach ...

»Schnarchen passt.« Nils hält seinem Vater die Nase zu, der mit offenem Mund über den ganzen Tisch röhrt. Der Vater schnappt nach Luft und wischt sich unwillig über das Gesicht.

»Lass mich«, murmelt er und ist im nächsten Augenblick wieder fest eingeschlafen.

»Nichts zu machen«, sagt Nils. *»Ich fürchte, das bleibt 'ne two-man-show mit uns beiden.«*

»Ich bin nicht sicher, ob ich Euch verstehe ...« Der alte Mann wirkt ein wenig ratlos. *»Aber wenn Ihr wollt, fahre ich fort.«*

»Yo!«, macht Nils und setzt sich wieder auf seinen Platz.

»Lass hören.«

»Es war im Jahre 1800«, erzählte der Zimmermann, »da wurde der berühmte Räuber Karasek bei Leutersdorf verraten und geschnappt. Der Raub im Oberleutersdorfer Gut ist ihm und seiner Bande zum Verhängnis geworden. Die Gier hat einmal mehr über die Vorsicht gesiegt, wie's so ist. Denn bis dahin war dem Prager Hansel, wie der Johannes Karasek auch gerufen wurde, kein Fehler unterlaufen. Er wusste sich fein zu kleiden und zu benehmen, auch gewählt zu sprechen hatte er gelernt. Wo? Das kann mit Gewissheit nur er selbst erklären, und er erklärt nichts mehr, der Karasek, denn er ist längst tot und begraben. Elend in den Kasematten Dresdens an den Folgen der harten Arbeit und der peinlichen Behandlung ist er verreckt! Im 1809er Jahr war das.

Ja, Fräulein, da braucht Ihr nicht so zu schauen: Er ist verreckt, der arme Karasek, und war doch kein schlechter Kerl. Aus der Nähe von Prag stammte er und Soldat ist er gewesen, bei den Kaiserlichen, von wo er desertierte und zu den Räubern ging. Bei der Palmeschen Bande ging's ihm besser als in der Armee, und weil er schlau war, der Karasek, stieg er alsbald selbst zum Hauptmann der Bande auf.

Alles ging gut, die Bande zog umher, die Leute mochten ihn, weil er den Reichen nahm und den Armen gab – jawohl, da braucht Ihr nicht zu lachen, edler Herr, das hat er! Den Reichen genommen und eins ums andere Mal den Armen geholfen, aus tiefer Not! Hat Geld für Essen gegeben, oder wenn ein paar Kreuzer an der Pacht fehlten, oder einer Witwe ... fragt nur die Wirtin hier, wenn Ihr mir nicht glaubt, die weiß es. Woher? Na, weil er ihr ... ach, das soll sie Euch selbst erzählen! Weiter in der Geschichte: Der Karasek hatte also als Räuberhauptmann ein gutes Leben, ging in den besten Wirtshäusern ein und aus, in Bautzen war er gern gesehener Gast, am besten gefiel's ihm aber im Süden der Lausitz in der Greibichschenke, bei seinem Liebchen. Ja, da staunt Ihr, Fräulein, auch ein Räuber hat ein Herz zu verlieren, und wenn's mal weg ist, hilft ihm kein Gebet, denn Gott kennt so einen nicht und lässt ihn fallen, gerade wenn er die Gnade des Allmächtigen am Nötigsten hat. So erging es auch dem Karasek. Alsdann: Sie haben ihn geschnappt, weil unterwegs vom Gut zur Schenke allerhand vom Diebesgut verloren ging und seinen Häschern eine Spur aus Gold den Weg leuchtete.

Im Jahre 1800 war das, und so kam der Karasek in den Bautzner Wasserturm zu sitzen. Drei lange Jahre haben sie ihm den Prozess gemacht, bis 1803 das Urteil kam. Wozu er verurteilt wurde? Na, zum Tode natürlich, was denkt Ihr denn, edler Herr! So einen lässt man doch nicht laufen, staffiert ihn am Ende noch hübsch aus, mit neuem Wams und Schnupftuch und 'ner Dose Tabak und sagt ›Leb' Er wohl, der Herr Karasek! Und grüß' Er schön daheim die Liebste!‹ Also wirklich, ich muss schon sagen, Ihr habt sonderbare Vorstellungen von der Welt! Ist noch Wein im Krug? Immer her damit. Mit gut geölter Stimme erzählt sich's besser. Also weiter: wie der Karasek so in Bautzen im Wasserturm sitzt, da muss wohl der Gnadenengel doch den einen oder anderen Richter mit 'ner Feder seiner Flügel am Näschen gekitzelt haben, denn der Karasek wurde tatsächlich begnadigt. Doch, wenn ich's sage! Zu lebenslänglich. Auch nicht schön, nicht wirklich, aber immerhin. Verbüßen sollt er seine Zeit in Dresden, aber vorher noch an den Pranger in Bautzen auf dem Marktplatz. Am 26. des Februars 1803 war das. Da stand der schöne Prager Hansel angekettet und musste Kot und Hohn und Spott und faules Gemüse und verdorb'ne Eier auf sich regnen lassen. Ganz allein musste er's zwar nicht ertragen, was wiederum schön ist. Denn ein paar seiner Kumpane leisteten ihm Gesellschaft an diesem schweren Tag. Mit gleichem Armschmuck standen sie rechts und links vom Karasek am Pranger und bekamen ihren Teil der wundersamen Beute ab.

Nur vor ihm, unter dem Volke, da war kein einziges ihm wohlgesonnenes und vertrautes Gesicht. Was lacht Ihr, edle Dame? Mich macht es traurig. Ich wär sehr gerne dort gewe… Gibt's noch Wein? Nicht? Schaut nach, ob sich nicht doch noch ein Krüglein findet … Ihr habt es? Gut! Nur her damit. Herrje, ich weine schon wieder. Wenn das Herz voll ist, laufen einem die Augen über. Das kennt Ihr Weiber, stimmt's? Nur ein Mann darf nicht um seinen Freund … ach, lieber weiter in der Geschichte: Wie also die Nachricht kommt, dass der Karasek am Pranger stehen wird, da macht sich ein Kumpan auf nach Bautzen, ihm das Geleit zu geben, und sei's nur unerkannt und in der Menschen Menge. Warum? Fragt Ihr das wirklich, edler Herr? Weil hätt' er sich zu erkennen gegeben, so wär' er – eins zwei drei – selber dran gewesen. Und was hätte das dem Karasek genützt? Treu ist er schon, der Kumpan des Karasek, aber gewiss kein Holzkopf, was denkt Ihr Euch, edler Herr? Man braucht zum Räubersein eine gewisse Schläue, sonst ist's bälder aus, als man denkt! Der Kumpan macht sich also verkleidet auf den Weg. Und wie es der Zufall will, so kommt er durch eben diesen Wald, in dem wir jetzt gerade sitzen.

Nacht ist's und bitterkalt, so wie heute. Die Wölfe heulen und wie er denkt: ›Herrje, ich bin schon tot! Das Licht des

Morgens werd ich nimmer sehen‹, da sieht er doch ein Lichtlein, so wie Ihr eines gesehen habt, und es führet ihn geradewegs zu diesem Wirtshaus!«

Zufall, denkt Nils und grinst breit. Ey, was'n Zufall. Aber der Alte hat Spaß an der Geschichte. Also weiter.

»Wir müssen leise sprechen jetzt, die Wirtin darf uns nicht hören, weswegen ich auch flüstre«, sagte der Zimmermann. »Kommt näher, noch näher, so ist's gut. Also, der Kumpan des Karasek klopft an die Tür der Köhlerhütte, die damals noch kein Wirtshaus ist, das kommt erst später. Er wird eingelassen, genau wie Ihr. ›Der Köhler ist nicht da, er hütet den Meiler‹, sagt die Frau. Sie kocht, aus ihren Töpfen riecht es fein und der Räuber hat Hunger, weswegen er fragt, ob er was haben kann. ›Aber ja‹, sagt die Köhlerin und tut ihm auf: Deichelmauke – sein Leibgericht.«

Bisschen fett jetzt, denkt Nils. Zufall is ja schön und gut, und auch 'ne Portion realer Hintergrund. Aber du übertreibst gewaltig, Alter! Doch kein Wort kommt über seine Lippen. Irgendetwas sagt ihm, dass es besser ist, den Mund zu halten.

»Der Räuber wunderte sich: Fleisch in einer Köhlerhütte an einem Werktag? Aber einem geschenkten Gaul schaut man bekanntlich nicht ins Maul und so isst er und schweigt erst mal. Sie leistet ihm alsbald Gesellschaft und wie sie so beisammen sitzen, kommen die beiden ins Reden und die Köhlerin erzählt von Reisenden und allerlei finsteren Gesellen im Wald, die sie nicht mag, und dass es vieles gibt, vor dem man hier Angst haben sollte: der Wald, der Schneesturm, die Wölfe – und vor dem, was einem unverhofft begegnet.

Dem Räuber wird unheimlich: Etwas stimmt hier nicht! Das sagt ihm sein Räubergefühl.

Da fragt sie ob es schmeckt und lächelt so ganz fein, so wie ein Porzellanpüppchen, das ich mal gesto... gesehen habe, irgendwo, hach, fragt mich nicht, dann muss ich nicht lügen. Also weiter: dem Räuber ist nicht wohl, er hat ganz plötzlich eine Gänsehaut vom Allerfeinsten, eine eiskalte Schlange kriecht ihm den Rücken hinauf und hinunter. Und dieses Essen ... sonderbar ... Er kostet die Soße mit der Zunge, lässt sie von einer Ecke der Gusche in die andere rollen und auf einmal hat er's: Blut! Das schmeckt nach Blut! Woher er das weiß? Also bitte, liebes Fräulein, er ist ein Räuber, da weiß man so was. Eigentlich weiß jeder Mann, der schon mal was auf's Maul bekommen hat, wie fein nach Eisennägeln der rote Saft des Lebens schmeckt.«

Yep, stimmt, denkt Nils. Letztens beim Eishockey, als Sven mich gefoult hat und mir den Schläger auf die Lippe donnerte, da schmeckte es genau so. So wie – jetzt!

»Was sagt Ihr da? Ihr haut Euch nicht, edler Herr? Ihr seid – was? Ein Kantor? Was kann der? Spielen auf der Orgel? – Ach so! Ja dann ... Aber auf die Gusche kriegen ist ein Erlebnis, das solltet Ihr probieren, dann könnt Ihr das Hohelied auf Gott mit ganz andrer Inbrunst singen, ich schwör's Euch.«

Nils grinst. Der hatt's echt drauf, denkt er. Echt.

»Doch weiter: der Räuber will nicht weiteressen, aber die Alte lächelt. Der besondere Geschmack komme von den guten Zutaten, sagt sie, vom feinen Fleisch. Der hier wäre ganz zart gewesen. ›Der Ochse?‹, fragt der Räuber. Sie lächelt wieder: ›Ein Ochse war er, das gewiss.‹ Jetzt wird dem Räuber wirklich mulmerich, obgleich ihm sonst so leicht nicht bange wird, aber was zu viel ist, ist zu viel. Also sagt er, er muss sich erleichtern und geht raus. Draußen geht er zuerst piss... also er tut, was er tun muss, dann sieht er sich um. Und was liegt da im Schuppen? Eine Axt mit blutiger Schneide! So wahr ich hier sitze! Mit meinen eignen Augen hab ich sie ... Und mir ist ganz schlecht geworden! Haare klebten noch dran und ein Stückchen Stoff, wie von einem Hemd, ich schwör's!«

Die blutige Axt im Schuppen! Nils ist auf einmal hellwach. Mann, was für'n Film geht denn hier ab!

»Da kommt sie auch schon hinter mir her mit einer Laterne: Ich kann im Schuppen schlafen, wenn ich will, und dann gibt sie mir ein dickes Bündel Heu und eine Decke. Weg wollte ich, nur weg, aber die vermaledeiten Wölfe kreisten um das Haus, also blieb mir nichts anderes übrig, als mich im Schuppen zusammenzurollen. Die ganze Nacht hab ich kaum ein Auge zugetan. Angst hatt' ich vor der Alten, mir träumte, dass sie mich im Schlaf erschlägt und Deichelmauke aus mir kocht, wie aus den anderen.«

Nils wird schlecht. »Das ist zu viel, echt ey!«, will er sagen, aber aus seinem Mund kommt kein Laut.

»Als der Morgen graut, kommt die Alte wieder. Auf dem Herd, sagt sie, steht eine Brotsuppe, ob ich nicht mit ihr einen Teller essen will, bevor ich weiterziehe. Der Sturm hat sich gelegt und die Wölfe heulen von weiter weg. Also sag ich artig ›Danke‹, und dass ich fort muss. Sie geleitet mich noch bis zur nächsten Wegkreuzung, die ich im Sturm sicher verpasst hätte. Im Licht des Tages sehe ich, dass ich in der Nacht im Kreis gelaufen bin. Schon hält sie mich am Ärmel fest und reicht mir einen Brotbeutel: ›Da‹, sagt sie ›Das ist für den Karasek, der steht ab morgen am Pranger in Bautzen, das schulde ich ihm. Er hat mir einmal Geld für den Pachtzins gegeben, als mein Mann wieder alles versoffen hatte. Ihr seid doch aus seiner Bande, das hab ich gleich erkannt an Eurem Brandmal am Hals. So tragen es nur die, die zum Karasek gehören, als Zeichen seiner Bruderschaft. Also gebt ihm das Brot mit meinen Grüßen. Und wenn das nicht geht, dann nehmt es für Euch selbst. Und noch was‹, sie sieht mir streng in die Augen: ›Ihr solltet ein anderes Schicksal für Euch wählen und mit der Räuberei aufhören, das führt zu nichts Gutem, wie man am Karasek sieht, der immer so viel auf sich gehalten und nur die feinsten Zwirne getragen und das beste Essen und den besten Wein genossen hat. Jetzt wird er bei Wasser und Brot im Kerker zu Dresden vor sich hin siechen und nie mehr die Sonne sehen.‹

Der Zimmermann machte eine Pause, leerte seinen Becher und leckte sich die Lippen. »Na, meine Lieben, da kehrt Stille ein, was? Ich hör Euch nicht mal mehr schnaufen. Was dann geschehen ist? Na, den Beutel hab ich genommen und versprochen ihn abzuliefern und auch die Grüße auszurichten. Und auch ihren Rat wollt' ich beherzigen und künftig dem Räuberleben abschwören, weil's zu gefährlich ist. Den Brotbeutel konnt' ich freilich nicht abliefern, die Büttel ließen es nicht zu. Aber gegrüßt hab ich meinen Hauptmann, von der Alten im Wald, und da hat der Karasek gelächelt, ein letztes Mal, bevor sie ihn nach Dresden und in die Kasematten verbrachten, in denen er, wie es die Alte vorher gesagt, nie mehr das Tageslicht erblickte und schließlich 1809 daselbst elendlich verstarb. Das Brandmal aber, das mich vor dem Ende als Gesott'nes in der Deichelmauke bewahrte, das trag ich bis heute mit gewissem Stolz, wenn auch sorgsam unter einem Halstuch verborgen. Aber Euch will ich es zeigen, meine Freunde. Ihr könnt mich nicht mehr verraten. Warum? Tja, warum bloß …? Ihr lacht ja gar nicht mehr, edler Herr, aber jetzt lach' ich. Hat es geschmeckt? Ja? Na, das freut mich doch. Mich und die Köhlerin, die nach dem Tode ihres Gatten meine Frau wurde. Woran er gestorben ist? Nun, das werdet Ihr erfahren, bald. Ihr küsst das Kreuz, Madame? Sind das Rubine? Und das gold'ne Halskettchen, also ganz was Feines, wirklich. Wo steht noch mal die Kutsche mit Eurem Gepäck …?«

Das Letzte, das Nils sieht, ist der alte Mann, der sich über ihn beugt und ihm die Armbanduhr und das Handy abnimmt. Dann wird es dunkel um ihn.

»Immer das Gleiche«, schimpft der Polizist und umrundet zum dritten Mal den Jeep, der verlassen mitten im Wald steht.

»Kannst du mir erklären, was hier passiert?«, fragt er seinen Kollegen und sucht im Schnee nach Spuren. »Jedes Jahr um den 26. Februar verschwinden in diesem Wald Leute und tauchen nie wieder auf. Und wir finden nur die Fahrzeuge. Ausgeräumt und leer. Kein Gepäck, keine Ausrüstung …«

»Keine Ahnung.« Der zweite Polizist zuckt mit den Schultern. »Ich weiß nur eines: Ich will raus aus diesem Wald, bevor die Nacht kommt. Hörst du die Wölfe heulen?«

Petra Steps

Salz auf seiner Haut
Vogtlandkreis

Sie nannte sich George – so wie die große Amantine Aurore Lucile Dupin, die als Schriftstellerin einen männlich klingenden Namen bevorzugte, weil Gleichberechtigung zu ihrer Zeit noch lange nicht gesellschaftsfähig war. Und sie wollte ein bisschen sein wie diese George Sand, deren Bücher ihre Regale füllten: emanzipiert, aufmüpfig, leidenschaftlich, skandalös, anders.

Ihre Märchenprinzen hießen Gauvin, wie der Liebhaber einer anderen George. Die Liebesschmonzette ›Salz auf unserer Haut‹ hatte sie genauso oft gelesen wie die Skandalbücher ihrer Lieblingsschriftstellerin George Sand. Bei der noch kitschigeren Verfilmung hatte sie jedes Mal Rotz und Wasser geheult. Trotzdem wollte sie auch diese George sein. George die erfolgreiche, intelligente, weltoffene und manchmal einsame Frau, die sich nahm, was sie begehrte und wegwarf, was ihr überflüssig erschien. Sie dachte oft an George und Gauvin, die Pariser Intellektuelle und der bretonische Fischer, das ungleiche Paar, zwei Menschen, deren einziges Streben in ausgefallenen sexuellen Arrangements quer über den Erdball bestand und die es im Alltag nicht lange miteinander ausgehalten hätten.

Gauvin I., Gauvin II., Gauvin III. – ihre Daten füllten nach und nach eine akribisch geführte Dokumentation. Die Nummerierung lehnte sich der in Königshäusern üblichen Zählweise an. War einer tot, bekam der folgende die nächsthöhere Zahl verpasst. Manchmal spuckte ihr krankes Hirn auch noch einen Beinamen aus. Aktuell hatte sie Gauvin XIII. an der Angel, wobei an der Angel die Situation nicht ganz traf. Er hing in den Seilen und war gerade dabei, sein beschissenes Leben auszuhauchen. Sein Nachfolger wartete bereits auf das erste Rendezvous mit ihr. Gauvin XIV. Sonnen-Lover würde sie ihn nennen, so wie Louis XIV. als Sonnenkönig in die Geschichte eingegangen ist. Sie hatte diesen Typen mit dem sonnengegerbten Teint aus der üppigen Liste ihres Dark Side-Chatrooms ausgewählt. Für ihn hatte sie sich etwas Besonderes ausgedacht und extra ihr Lieblingssalz aufgespart. Inka-Sonnensalz aus den Hochebenen der peruanischen Anden.

Bei ihrem Vorbild George Sand starben die Männer allesamt eines natürlichen Todes oder hatten ihre Geliebte nach kurzer oder manchmal längerer Zeit verlassen. Die moderne George legte ihre ganze Sorgfalt in den Prozess des Hinübergleitens vom Erlebnis der Ekstase zum unwiderruflichen Finalzustand. Erst wenn ihr Opfer mausetot und entsorgt war, fühlte sie sich frei und konnte sich auf ein neues Objekt konzentrieren. Überhaupt war bei ihr alles ein bisschen anders. Sie hatte nicht nur privat die Hosen an, sondern schwang das Zepter auch in ihrer Beratungsfirma, die mit Dienstleistungen aller Art warb. Ihre ganz privaten Angebote standen nicht im Leistungskatalog, die gab es nicht auf Bestellung. Hier mussten individuelle Auswahlkriterien erfüllt werden, die sich je nach Lust und Laune änderten.

Während die richtige George Sand auf Schloss Nohant südlich von Paris residierte, hatte sich die vogtländische George das Netzschkauer Schloss als Wirkungsort auserkoren. Es gehört zu der verschlafenen Kleinstadt im Vogtland, die einst von Industriebetrieben und rauchenden Schloten dominiert wurde. In den letzten Jahren hatte die Zahl der

Arbeitsplätze und der Einwohner kontinuierlich abgenommen, dafür war das Durchschnittsalter in die Höhe geschnellt. Für sie persönlich war hier nicht viel zu holen. Der Männermarkt war so leer wie der relativ nüchtern sanierte Marktplatz zwischen Rathaus, Sparkasse und Kreisverkehr. Wegen ein bisschen Vanilla- oder Blümchensex musste sie den weiten Weg nicht auf sich nehmen. Den konnte sie in ihrer 50 Kilometer entfernten Heimatstadt bekommen, so ihr danach war. Das spätgotische Schloss reizte sie wesentlich mehr. Es thronte majestätisch am oberen Ende des Schlossparks. Der Park bildete eine malerische Kulisse für den palastähnlichen Bau mit Viereck- und Rundturm, der als eines der ersten sächsischen Wohnschlösser gilt. In mehr als vier Etagen war eine Vielzahl von Räumen verteilt, von denen insbesondere die Turmzimmer Georges Phantasie beflügelten. Sie hatte sich intensiv mit allem befasst, was über den Herrensitz geschrieben worden war und dabei einige Geheimnisse entdeckt.

Wenn sie Besuchern den Grundriss der einst dreiflügeligen Anlage erklärte, von der nur noch der ursprüngliche Bau aus Zeiten der Entdeckung Amerikas übrig war, musste sie oft ein Seufzen unterdrücken. Was hätte man nicht alles in den beiden abgebrochenen Flügeln mit ihren vielen Räumen unterbringen können. Hochzeitssuite, Mystique-Suite, Dark Side-Suite … Während Georges Kopf einem imaginären, nicht ganz jugendfreien Film folgte, musste sie laut auflachen. Vor ein paar Jahren waren einmal ein paar sogenannte Kaufinteressenten gekommen und hatten ein vollkommen einfallsloses Konzept vorgelegt. Kutschfahrten zur Göltzschtalbrücke als Höhepunkt des Aufenthaltes! George war mehr für Pferdchenspiele, bei denen man in erotisch eingerichteten Suiten alle Wünsche erfüllt bekam. Sie spürte förmlich die Nachfrage, die ihr Angebot ausgelöst hätte – egal ob mit dem eigenen Partner, dem gerade frisch angetrauten Ehemann oder einem vor dem körperlichen Aufeinandertreffen eher Fremden. Ihre Gedanken hatten sich schon wieder selbstständig gemacht und auf eine Tour quer durch den Katalog diverser Ausstattungsfirmen begeben. Doch die schönsten Vorstellungen nützten nichts: Die beiden Flügel waren wegen Baufälligkeit abgebrochen worden. George musste mit dem auskommen, was die Netzschkauer von ihrem Schloss gerettet hatten. »Geschieht ihnen Recht, dass sie nicht alles wissen«, lachte sie schadenfroh vor sich hin.

Die Idee für die Einrichtung ihres Folterkellers war der Mittvierzigerin bei den archäologischen Ausgrabungen gekommen, die sie im Auftrag des Eigentümers dokumentiert hatte. Die Grabungsleiterin fand damals eher zufällig den Eingang zu einem dritten Keller, den bis dato keiner kannte.

George, die Frau für alle Fälle, hatte sich mit den Schlossbetreibern gut gestellt, Jahr für Jahr mehr Mitbestimmungsrecht erhalten und bald einen Schlüssel für den einstigen Adelssitz, der im Winter leer stand. Nur einmal tummelten sich außerhalb der Saison noch Leute im Haus. Das war jedes Jahr am dritten Adventswochenende bei der legendären Schlossweihnacht, zu der alles, was einigermaßen laufen konnte, das spätgotische Kleinod und den dazugehörigen Park stürmte. George sah das Treiben jedes Mal mit gemischten Gefühlen. Die meisten Besucher kamen immer dann, wenn der Eintritt frei war. Wurden ein paar Euro verlangt, erlahmte das Interesse schnell, um nicht zu sagen, es lag im Sterben.

Nichtsdestotrotz war die Schlossweihnacht ein Ereignis, das ihr alles abverlangte, denn sie wollte zufriedene Gesichter, strahlende Kinderaugen und entspannte Eltern sehen. Was sie auf keinen Fall erleben wollte, waren Schnüffler, die ihr kleines Paradies entdeckten. Ihr Zeitkorsett war deshalb maßgeschneidert. Vier Wochen vor dem dritten Advent mussten alle Spuren des Zugangs und die ihrer Spielgefährten beseitigt sein. Zwischen Weihnachten und Neujahr interessierte sich keiner für das alte Gemäuer, da überfiel den Vogtländer der Weihnachtstaumel. Nach der Aufräumaktion Anfang Januar hatte sie wieder freie Bahn bis zum Frühjahrsputz vor Ostern. Den langen Sommer überbrückte sie mit Workoholic-Attacken, Liebesspielen auf Reisen und der Suche nach potenziellen Kunden für das Winterhalbjahr. Seit sie sich in der Parallelwelt des Deep Web auskannte, hatte sie keine Mühe mehr, das passende Klientel aufzuspüren. Das ging seit Abschluss ihrer Vorbereitungsphase jetzt schon mehrere Jahre so. Vier Opfer pro Saison waren drin, also in etwa eins pro Monat. Viel mehr schaffte sie nicht und wollte es auch gar nicht. Der zeitliche Aufwand wäre zu groß gewesen und alles Regelmäßige war ihr ohnehin suspekt.

Die Vorarbeit für ihr ganz persönliches Paradies hatte sie jede Menge Kraft, Zeit und Geld gekostet. Zum Glück war die vom Landesamt entsandte Archäologin damals nicht in die Tiefe gegangen. Sie hatte sich mit dem verschüttet anmutenden Raum, der versetzt zu den beiden begehbaren Kellern stand, ohne weitere Untersuchungen zufriedengeben. Nicht so George, die relativ schnell einen Zugang zu dem recht großen Hohlraum gefunden hatte. Anfangs hatte sie Angst, dass sie in der Gruft landet, doch in den alten Bauplänen war diese unter der Kapelle verortet. Und die stand in ausreichender Entfernung. George musste nur wenige Ziegel sowie ein paar Fuhren Müll entfernen und schon boten sich paradiesische Einblicke in ein Tonnengewölbe. Den Dreck hatte sie eimerweise mit ihrem Auto entsorgt, damit keiner Verdacht schöpfte. Immer, wenn sie bei Veranstaltungen im Schloss war, bot sie sich freiwillig als Türschließer an. Dass sie das Haus erst lange nach den anderen verließ, war nie jemandem aufgefallen. Sie benutzte den Zugang in Richtung des früheren Schlosshofs, der höchstens von späten Parkbesuchern eingesehen werden konnte. Wegen mangelnder Beleuchtung mieden jedoch selbst Hundebesitzer die abschüssigen und teilweise unebenen Wege, wenn die Sonne untergegangen war.

Einmal hatte sich George erschrocken, als sie ein lang anhaltendes lautes Klopfen von der Pforte her aus ihrem Schaffen riss. Eine alte Frau, die in einem nahe gelegenen Pflegeheim zuhause war, hatte sich in der Dunkelheit verirrt und mit ihren Gehhilfen beinahe die Schlosstür eingeschlagen. Etwas ungehalten hatte George geöffnet, sich aber gleich beruhigt, als sie die frierende Greisin ohne Jacke und mit Hausschuhen vor sich im Schnee stehen sah. George hatte an ihre demente Großmutter gedacht, die ebenfalls öfter ausgebüxt war. Was hatte sie jedes Mal für Qualen gelitten, wenn sie um den nahe gelegenen Dorfteich gelaufen war und das Schlimmste befürchten musste. George hatte ihre Erinnerungen weggewischt, der Frau die ungleichen Treppenstufen zu überwinden geholfen und sie neben einen Heizer gesetzt. Kurz nach dem Anruf im Heim holten die Pfleger ihre Ausreißerin ab. Sie hatten schon nach der Frau gesucht und waren froh, dass sie wohlbehalten gefunden wurde. Nicht immer gingen solche Ausflüge im Winter glimpflich aus. Das wusste George aus der Zeitung. Und für sie hätte die Aktion böse Nachwehen haben können, wenn jemand ihr Treiben im Schloss hinterfragt hätte. Doch von den Pflegern in Netzschkau war nichts zu befürchten. Die hatten bei ihrem kurzen Besuch im Schloss nichts mitbekommen. Sie waren glücklich, dass sie einer Untersuchung durch Polizei und Staatsanwalt entgangen waren. Wenn der Frau etwas passiert wäre, hätte sich die Boulevardpresse auf das traurige Ereignis gestürzt und die Pflegeeinrichtung hätte ihren makellosen Status verloren. Das blieb den Betreibern erspart. Und George konnte sich als Retterin fühlen.

Der Freilegung des Kellers folgte die zweite Bauphase inklusive Einrichtung, in die George einen Großteil ihrer Ersparnisse investiert hatte. Das Material für Decken, Wände und Fußboden hatte sie in einem etwas weiter entfernten Baumarkt geordert, wo ihr nach kurzer Zeit ein Großkundenkonto eingerichtet wurde. Nicht auszudenken, wenn sie ein Nachbar oder gar jemand von den Schlossfreunden beim Einkaufen erwischt und nach ihren Plänen für die vielen Dinge gefragt hätte! Die Grundausstattung mit luxuriösen Funktionsmöbeln stammte aus dem Internet. Nachdem sie sich in verschiedenen Etablissements der Szene umgeschaut hatte, war sie auf einen Anbieter für maßgeschneidertes Folterinventar gestoßen. Einige der schicken Möbelstücke mussten von ihr persönlich abgeholt werden. Dabei erwiesen sich ihre monumentale Statur à la Kompaktklasse und ihre handwerkliche Begabung endlich einmal als Vorteil. Bisher hatte sie immer mit ihrer Figur gehadert. Lediglich ihr puppenhaftes Gesicht mit den wallenden roten Locken fand sie erträglich. Ihre Brüste waren zu klein und hatten bereits die Flucht in Richtung Knie angetreten, die Schwimmringe um die Körpermitte wiesen einen gewaltigen Durchmesser auf. Ihre wuchtigen Schenkel hatten schon die Mitschüler in der Grundschule als Sauerkrautstampfer verspottet. In der Sekundarstufe I, als das Mittelalter auf dem Lehrplan stand, hatten sie ihr regelmäßig Anleitungen für die Herstellung von Sauerkraut unter die Bank gelegt. Später waren es dann Auszüge aus Wilhelm Buschs Max- und Moritz-Geschichte mit Bildern von Witwe Bolte und ihrem Sauerkohl gewesen. Erst in der Abiturstufe hatte das Hänseln ein erträgliches Maß angenommen. Hier war jeder mit sich selbst beschäftigt und hatte nicht mehr so viel Zeit, um sich über andere lustig zu machen. George erinnerte sich nicht gern an ihre

Kinder- und Jugendzeit. Hatte ihre Psyche schon damals einen Knacks wegbekommen? Waren diese Hänseleien vielleicht gar der Grund für ihre Beziehungsunfähigkeit, wegen der sie keinen Mann lange ertragen konnte, schon gar nicht als Mitbewohner in ihren eigenen vier Wänden? Und stammte daher ihre Neigung, auf den Seelen anderer herumzutrampeln und sie demütigen zu müssen? Sie wusste es nicht wirklich.

Ein Helfer, dem sie vom Nachbau eines Folterkellers im Schloss erzählt und der sich ihr förmlich aufgedrängelt hatte, war ihr erstes Opfer und quasi noch Übungsobjekt. Gauvin I. Hätte sie ihm einen Zusatznamen geben müssen, so wäre das sicher ›der Hilfreiche‹ gewesen. Oder der Dumme. Er hatte ihr unterschrieben, dass er fünf Tage keinen Schritt vor die Tür des Schlosses setzen würde und in dieser Zeit den Keller mit Elektrik, Wasser und der gemeinsam angekarrten Einrichtung ausstatten würde. Sie versorgte ihn mit Essen und ein paar Liebkosungen, damit er nicht auf dumme Gedanken kam. Waren die Kabel zu kurz, die Dübel zu wenig oder das Dämmmaterial nicht dick genug, fuhr sie los, um Nachschub zu holen. Der Einbau der elektrischen Anlage war eine echte Herausforderung gewesen. Zum Glück hatten die Eigentümer vor einiger Zeit einen komplett neuen Anschluss in den Keller gelegt. Den konnte ihr kleiner Sklave anzapfen und dann ihre extravaganten Wünsche erfüllen. Die bestanden in mehreren Vorrichtungen, die sich per Fernbedienung oder mittels einfachem Knopfdruck auslösen ließen und den Spielgefährten je nach Bedarf in die Horizontale, in die Senkrechte oder über eine aus dem Nebengelass hervorschnellende Metallwanne beförderten. Auch das An- und Ausschalten diverser Geräte erfolgte über Funk.

Die eine Wand schmückte ein Andreaskreuz mit verschiedenen Ösen und Ketten. Im Zentrum standen der Domina-

Thron, ein Pranger und ein Bondagebett, an den Seiten mehrere Liegen, Bänke, Böcke und Hocker. Der Hochbock wurde nach ihren Körpermaßen gefertigt und wies etwas Luxus in Sachen Polsterung auf. Für ihre Kunden hatte sie eine stufenlose Höheneinstellung einbauen lassen und einen rauen Überzug mit diversen Unebenheiten angeschafft.

Einige der Geräte wie der spanische Reiter oder der Straf-Kniebock, der Pranger und ein Käfig erinnerten tatsächlich an historische Folterinstrumente, genau wie die Gerätschaften, die ein an der Wand befestigter Schrank beherbergte. Eine Leder- oder Latexallergie sollten ihre Kunden möglichst nicht haben. Obwohl: Es konnte ihr eigentlich egal sein, denn sie hatte nie die Absicht, einen ihrer Gespielen lebend aus dem Verlies zu lassen. Luxuswünsche wie vegane Peitschen, über die neuerdings sogar im Bundestag debattiert wurde, waren ihr schon aus diesem Grund egal. Auch beim Gleitgel legte sie keinen Wert auf Bioprodukte, Hauptsache es flutschte.

Ihr Schrank war prall gefüllt mit Bondageseilen, Hand und Fußfesseln, Stacheldraht, Klammern, Handschellen, Schlössern, Knebeln, Peitschen, Masken, Gleitgel, Latexlaken und diversen anderen Dingen. Auf Bügeln glänzten Kleidungsstücke in Lack und Leder, knallrot oder tiefschwarz. Es war gar nicht so einfach gewesen, in ihrer Größe die passenden Outfits für ihren neuen Freizeit-Job zu finden. Das zentrale Schrankfach füllte ein Elektrostimulationsgerät mit üppigem Zubehör wie Penismanschetten, zweipoligen Kontaktklammern oder Hodenschlaufen. Unter der Kleiderstange stand eine sogenannte Lovemaschine in Pink mit wechselbaren Aufsätzen für Männlein und Weiblein. Die leistete ihr gemeinsam mit dem Hochbock gute Dienste, wenn gerade kein Kerl in der Nähe war. Nach Abschluss der perversen Mordsaison nahm sie das Ding jedes Mal mit nach Hause. In das Maschinchen hatte sie freiwillig etwas mehr investiert und sich nicht mit Billigvarianten zufriedengegeben. Bei der Lovemaschine musste es etwas mit Fernbedienung sein. Beim Kauf hatte sie sich den Zauberlehrling- oder Süßen-Brei-Effekt vorgestellt, wenn sie den Ausschaltknopf nicht erreichte und das Teil irgendwann wegen zu hohen Reibungseffekten bei fehlender Ölung zu quietschen anfing. Sie wollte sich das nicht ausmalen, obwohl die Bilder immer wieder vor ihrem inneren Auge auftauchten. Ganz schnell hatte sie ein paar Scheine mehr hingeblättert und gehofft, dass die Verkäuferin ihre innere Aufregung übersah. So abgebrüht war sie denn doch nicht, dass sie ihre Vorfreude auf ein paar Schäferstündchen mit dem rotierenden Dildo gänzlich verbergen konnte. Ihr Herz klopfte spürbar, als sie den Einkauf auf dem Ladentisch liegen sah. Anders als die meisten Dominas, die ihre Kunden nur erniedrigten und keine Berührung zuließen, wollte George Körperkontakt und Befriedigung ihrer eigenen unbändigen Lust. Das Einzige, was sie vom Studium der Volkswirtschaft behalten hatte, war, dass Bedürfnisse nie befriedigt werden konnten, denn jedes befriedigte Bedürfnis erzeugt ein neues. Schon als Studentin hatte sie bemerkt, dass dieser grundlegende Lehrsatz zur Knappheit ihr Inneres eher widerspiegelte als die Situation auf dem Markt. Dort war nichts wirklich knapp. Bei ihr schon! Nur würde sie das niemals zugeben. Niemals!

George hatte sich intensiv mit Fachliteratur beschäftigt. Keiner ihrer Kunden sollte das Gefühl haben, dass eine blutige Anfängerin vor ihm stand, obwohl genau das bei ihren ersten Kunden zutraf. Ihr detailreiches Wissen ermöglichte eine punktgenaue Werbung, damit sie die Richtigen in ihr Gemach lockte. Meist waren es Schlappschwänze, die nichts auf die Reihe brachten, wenn sie nicht regelmäßig ihre auf Außenstehende lächerlich wirkende Lektion erhielten. Männer ohne Familie bevorzugte sie. Was Angehörige auf der Suche nach einem Familienmitglied auslösen können, hatte sie beim Kannibalen aus dem Erzgebirge erlebt, als das Verschwinden seines Opfers in eine erfolgreiche Suchaktion mündete.

Für den finalen Schritt hatte sie zuerst an Ausbluten nach einem Stich in die Hauptschlagader gedacht – genau dann, wenn der Sexsklave seine orgiastischen Schreie ausstieß, zu denen sie ihn unter Androhung von Ausschluss bei Ausbleiben auffordern wollte. Dann hatte sie gelesen, dass diese Methode mit einer ziemlichen Sauerei verbunden war, die sie nur schwer wieder entfernen konnte. Eine Putzfrau für den Keller fiel aus. Sie musste alles selbst in Ordnung bringen oder die Deppen, die sie freiwillig besuchten, auf den Knien rutschend, mit Eimer und Lappen durch den Raum jagen. Am besten nackt. Außerdem wäre das Ausbluten viel zu schnell gegangen. Sie wollte das Wimmern vorbei am Knebel hören, wenn sie Salz in die Wunden streute. ›Salz auf unserer Haut‹, dieser emanzipatorische Befreiungsschlag der französischen Schriftstellerin, diente ihrer Inspiration. Sie fieberte jedes Mal von Seite zu Seite mit George und Gauvin mit, wenn die beiden sich ihren konspirativen Treffen widmeten und einander hemmungslos hingaben. Anders als die George aus dem Buch hatte sie ihren Wunschgeliebten damals nicht bekommen. Und alle Anwärter nach ihm konnten ihre Sehnsucht nicht stillen.

Bei einem Vortrag über Giftpflanzen hatte sich George ein paar Anregungen geholt und sich dann für die giftigste Pflanze Europas entschieden. »Blauer Eisenhut ist für jede Scheidung gut«, hatte der Referent damals gesagt. Für jede Scheidung, also auch für dieses berühmte ›bis dass der Tod euch scheidet‹. Es war ein Leichtes, im Internet das passende Rezept und eine geeignete Darreichungsform zu finden.

Zwischen zehn und 20 Minuten dauerte es, bis das Gift seine Wirkung entfaltet hatte. Nach 45 Minuten war der Exitus spätestens erfolgt. Und das Aconitin ließ sich in Leichen nur schwer nachweisen. Auch das hatte sie gelesen. Dass in ihrem Garten ein paar mehr Pflanzen dieser Sorte als auf üblichen Blumenwiesen wuchsen, war noch niemandem ausgefallen.

Nur manchmal sah sie dem Todeskampf zu, wenn ihre Delinquenten unter starken Schmerzen bei vollstem Bewusstsein litten. Die Neigung zu Erbrechen und Durchfall störte George ein bisschen. Dass sich Sexsklaven ab und an in die Hose machten, sollte laut Fachliteratur normal sein. Eine rechtzeitig unter das Opfer bugsierte Metallwanne verhinderte jedoch so manche Entgleisung. Für ein gutes Raumklima sorgten die gründliche Desinfektion und die regelmäßige Belüftung des Kellers.

Die Beseitigung der sterblichen Überreste hatte ihr einiges Kopfzerbrechen bereitet. Für die Kellertreppen waren Schienen zum Auflegen und eine Art Flaschenzug vorhanden, die bei Veranstaltungen in den vorderen Kellern zum Ein- und Ausräumen von Möbel und Ausstattung dienten. Die konnte sie für den Transport verwenden. Als George im Winter ihr Snowboard einem Baumstumpf unter dicker Schneedecke irreparabel geopfert hatte, kam ihr die Idee, es mit Rollen auszustatten. Darauf konnte sie ihre Opfer binden, nachdem sie mit ihnen fertig war und sie anschließend im nahe der Tür abgestellten Auto unterbringen. In der Umgebung gab es genug mit Wasser gefüllte Bergbaulöcher oder Steinbrüche. Und Betonsteine hatte sie immer im Laderaum ihres SUV, der für ihre Zwecke ein wenig umgestaltet war. Manchmal hatte sie Lust, die dahingeschiedenen Kunden in ein abgelegenes Stück des Parks zu befördern. An dieser Stelle hatte sich die Natur bereits ein Stück Fläche von der Zivilisation zurückgeholt. Da sich das Areal über einem Steinbruch befand, war nicht mit viel Begängnis zu rechnen. Diese Art der Entsorgung ging jedoch nur, wenn kein Schnee lag und die Wege relativ trocken waren. Ansonsten wären die Rad- und Schleifspuren vom Kellerausgang bis in den Wildwuchsbereich zu offensichtlich gewesen. Außerdem musste sie vorher ein Loch buddeln oder eine der bereits vorhandenen Vertiefungen nach Ablage des Körpers gut abdecken.

Ihren Salzvorrat hatte George mit Bedacht ausgewählt und dabei auf Vielfalt gesetzt. Noch mehr als Domina war sie Salzfetischistin. Sie liebte die verschiedenen Salze, ihren unterschiedlichen Geschmack, die Farben, die Körnung, einfach alles. In ihrer Küche tummelten sich Salzmühlen, Salzstreuer, Salzgefäße. Im Bad stand kein Kosmetikartikel, der nicht irgendetwas mit Salz zu tun hatte. Badesalz vom Toten Meer, Salzpeeling, Salzmaske, diverse Cremes mit Salzzusatz. Erkältungen bekämpfte sie mit Salzduschen und Salzbonbons. Wenn sie einen guten Tag hatte, belohnte sie sich mit Schokolade. Schokolade mit Fleur de Sel. Sie fand, dass das Salz dem zarten Schokoladengeschmack erst das gewisse Etwas verlieh.

Ihr Hang zum Perfektionismus ließ die Auswahl des passenden Salzes zur aufwendigen Prozedur werden.

Während George sich gedanklich auf ihren Sonnenkönig vorbereitete, ließ sie das Kellertreiben der vergangenen Jahre noch einmal Revue passieren. Vor ihrem geistigen Auge erschienen die Klienten der Reihe nach. Bei Gauvin I. endete ihr perfides Spiel mit Salz aus dem Toten Meer. Es stammte aus einer Senke, die sich mehr als 400 Meter unter dem Meeresspiegel befand. Ihr Gespiele hatte ja ein paar Tage unter der Erdoberfläche verbringen müssen. Für einen guten Zweck. Er hatte nicht so ganz ins Beuteschema gepasst und war mehr wegen der Bauarbeiten ins Visier der Domina geraten. Seine Kaninchennummern vergaß sie ganz schnell, die waren keine längere Erwähnung im Berichtsheft wert. Da hätte sie auch auf einen Kaninchenvibrator umsteigen und sich den ganzen Aufwand mit dem Studio sparen können! Dieses Gerammel war noch nicht einmal richtig kultivierter Kaninchensex. So etwas hatten Karnickel im Stall, wenn der Züchter ihnen den Spaß nicht verwehrte.

Gauvin II. entstammte einer verarmten Adelsfamilie. Zumindest hatte er das bei seiner Befragung erzählt. Für ihn wählte sie persisches Blausalz. Es war nicht nur kräftig im Geschmack, sondern auch optisch schön. Die blaue Farbe stammt vom Mineral Sylvin. Die Farbenvielfalt entsteht durch Verschiebungen und Vakanzen im Kristallgitter. Blausalz für den Blaublütler, bei dem so einiges verschoben war, vor allem im Hirn, fand sie.

Gauvin III. konnte seine vergilbten Finger nicht verbergen. Trotz stundenlanger Abstinenz stank er nach Nikotin, was ihrer feinen Nichtrauchernase ein Graus war. Rauchsalz aus Dänemark brannte in seinen Wunden, bevor sie ihn mit dem Kontaktgift des Eisenhuts erlöste.

Gauvin IV. hatte gemault, als sie ihm einen französischen Namen verpasste, aber da war er aus der Nummer schon nicht mehr herausgekommen. Er fühlte sich als echter Kerndeutscher, hart wie Stahl. Sie hatte ihm mit der Bambusgerte gedroht und seine offenen Wunden mit Bambus-Salz aus Korea bestreut. George interessierte sich nicht nur für die unterschiedlichen Namen und Aussehen der Salze. Sie schaute auch nach Informationen für die Gewinnung und Weiterverarbeitung. Bambussalz kam in ein Bambusrohr, das mit Ton verschlossen und über einem Feuer gebrannt wurde. Danach wurde es getrocknet und gemahlen. Mit ihrem vierten Opfer hatte sie keinen Sex. In einer stillen Stunde gestand sie sich ein, dass Nummer vier ihr erster Fehlgriff war, und zwar der totale Fehlgriff. Seine rassistischen Auswürfe konnte sie nicht ertragen, deshalb hatte sie den Knebel schnell fester angezogen. Und weil Bambussalz sich gut für rohes Gemüse eignet, hatte sie ihm ein paar Schnitte mehr als seinen Vorgängern verpasst.

Gauvin V. – an ihn dachte sie mit etwas Wehmut. Nach dem vorhergehenden Fiasko hatte sie richtigen Aufwand bei der Auswahl für den Saisonauftakt betrieben. Er war, wie ein Traummann sein musste – die perfekte Kombination von Dr. Jeckyll und Mr. Hyde, von harten und weichen Zügen, von knallhartem Sex und zärtlichen Kuschelspielen, alles zum richtigen Zeitpunkt. Es hatte ihr ein wenig leid um ihn getan, doch ›laufen lassen‹ war eine Redewendung, die sie nur bei ihren Liebesspielen im Folterkeller kannte, nicht außerhalb des Schlosses. Auch er konnte nicht mehr laufen, als er das Schloss verließ – hübsch gepökelt mit Fleur de Sel, der Salzblume aus speziellen Salzgärten. Nur wenige Kilogramm der pyramidenförmigen Kristalle werden pro Tag von Hand abgebaut, deshalb ist dieses Salz ein sündhaft teures Vergnügen. An wie vielen Stellen der limitierte Abbau geschah, verschwieg die Beschreibung.

Nach einer standesgemäßen Wartezeit von wenigen Tagen rückte Gauvin VI. im Schloss ein. An ihn hatte sie kaum Erinnerungen. Oder doch? Sie dachte nach. Er trug seidene Unterwäsche. Dazu hatte Murray River Salz aus Australien gepasst, zartrosa, flockenartig, von sehr feiner Konsistenz. Die empfindlichen Salzplättchen wurden Seide des Salzes genannt. Seide zu Seide, bevor Erde wieder zu Erde wurde. Es hatte schon alles seine Richtigkeit.

Sieben war ihre Lieblingszahl. Mit Gauvin VII. hatte sie sich deshalb besonders viel Mühe gegeben. Zur Lieblingszahl passte ihre Lieblingsfarbe: Rot. Rotes Hawaii-Salz, das seine Färbung roter Tonerde verdankte. Auf der blass schimmernden Haut sah es beeindruckend aus. Sie hatte das Bild in ihrem Kopf gespeichert. Und auf der Festplatte ihres Computers sowieso.

Gauvin VIII. war Vegetarier gewesen. Für ihn hielt ihre reiche Salzsammlung Lac-Rose-Salz aus Senegal bereit. Das handgeschöpfte Salz aus dem afrikanischen Lac-Rose- oder Lac-Retba-See passte hervorragend zu Gemüse. Und damit zu dem freiwilligen Pflanzenfresser. Sie legte viel Wert auf eine sorgfältige Auswahl. Das entsprach ihrem Hang zum Perfektionismus.

Gauvin IX. hatte von ihr den Beinamen der Scharfe erhalten. Bei ihm war das Kellerspiel schon fast in Leistungssport ausgeartet. Er konnte einfach nicht genug bekommen. Geduldig hatte sie ihm erklärt, dass nicht die Quantität entscheidend sei, sondern dass es vor allem auf die Qualität ankäme – wie bei Halit-Salz, dem salzigsten unter den Natursalzen.

Gauvin X. feierte sie als ihren Jubiläumsgast. Zehn Gespielen, zehnmal Spaß, zehn erfolgreich entsorgte Leichen. Zum Osttimur-Salz aus der Südsee, das bei der einzigen Springflut des Jahres gewonnen wurde, sprühte sie prickelnden Champagner über die offenen Wunden.

Gauvin XI. passte nicht so recht in die Reihe ihrer Klienten. Wie er in den Chatroom und an sie geraten war, konnte er selbst nicht erklären. Der drahtige, 1,80 Meter große Mann war ein bisschen älter als die anderen und vor allem wesentlich intelligenter. Damit hatte er sie herausgefordert, denn eines durfte er nicht: Ihre grausamen Tötungspläne durchschauen. Selbst wenn nur die Existenz des Kellerstudios und vielleicht eine versuchte Körperverletzung ans Licht gekommen wären, hätte das ihren gesellschaftlichen Ruin bedeutet. Ihre ganz persönliche Außenwirkung war ihr schon immer wichtig gewesen, daran sollte keiner etwas auszusetzen haben. Sie konnte das liebenswürdigste Lächeln der Welt aufsetzen, ihr Helfersyndrom ausleben, alle möglichen Projekte unterstützen, Mitgefühl heucheln ... Ihre Bekannten hätten mit Sicherheit behauptet, dass sie unfähig wäre, nur einer Fliege etwas zuleide zu tun. Für ihren Senior hatte sie eines der ältesten Natursalze aus ihrer Sammlung ausgewählt: Himalaya Kristallsalz aus Pakistan, 250 Millionen Jahre alt, jedoch nach aktuellem Verbraucherschutzrecht nur wenige Jahre haltbar. George hatte sich über das Mindesthaltbarkeitsdatum mokiert, als sie das Salz im Salzgrotten-Shop erworben hatte. Verwirrend fand sie, dass das Himalaya-Salz gar nicht aus dem Himalaya stammte, sondern von einer fast 300 Kilometer entfernten Gebirgskette im Norden Pakistans. Na und! Sie war ja auch nicht die Frau, für die man sie hielt. Was sollte der Kleingeist also! Die groben, rosafarbenen Kristalle hatten sich gut auf dem Körper gemacht. Für einen Moment hatte sie sogar Lust, sie wieder abzuschlecken. Wenn das Blut aus den Schnitten nicht gewesen wäre, wer weiß.

Bei Gauvin XII. war ihr schleierhaft, was seinen Hang zu den brutalen Sexspielchen verursacht hatte. Er erschien ihr als bodenständiger Typ, mit beiden Beinen fest auf der Erde und im Leben verankert. Das Hawaii-Salz Black Lava hatte sie förmlich angesprungen, als sie etwas Adäquates für ihn gesucht hatte.

Mit Gauvin XIII. war sie ins vierte Jahr gestartet. Die Zahl 13 mochte sie genauso wie die Sieben. Da George sich nur schwer für das geeignete Salz entscheiden konnte, griff sie zu einer Badesalzmischung aus Halit-, Blau- und Himalaya-Salz mit Rosenblättern. Die Sache mit den getrockneten Blütenblättern war ein wenig unüberlegt gewesen, gestand sie sich ein. Die Reste klebten irgendwie überall und ließen sich nur schwer entfernen, während ihr Galan bereits gut verschnürt auf dem Grund eines gefüllten Steinbruchs schlummerte.

George warf noch einen Blick auf den Raum, den sie für

ihr nächstes Opfer hergerichtet hatte. Sie mochte es nicht, wenn die Überreste und Spuren angetrocknet, verkrustet, schwer zu beseitigen waren, deshalb putzte sie immer sofort. Fröhlich pfiff sie vor sich hin. Wenn das dringend benötigte Gutachten für ein aktuelles Beratungsprojekt abgeschlossen war, wollte sie sich wieder ganz ihrem Freizeitvergnügen widmen. Sie schloss den Keller ab, schob die Verblendung vor die Tür, begab sich zum Ausgang und erschrak. Mehrere Beamte hatten sich so postiert, dass eine Flucht unmöglich war. Sie versuchte es erst gar nicht und verkniff sich, die ungebetenen Gäste in ihr Spielzimmer einzuladen. »Verdammt!«, stieß sie aus und wusste im nächsten Moment, dass sie verloren hatte. Die Handschellen klickten, der Beamte leierte seine Belehrung herunter und beendete seinen Sermon mit den Worten: »Alles klar, Frau ...« Ihren richtigen Namen wussten sie also auch. Das verwendete Pseudonym hatte nichts genützt.

Stefan B. Meyer

Mein erster Mord
Landeshauptstadt Dresden

»Das sieht nicht gut aus«, sagte Martin, der seit über 20 Jahren mein Hausarzt war. Er schob den Stapel mit den diversen Labor-, CT- und Röntgenuntersuchungen beiseite, lehnte sich im Stuhl zurück und strich sich nachdenklich über sein wie immer schlecht rasiertes Kinn.

»Wie lange habe ich noch?«, wollte ich wissen. Man fragt so was.

Er hob eine Augenbraue, zuckte die Schultern und lächelte vorsichtig. Wir hatten schon die ein oder andere gute Flasche zusammen geleert, er hatte meine Frau gekannt und unsere Töchter hatten im selben Leistungskurs gesessen. Er war mein Freund und nichts in seiner Stimme verriet Besorgnis, als er antwortete:

»Keine Ahnung, ich bin Arzt, kein Wahrsager...«, und als ich gerade den Mund öffnete, um eine weniger allgemeine Aussage zu bekommen, hob er die Hand und fügte hinzu: »Im Gegensatz zu meinen Kollegen aus Film und Fernsehen, gebe ich keine derartigen Prognosen ab.«

Das nahm ich schweigend zur Kenntnis.

»Und du hast wirklich keine Schmerzen?«, fragte Martin.

»Hab ich nicht«, bestätigte ich zum wiederholten Mal.

»Tja«, fuhr er fort, »dann geh nach Hause und wundere dich, wer alles vor dir stirbt.«

»Wie?«, meinte ich mit gespielter Empörung, »du schickst mich nicht zum hundertsten Facharzt?«

Das Lächeln tauchte in einer breiteren Version wieder auf.

»Wenn du's drauf anlegst, schicke ich dich zur Beobachtung in die Klinik. Sofort.«

»Lass mal, ich hab noch was zu erledigen.«

»Und was?«

Ich winkte ab. »Ein Besuch in der Vergangenheit«, sagte ich vage.

»Hört sich pathetisch an. Jetzt mach ich mir doch ein bisschen Sorgen.«

»Mach endlich die Schublade auf!«

Als letzter Patient des Tages nahm ich mir das Recht heraus, ihn darauf hinzuweisen, dass normalerweise ein vorzüglicher Cognac in seinem Schreibtisch schlummerte. Martin seufzte theatralisch und bückte sich.

Dies war, im Nachhinein betrachtet, der Abend gewesen, an dem ich endgültig beschlossen hatte, einen Menschen zu töten. Mindestens einen. Im zarten Alter von 55 Jahren.

Zunächst schwankte ich, ob ich mir den Verräter oder den Peiniger vornehmen sollte. Wirklich überrascht hatte mich der Erstgenannte. Letzterer, ein Profi auf dem Gebiet der Demütigung, hatte gehandelt, wie man es von einem seines Fachs erwarten konnte. Und er musste mittlerweile deutlich über 70 sein, falls er überhaupt noch am Leben war. Vielleicht gewann ich ja ähnliche Routine in dem, was ich zu tun gedachte, dann könnte ich mich dem alten Mann später widmen, sollte mir noch Zeit dafür bleiben.

Im Netz fand ich nichts über Jens heraus. Allerdings besaß er etliche Namensvettern, die mit ihren persönlichen Daten nachlässig umgingen. Also setzte ich mich an meinen Computer in der Dienststelle und telefonierte mit den Meldebehörden. Es war ein merkwürdiges Gefühl, wie einem die Kollegen mit beklemmenden oder bedauernden Mienen begegneten und hinter vorgehaltenen Händen tuschelten und einen eigentlich schon abgeschrieben hatten. Andererseits wirkte es auch fast befreiend. Sie rechneten jederzeit mit meiner Krankschreibung und ich genoss in der halben Behörde Narrenfreiheit.

Jens wohnte immer noch in unserer gemeinsamen Geburtsstadt Dresden, dort, wo sich unsere Wege getrennt hatten. Dort, von wo aus zurzeit skurril anmutende Botschaften weit über die Landesgrenzen hinaus getragen wurden. Aus einer Stadt, die ich seit über 30 Jahren nicht mehr gesehen hatte. Ein mulmiges Gefühl überkam mich, wenn ich an ein bevorstehendes Wiedersehen dachte, aber ich war bereit.

Privat hatte ich den Rücken frei. Sehr frei, muss ich zu meinem Bedauern hinzufügen. Rachegedanken hatte ich schon des Öfteren gehabt, aber erst nachdem Susi, meine Frau, am Ende eines Staus auf der A1 in unserem Kleinwagen von einem auffahrenden Truck zerquetscht wurde, begann ich langsam daran zu glauben, dass ich so etwas wie einen Mord tatsächlich durchziehen könnte. Aber damals war Jonas, der Kleine, gerade 18 geworden, hatte seinen Zivildienst angetreten und wusste noch nicht, ob er danach studieren oder erst eine Lehre machen wollte. Die Große, Marie, studierte zur selben Zeit in Dublin. Beide sind heute längst aus dem Gröbsten raus und haben eigene Familien – Jonas leitet im ländlichen Bayern die Brauerei seines Schwiegervaters und Marie ist mit einem Nordiren verheiratet und arbeitet bei der Belfaster Stadtverwaltung. Meine beiden Enkel habe ich in den letzten 3 Jahren jeweils einmal gesehen, und das nur, weil ich mich selbst auf Reisen begeben habe. Nicht, dass meine Kinder ein Problem mit mir hätten, aber ihr eigenes Leben nimmt sie offenbar derart in Anspruch, dass sie nur selten die Zeit finden, mich in Hamburg zu besuchen.

Letztlich beruhigte mich das Wissen darum, dass, falls man mich bei meiner Tat erwischen sollte, was ich nicht beabsichtigte, meine Kinder nicht hilflos dastünden. Dann feierten sie Weihnachten in Bayern und Ostern in Nordirland eben ohne Papa. Wie meistens.

Da mir nichts wehtat, verfiel ich nicht in Hektik. Ich tröstete mich damit, dass jeder Neugeborene seinem Ende entgegengeht, in der Regel ohne zu wissen, wie viel Zeit er dafür zur Verfügung haben wird. Für einen wie mich, der an nicht viel mehr als den Lauf der Dinge glaubt, war das eine nahezu philosophische Plattitüde, der ich gern den Mantel der Erkenntnis überstreifte. Eine, die mir half, mich nicht vom Hass leiten zu lassen, sondern mein Vorhaben mit der nötigen Ruhe anzugehen.

Nachdem ich wusste, wo ich Jens finden würde, ließ ich mich krankschreiben. Martin tat dies gern – nicht, oder jedenfalls nicht nur, weil er mein Freund war, sondern weil er es aus medizinischer Sicht für angemessen hielt. Die Kollegen wollten wissen, ob ich jetzt ins Krankenhaus müsse und wo sie mich besuchen könnten. Ich sagte lapidar, ich würde mich rechtzeitig melden, wenn es zu Ende ging.

Das Hotel, in dem ich telefonisch ein Zimmer reservierte, lag nördlich der Elbe auf der Neustädter Seite der Stadt, unweit der Gegend, in der ich aufgewachsen war. Die Beklemmung, die sich angesichts des Stadtplans auf dem Bildschirm bei mir einstellte, ertränkte ich mit einem großen Saftglas voller Single Malt Whisky, den ich schon seit einer Ewigkeit besaß. Seit ich allein war, trank ich zu Hause kaum noch Alkohol. Gäste hatte ich auch keine mehr, für Grillpartys und gesellige Abende unter Freunden oder Nachbarn war Susi zuständig gewesen. Auf unserer ausgewählt erlesenen Sammlung von Alkoholika gab es bestimmt noch Fingerabdrücke von ihr. Mit feucht werdenden Augen trank ich, dann ging ich ins Bad, spülte mir das Gesicht ab und versank anschließend im Sofa. Am nächsten Morgen wollte ich aufbrechen. Komisch, dachte ich, kurz bevor ich einschlief, dass die Stadt, in der ich mich jetzt gerade befand, und die, in der ich in den kommenden Tagen weilen sollte, am selben Fluss lagen. Dabei fühlte ich mich, als stünde mir eine Weltreise bevor.

Normalerweise wäre ich mit so einem Kater, wie ich ihn beim Aufwachen verspürte, aufgestanden, hätte eine Tablette eingeworfen und mich wieder hingelegt. Aber heute war nichts normal. Die Tablette schluckte ich, zusammen mit einem halben Liter Leitungswasser, dann packte ich meine Tasche und verließ das Haus.

Ich nahm den Zug. Mich mit meinem Auto mit Hamburger Kennzeichen in Dresden zu bewegen, erschien mir zu riskant. Auch ein Mietwagen kam zunächst nicht infrage, darüber entschieden die Gegebenheiten am Zielort. Aber in meiner ehemaligen Heimatstadt gab es einen ebenso gut funktionierenden öffentlichen Personennahverkehr wie in Hamburg. Jedenfalls las sich das im Netz so.

Meine Erinnerungen an den Bahnhof Dresden-Neustadt waren verblasst. Schmutzig war er gewesen und in den düsteren Gängen und auf den Bahnsteigen hatte es nach Pisse, Altöl und abgestandenem Fernweh gestunken. Allerdings unterschied er sich dadurch nicht von anderen damaligen Bahnhöfen, genau wie sich die heutigen Bahnhöfe, zumindest die in größeren Städten, in ihrer überdrehten Konsumanbiederung gleichen. Den hinteren Ausgang in Richtung Leipziger Vorstadt fand ich auf Anhieb, so blieb mir die Vorhalle erspart.

Auf der Rückseite des Bahnhofs zeigte sich die Stadt nicht gerade von ihrer herausgeputzten Seite, der Verkehr zwängte sich durch die Gleistunnel über geflickten Asphalt oder hoppeliges Kopfsteinpflaster und auf dem alten Industrie- und Schlachthofgelände zwischen Hansa-, Großenhainer- und

Leipziger Straße schien so manches brach zu liegen. Außerdem war es kalt und trüb an diesem Nachmittag, aber wenigstens trocken. Mit einem kleinen Abstecher zur Elbe hinunter, vergewisserte ich mich, dass diese tatsächlich noch im alten Bett träge dahinfloss. Am Ufer eines kleinen Hafenbeckens lag ein zum Hotel umgebauter Operettendampfer und weiter hinten überwinterten ein paar Schmalspurjachten an ihren Bootsstegen. Auf der anderen Flussseite erstrahlte das ehemals vergraute Antlitz des Yenidze-Tabakkontors mit Turm und Kuppel im ungewohnten Glanz einer neuen Moschee, was in diesen Januartagen des Jahres 2015 nahezu grotesk anmutete. Denn eine echte Moschee stand hier zurzeit eher nicht auf den Wunschzetteln. Mein Blick wanderte über die kahlen Baumkronen und die Anlagen des Ostrageheges flussabwärts, nostalgische Gedanken keimten auf, aber ich wandte mich entschlossen ab, lief zurück zur Straße, winkte mir ein Taxi heran und ließ mich zum Hotel fahren.

Den Rest des Tages verbrachte ich in meinem Zimmer. Nach einer ausgiebigen Dusche verband ich den Laptop mit dem hauseigenen WLAN, bestellte mir eine Pizza, bediente mich an der Minibar und studierte das Dresdner Straßenbahnnetz.

Am nächsten, sehr frühen Morgen fuhr ich zum Wilden Mann hinauf und lief von dort aus zu Fuß in die Wohnsiedlung unterhalb der Jungen Heide. Es war immer noch kalt und jetzt fielen dünne nasse Schneeflocken herab. Eindeutig kein Wetter für einen Spaziergang, also erhöhte ich meine Schrittfrequenz.

Die meisten Gebäude sahen nach den Neunzehnhundertdreißiger Jahren aus, manch eines mochte nach dem Krieg dazwischen gesetzt worden sein.

Jens' Adresse gehörte zu den bei Street View verpixelten Gebäuden.

Fast erschrak ich darüber, wie sehr sein Wohnumfeld dem meinen glich und ein leichter Schauer fuhr mir über den Nacken, als ich im Vorbeigehen seinen Namen auf dem Briefkasten neben der Pforte las. Sein schmuckloses Einfamilienhaus stand in einer Reihe von seinesgleichen. Die Fahrbahn war schmal und die kleinen Vorgärten waren nur durch niedrige Zäune abgegrenzt, der ein oder andere Besitzer leistete sich eine ebenfalls niedrige Hecke und hie und da eine oder mehrere Fichten und Koniferen. Viele Lichter brannten um diese Uhrzeit noch nicht hinter den Gardinen, auch bei Jens regte sich nichts, aber immerhin steckte eine Zeitung im Fach über dem Briefschlitz und unter dem Carport parkte ein nicht mehr ganz neuer Kombi. Alles in allem erschien mir die Umgebung abseits der Hauptstraße absolut ungeeignet für eine Beobachtung durch einen fremden Fußgänger. Ich war mir sicher, dass mich jemand ansprechen würde, sollte ich tagsüber zweimal durch die gleiche Gasse kommen oder gar für ein paar Minuten vor einem der Gärten verweilen. Ich trat den Rückzug an.

Gute dreieinhalb Stunden danach unternahm ich meine morgendliche Runde erneut, diesmal am Steuer eines Mietwagens. Aus den Schneeflocken wurde ein feiner, steter Nieselregen, der Tag erhellte sich nur unwesentlich und der Kombi und die Zeitung waren verschwunden. Ich fluchte heftig, aber wenigstens wusste ich jetzt, dass 9.30 Uhr zu spät war. Ohne viel Hoffnung auf weitere Erkenntnisse umrundete ich den Block weiträumig und parkte dann an der Ecke oberhalb der Häuserzeile. Nachdem ich sicher war, dass mein Wagen nirgends Interesse erweckt hatte, kroch ich nach hinten und ließ mich tief in die Rückbank sinken. Innerhalb der nächsten Stunde zählte ich kaum 20 Fahrzeuge, welche in den nördlich gelegenen Behördenkomplex ein- oder ausfuhren, und kein einziges, das die Straße meines potenziellen Opfers benutzte. Was wäre eigentlich, dachte ich, während mir langsam kalt wurde, wenn Jens gerade Urlaub in Gran Canaria machte, oder in Scheidung lebte und längst woanders übernachtete, ohne sich umgemeldet zu haben? Mir blieb vorerst nichts als warten.

Die Temperatur im Inneren näherte sich unaufhaltsam der äußeren, also schwang ich mich wieder nach vorn und fuhr zurück zum Hotel, um mich vor der nächsten Schicht zu stärken und aufzuwärmen.

Nachmittags hatte ich mehr Glück. Gegen 4 hielt der Kombi vor dem Haus. Eine Frau um die 50 stieg aus und betrat das Grundstück. Sie leerte den Briefkasten, der eine halbe Stunde zuvor von einem armen Kerl mit Fahrrad und Regenjacke befüllt worden war, und verschwand im Haus. Zehn Minuten später stieg kaum 10 Meter von mir entfernt ein Mann in schwarzer Uniform aus einem schwarzen Transporter. Der Transporter entfernte sich und der Mann schulterte seinen Rucksack und lief die kleine Straße hinunter. Zunächst war ich nicht sicher, da ich sein Gesicht nicht gesehen hatte, aber dann erkannte ich ihn von hinten an seinem prägnanten Gang. X-Beine wurde man nicht einfach so los und seine hängenden Schultern waren zwar massiger geworden, besaßen aber Wiedererkennungswert. Als er im richtigen Haus verschwand, war ich so erregt, dass ich instinktiv nach Zigaretten suchte, obwohl ich seit über einem Jahrzehnt nicht mehr rauchte.

Viel Zeit, mich zu beruhigen, bekam ich nicht, denn zwanzig Minuten später bestiegen die beiden ihren Kombi. Jens, ich war mir ganz sicher, dass er es war, trug keine Uniform mehr. Er setzte sich hinter das Steuer und als er an mir vorbeifuhr, konnte ich einen Blick auf sein Gesicht erhaschen. Kein Zweifel.

Ich folgte ihnen zum Elbepark, einem nahe gelegenen Einkaufszentrum unweit der Leipziger Straße. Als ich noch hier in der Nähe lebte, waren dort Felder und ein paar Gewächshäuser gewesen. Sogenannte grüne Wiese.

Der Parkplatz war gut belegt und ich brauchte ein bisschen Geduld, um mein Auto in Sichtweite von ihrem abzustellen. Dann, ich hatte das Paar längst aus den Augen verloren, suchte ich mir einen Kiosk und kaufte Zigaretten und Feuerzeug. Ich paffte wie ein Jüngling, der zum ersten Mal rauchte, und als ich mir, an den Mietwagen gelehnt, meine dritte anzündete, kehrten sie zurück. Sie verfrachteten jede Menge Sachen aus dem Einkaufswagen in den Kofferraum und fuhren zurück nach Hause. Der Kombi wurde im Carport verstaut, die Einkäufe landeten im Haus. Ich wartete an meiner Ecke, bis die Lichter im Haus ausgingen. Irgendwann war nur noch das Flimmern eines Fernsehers hinter einem Vorhang im ersten Stock zu erahnen, dies hielt ich für den passenden Moment, mein Hotel aufzusuchen.

Ich hatte ihn gefunden.

Am nächsten Morgen, einem Freitag, wurde Jens, exakt eine halbe Stunde, nachdem er in Schlappen und Morgenmantel die Zeitung geholt hatte und damit wieder im Haus verschwunden war, von dem schwarzen Transporter eingesammelt, in die Innenstadt chauffiert und vor einer Kaufhausfiliale abgesetzt. Seinen Arbeitstag verbrachte er stehend und mit vor dem Körper übereinandergelegten Händen an einem der 4 oder 5 Eingänge des Hauses. Fast erregte er dabei mein Mitleid, denn wenn man es nett ausdrückte, arbeitete er als Objektschützer. Was für jemanden, der, so mein Wissensstand, einst ein Studium in der EDV begonnen hatte, sicher nicht zum geplanten Werdegang gehörte. Und was einem wie mir, der bei den staatlichen Ordnungs- und Sicherheitskräften beschäftigt war, allenfalls ein bedauerndes Lächeln abrang.

Nach seiner Schicht wurde er wieder nach Hause gebracht. Gegen Abend lichtete sich die Wolkenwand und während der Fahrt hatte ich Gelegenheit, die berühmte Canaletto-Silhouette zu betrachten. Im Licht der tief stehenden Sonne. Zum ersten Mal in meinem Leben sah ich die wieder aufgebaute Frauenkirche. Die beiden schwarzen, aus den Trümmern herausragenden Zähne, die mein Bild der Dresdner Innenstadt, die ich als Kind der nördlichen Elbseite ohnehin selten besucht hatte, geprägt hatten, waren verschwunden. Man musste wohl akzeptieren, dass die dagebliebenen Dresdner und deren Nachwuchs nach über vierzig Jahren den Anblick der Ruine nicht mehr ertragen wollten – aber gut finden musste man es nicht.

Jens wurde vom Transporter in sein Wochenende entlassen, und das war auch das letzte Mal für die folgenden beiden Tage, dass ich ihn zu Gesicht bekam. Die Zeitung am Samstag holte seine Frau, und am Sonntag wurden sie für eine Stunde von einer Mittzwanzigerin besucht, die in einem silberfarbenen SUV der oberen Preisklasse anreiste.

Noch hatte ich keine Idee, schon gar keinen Plan, wo und wie ich mein Vorhaben zu Ende bringen könnte, aber darüber zerbrach ich mir nicht den Kopf. Ein tödlicher Schuss ist schnell abgegeben und wenige wussten das besser als ich. Ich wollte nur, dass er mich erkannte, bevor ich ihn umbringen würde. Und ich wollte das Staunen in seinen Augen sehen.

Am folgenden Montag gab es die erste Abweichung aus dem bisherigen Alltagstrott. Der Arbeitstag war gewohnt ereignislos verlaufen, aber gegen Abend gingen Jens und die Frau, die offensichtlich seine Angetraute war, zu Fuß aus dem Haus. Sie hakte sich bei ihm ein und ich verließ meinen Mietwagen und lief im Abstand von gut 50 Metern hinter ihnen her. Die Straßenbahn brachte uns ins Zentrum und dort fand ich mich plötzlich inmitten von tausenden sogenannten Spaziergängern wieder, die zu einer jener Kundgebungen unterwegs waren, über die schon seit Wochen bundesweit berichtet wurde. Ich fühlte mich unwohl zwischen all den unauffälligen Menschen, die anscheinend darauf warteten, dass jemand ihre offenen oder unterschwelligen Ressentiments in Worte fasste. Niemand hier schien sich darum zu scheren, dass man sie im Westen der Republik einfach nur für schlechte Verlierer einer Entwicklung hielt, die sie zum Teil selbst mit eingeleitet, aber nicht verstanden hatten. Der Gedanke, dass ich heute noch zwischen all den aufrichtigen, islamisierungsverängstigten Kleinbürgern leben könnte, hätte man mich damals nicht rausgelassen, ließ mich erschaudern. Dabei waren im allgemeinen Stadtbild kaum Ausländer, die nicht offensichtlich Touristen waren, auszumachen. Verglichen mit Hamburg wirkte das hier wie urdeutsche Provinz mit all ihren langweiligen Hässlichkeiten. Nirgends schien die Sorge absurder, dass Unmengen fusselbärtiger junger Männer aus den Töchtern der Stadt unterdrückte Kopftuchträgerinnen machen könnten. Allerdings gab es auch nur vergleichsweise wenige Juden, damals, als man begann, sie zu Sündenböcken zu erklären.

Nachdem der letzte Redner die Leute bis zum kommenden Montag verabschiedet hatte, hoffte ich, bis dahin die Stadt wieder verlassen zu haben.

Mit der Vorgabe, noch eine Woche Zeit zu haben, ließ ich Jens und seiner Frau auf deren Heimweg einen großen Vorsprung. Als ich bei ihnen ankam, genügte ein Blick auf das fast schon vertraute Flimmern oben hinter dem Vorhang. Ich bestieg meinen Wagen und fuhr zu meinem Hotel.

Die Minibar war natürlich aufgefüllt worden. Zuerst öffnete ich den billigen Scotch, dann spülte ich mit Bier nach, ließ mich auf das Bett fallen und dachte an all die vielen Menschen, die ich heute gesehen hatte. Menschen, die nicht hungerten, die nicht ohne Obdach waren, die nicht von einem

Regime verfolgt wurden und die nicht aussahen, als hätten sie größere materielle Probleme. Aber sie hatten Angst.

Mein Vater sagte einmal, der Sachse hätte Angst, schon weil er allein wegen seines Dialektes überall diskriminiert würde. Aber die in Karl-Marx-Stadt nähmen das eher locker, weil sie in einer Stadt lebten, die sowieso keiner kannte, und die Leipziger hielten sich schlichtweg für die, um die herum die Weltkarte aufgebaut war. Die königlichen Dresdner hingegen hüteten seit dem Niedergang der Augustinischen Herrschaft ihre Residenz und bereiteten sie vor für den kommenden Monarchen. Ich erinnerte mich schwach an den Zusammenhang dieses Gesprächs – ich hatte ihm geschildert, wie wir als mitreisende Fußballfans von Dynamo Dresden in Rostock, Halle, Berlin, Jena, im Grunde überall außerhalb Sachsens als Sachsenschweine beschimpft worden waren. Man mochte uns nirgendwo.

Wodka gab es noch an der Minibar. Ich bediente mich. Sehnte mich plötzlich nach Hamburg, meiner Wahlheimat, in der es keinen bombastischen – man verzeihe mir in diesem Zusammenhang das Wort – Gedenktag an die eigene Zerstörung gab, obwohl hier die Alliierten jene Flächenbombardements ausgiebig testeten, denen später auch Städte wie Dresden ausgeliefert waren. In der es mehr Einwanderer gab, als in den meisten deutschen Städten und in der es den ersten verängstigten Kleinbürger gegeben hatte, der es mitsamt eigens gegründeter Partei immerhin bis zum Posten des Innensenators geschafft hatte. Aber außer einer Neueinkleidung der Landespolizei und einer lächerlichen Kampagne gegen seinen Chef war nichts Erwähnenswertes von ihm geblieben. Und, sollte mich mein geschätzter Hausarzt zu einem Krankenhausaufenthalt überreden können, dann freute ich mich schon auf Sara, Krankenschwester im St. Georg, deren viele Dienstjahre ihrem hübschen Gesicht kaum etwas anhaben konnten und deren knochentrockener Hamburger Dialekt einen vergessen ließ, dass ihre Familie dereinst der Verfolgung des letzten persischen Monarchen entkam. Ich war so beseelt von meinen Gedanken, dass ich darüber einschlief.

Dienstag, Mittwoch, beides unauffällige Tage im Dasein von Jens und seiner Frau, die übrigens in einem Kindergarten arbeitete. Ein Job, der, wie ich meinte, ausgezeichnet zu einer angehenden Witwe passte.

Am Donnerstagnachmittag langweilten die beiden mich wieder mit ihrer, anscheinend obligatorischen Fahrt zum Einkaufszentrum. Diesmal wartete ich dort nicht auf ihre Rückkehr, sondern tat kurzerhand das, wovor ich mich bisher gedrückt hatte. Ich machte einen Abstecher in die kaum einen Kilometer entfernten ersten 21 Jahre meines Lebens.

Bisher hatte mich nichts an dieser Stadt, die längst nicht mehr meine war, beeindruckt. Das änderte sich, kurz nachdem ich in die Leipziger Straße einbog und das Ballhaus Watzke zu Gesicht bekam. Ich stellte den Wagen gegenüber auf einem Parkplatz ab und bewunderte das imposante Gebäude. Vor über 30, 40 Jahren war das ein unförmiger, schmutziger toter Klotz gewesen, irgendein namenloses Lagerhaus, dass wir Kinder kaum beachtet hatten. Jetzt lud es mit brauhausgerechter Atmosphäre zur Einkehr und besaß sogar einen hübschen Biergarten mit herrlichem Blick über die große Flussbiegung – die entsprechende Jahreszeit vorausgesetzt. Die Uferwiesen unterhalb des Ballhauses gab es immer noch, genau wie den Weg entlang der angrenzenden Häuser. Hier hatten wir den Großteil unserer Freizeit verbracht, unser Revier erstreckte sich vom kleinen Hafenbecken neben der Leipziger über die elbnahe Siedlung von Mickten mit dem Straßenbahnhof bis hinüber nach Übigau. Dort stand das alte Lustschlösschen mit dem verwilderten Garten, dessen Zäune immer irgendwo ein Loch hatten, durch das man hineingelangen konnte, um Fürst oder Ritter zu spielen. Bis man von einem Mann in blauem Arbeitskittel verscheucht wurde. Vermutlich waren der Garten und das Schloss mittlerweile von den üblichen Verdächtigen, sogenannten Investoren, okkupiert worden und längst nicht mehr zugänglich, aber ich verspürte keine Lust, dem nachzugehen.

Auf halber Strecke zurück zur Straße blieb ich stehen, zündete mir eine Zigarette an und lehnte mich an das Geländer über der Uferböschung. Der Weg, der hinunter zum Strand führte, war noch vorhanden, von der Fähre, die von hier zum Ostragehege übergesetzt hatte, fehlte hingegen jede Spur. Mario, Jens und ich, die Unzertrennlichen, wie wir uns damals nannten, hatten hier viel Zeit miteinander verbracht. Manchmal, wenn der Fährmann zwischen den Schichten ein Zigarrenpäuschen einlegte, beschossen wir ihn aus einem Gebüsch heraus mit getrockneten Erbsen. Ich glaube bis heute, dass er genau wusste, woher die Geschosse stammten, aber er hat nie etwas gesagt. Vielleicht befürchtete er, wir könnten jemandem erzählen, dass er sich ab und an heimlich einen aus seinem Flachmann gönnte. Vielleicht durften wir deshalb manchmal sogar umsonst mitfahren.

Horden von Arbeitern waren hier morgens und nachmittags zum neuen Schlachthof übergesetzt, darunter Marios Vater und, Jahre später, auch meine Eltern. Letztere allerdings unfreiwillig, und da war ich kein Kind mehr gewesen.

Die untergehende Sonne beschien das markante Turmgebäude der ehemaligen Großschlachterei, die ein amerikanischer Kriegsgefangener, der hier eingepfercht die Bombennächte überlebte, in einem weltbekannten Buch verewigt hatte. Mein Vater überlebte es nicht, hier arbeiten zu müssen.

Ich warf die Zigarette weg und betrachtete die relativ

neue Brücke über das Hafenbecken, die es heutigen Fußgängern und Radfahrern ermöglichte, auf ihrem Weg Richtung Innenstadt am Fluss zu bleiben. Die dort installierte Figur aus Blech, die auf mich wie ein winkender Kobold wirkte, ermunterte mich zu einem spontanen Lächeln, trotzdem blieb ich so gebannt von meinen Erinnerungen, dass ich mich schließlich auf den Weg zu meinem Elternhaus machte.

Es dauerte nur fünf Minuten. Die Häuser in der Torgauer Straße waren nicht größer geworden, aber man hatte sie saniert und gestrichen und mit Sicherheit waren die Dächer der Drei- oder Viergeschosser heute dicht. Aus den ehemals mit Klinken versehenen Haustüren waren mit Wechselsprechanlagen bestückte Bastionen gegen die Außenwelt geworden, nahezu Hamburger Verhältnisse. Meine Familie hatte unter dem Dachboden gewohnt und ich erinnere mich noch an all die emaillierten Eimer und Schüsseln, die wir da oben aufstellten, wenn es regnete. Irgendwann hatte meine Mutter einen Dachdecker so lange bekniet, bis der eines Tages ein paar Ziegel vorbeibrachte, mit denen mein Vater dann die kaputten ersetzen konnte.

Ich las die Namen auf den Klingelschildern. Ich kannte keinen. Mittlerweile wohnten hier acht, anstatt sechs Mietparteien, klar, der ehemalige Dachboden war keiner mehr.

Ich setzte den Erkundungsgang durch meinen ehemaligen Kiez fort. In der Mohnstraße, welche die Torgauer kreuzte, gab es noch das ein oder andere Haus, das aus der Zeit gefallen schien. Das Haus, in dem Jens' Familie damals gewohnt hatte, gehörte dazu. Sogar der Name stand noch auf dem Klingelschild und ich hätte beschwören können, dass der vergilbte PVC-Klingelknopf noch derselbe war, auf den ich Jahrzehnte zuvor unzählige Male gedrückt hatte. Und wie vor Jahrzehnten blickte ich zum 2. Stock hinauf, sah Gardinen, die älter sein mussten als der Freistaat, in dem ich mich gerade aufhielt. Nur das Badfenster war jetzt mit gelbem Riffelglas bestückt. Auch an zwei der anderen Namen auf den Klingeln erinnerte ich mich. Scholz und Kühnel, gespenstisch.

Auf dem Weg zurück zum Mietwagen dachte ich an Jens' Vater. Er war ABV gewesen. Ein in meiner Erinnerung sehr netter Polizist, der gewissermaßen dafür verantwortlich zeichnete, dass ich Bulle werden wollte, und, wenn auch letztlich unter komplett anderen Voraussetzungen, geworden bin. Und den ich bis 1996, dem Jahr, in dem ich endlich meine Akte einsehen konnte, immer für den Verräter gehalten hatte. Danach erschien mir sein Besuch während meiner Haft in neuem Licht.

Nach einem letzten bewundernden Blick auf das Ballhaus fuhr ich zu Jens' Haus und wartete auf seine Rückkehr. Erwartungsgemäß hatten er und seine Partnerin viele Einkäufe auszupacken, danach sah es so aus, dass sie ihr Domizil an diesem Abend nicht noch mal verlassen würden.

Im Hotel schaltete ich den Computer an und las im Netz alles, was ich über das Ballhaus finden konnte, nebenbei aß ich meine unterwegs gekauften Pommes mit Majo. Dann machte ich noch einen virtuellen Abstecher zum Schloss Übigau und erfuhr, dass es offensichtlich immer noch als Spekulationsobjekt vor sich hin verfiel, bevor ich mich an der Minibar bei den harten Sachen bediente. Whisky, Wodka, Rum, ich war nicht wählerisch – ich stellte mich ans Fenster, ließ mich beim nächtlichen Anblick der Fritz-Reuter-Straße volllaufen und versank in Erinnerungen.

Mein Vater war leitender Ingenieur, meine Mutter Sekretärin in der Direktion bei Rafena gewesen, und bei uns in der Familie hieß das auch noch so, als Rafena längst zum VEB-Irgendwas geworden war und zu einem Kombinat Sowieso gehörte. 1978 stellte mein Vater für unsere Familie einen

Ausreiseantrag, weil man ihm ein Jahr zuvor einen Besuch bei seinem Bruder in Hamburg zu dessen silberner Hochzeit verwehrt hatte. Meine Eltern verloren daraufhin ihre Stellen und bekamen neue zugewiesen, der Schlachthof brauchte damals Personal. Ich flog kurz vor dem Abitur aus der EOS und machte eine Lehre in einer Gärtnerei in Kaditz, die sich damals ungefähr dort befand, wo Jens jetzt donnerstags einkaufte. Meine Eltern nahmen irgendwann auf Druck der Behörden ihren Antrag zurück, aber entgegen aller Zusicherungen kamen sie danach nie wieder auf einen grünen Zweig. Mir stellte man gegen Ende meiner Lehrzeit in Aussicht, doch noch bei der Kripo landen zu können – eine mindestens drei-, besser zehnjährige Dienstzeit bei der NVA vorausgesetzt. Meine Begeisterung hielt sich in Grenzen, zumal mich das ein oder andere Detail an erlebter Polizeiarbeit ohnehin daran zweifeln ließ, ob mein ursprünglicher Berufswunsch mit meinem, zugegeben damals kompromisslos pubertärem, Gerechtigkeitssinn zu vereinbaren wäre. Hin- und hergerissen zwischen Rebellion und Resignation sah ich am Ende nur einen Weg: Ich wollte nicht mehr hier sein.

In Absprache mit meinen Eltern, beschloss ich 1982, im letzten Sommer vor meiner Einberufung, die DDR zu verlassen. Mario, Jens und ich wollten nach Ungarn fahren – ein letzter gemeinsamer Trip, bevor wir zu erwachsenen, regelmäßigen Einkommensempfängern werden würden. Die Fahrt war langfristig geplant, allein schon wegen der notwendigen Reisedokumente, und als ich die beiden einweihte, dass ich beabsichtigte, von Budapest nach Győr weiterzureisen und mich von dort aus nach Österreich durchzuschlagen, verloren sie keine großen Worte darüber. Sie sagten nur, dass sie nicht mitkommen wollten. Auf Jens wartete ein Studienplatz, Mario hatte seine Lehre abgeschlossen und vor Kurzem eine Lehramtsstudentin kennengelernt, der er dorthin folgen würde, wo immer ihr künftiger Beruf sie hin verschlagen würde. Wir einigten uns darauf, für mit Sicherheit aufkommende Fragen nach ihrer Rückkehr, dass sie mich in Budapest verloren und dann nichts mehr von mir gehört hätten.

Aber schon an der tschechischen Grenze endete der Urlaub abrupt. Die Beamten, die uns aus dem Zug holten, und zu ihrer Grenzerhütte führten, könnte ich heute noch nicht beschreiben. Im Vorraum wurden wir getrennt, und danach habe ich die beiden nie mehr gesehen. Mario bis heute nicht, aber der hatte nach Aktenlage auch nichts mit dem zu tun, was folgte.

Ich saß knapp 3 Monate in der Bautzener Straße. Ich kleines Licht. Ich hatte nichts zu erzählen und dennoch wurde ich immer wieder verhört. Frühmorgens. Nachts, am helllichten Tag, für mich spielte das keine Rolle, ich vegetierte in dieser Zeit im Dunkelgrau, während mein Peiniger vermutlich Schichtzuschlag bekam.

Tagsüber durfte ich mich nicht hinlegen, also musste es tagsüber gewesen sein, als plötzlich Jens' Vater in der Zellentür stand. In grüner Dienstuniform und mit der braunen Ledertasche, die an einem Riemen an seiner Schulter hing. Leutnant. Sein sorgenvoller Blick schien mir überflüssigerweise bedeuten zu wollen, wie ernst meine Lage war.

»Junge, was ist los?«, sagte er. »Warum hast du das gemacht?«

Ich zuckte die Schultern. Fragte mich, was ich gemacht hatte. »Wie geht's Jens und Mario?«, fragte ich, und meine eigene Stimme hörte sich nach zwei unbenutzten Tagen, zwei Tagen ohne Verhöre, merkwürdig fremd an.

Er sagte: »Sie kommen zurecht. Du solltest jetzt aber an dich denken.«

Ich sah ihm in die Augen und fand dort nichts als aufrichtige Besorgnis. »Warum sind Sie hier?«, wollte ich wissen.

»Sag denen, was sie hören wollen«, antwortete er, und machte mit dem Kinn eine unbestimmte Bewegung in Richtung Zellentür. Zu denen.

»Ich will hier weg«, sagte ich trotzig, weil ICH das hören wollte.

»Überleg' dir das noch mal.«

Ich schüttelte kraftlos den Kopf.

»Mehr kann ich nicht für dich tun,« sagte Jens' Vater, und damit verschwand auch er aus meinem Leben.

Irgendwann karrte man mich zum Gericht, wo mir ein Urteil bekannt gegeben wurde: Vorbereitung zur Republikflucht. 9 Monate. Scheiße.

Der Whisky, der Wodka, der Rum. Die beiden Flaschen Pils und sogar den Doppelkorn hatte ich getrunken, wie mir am nächsten Morgen schmerzlich bewusst wurde. Es war Freitag, wie ich an einem Kalender an der Rezeption ablesen konnte und die junge Frau hinter dem Tresen besorgte mir eben eine Tablette. Sie wollte mir sogar die klein gedruckten Nebenwirkungen vorlesen, aber als ich behauptete, dass mir Nebenwirkungen nichts mehr anhaben könnten, lächelte sie professionell.

An diesem Tag steckte ich zum ersten Mal die Schusswaffe ein. Ich besaß das Ding schon so lange, dass ich mich nur noch an das *Wie*, aber nicht an das *Wann* erinnerte. Und daran, dass Susi, Zeit unseres zu kurzen Zusammenlebens, nichts davon gewusst hatte. Damals war ich noch ein kleiner Kommissar in Hamburg-Harburg gewesen und vom LKA zu der Durchsuchung des Anwesens eines bekannten Neonazis hinzu beordert worden. Wir waren ungefähr zwei Dutzend Polizisten plus ein paar Beamte der Staatsanwaltschaft. Der durchsuchte Bürger besaß mehr Waffen als Unterhosen, und die Waffen waren obendrein in besserem Zustand. Neben einer Kiste mit 22 Handgranaten, 2 Sturmgewehren Marke Kalaschnikow, 6 echten, 2 Schreckschusspistolen und haufenweise Munition, fand sich auch eine geladene 9mm Makarow in einem Schuhschränkchen. Da ich diese entdeckte, bevor ein weiterer Kollege hinzukam, steckte ich sie kurz entschlossen ein. Ich weiß bis heute nicht, welcher Teufel mich seinerzeit geritten hatte, allerdings ahnte ich, dass meine Handlung mit meiner deformierten Vergangenheit zusammenhing.

Ich nahm die Waffe aus dem Karton, in dem ich sie über all die Jahre aufbewahrt hatte. Sie war schwer, klobig, nicht so klar in der Form, wie meine Dienstwaffe. Eine Makarow war nicht geeignet, gezielte Schüsse auf größere Entfernungen abzugeben, aber auf kurze Distanz war die Wirkung des großen Kalibers sehr effektiv. Man musste sie nur gut festhalten. Und ich würde sie festhalten. Ich überprüfte das Magazin, schob es in den Griff, lud durch und sicherte. Es konnte losgehen.

Allerdings gestaltete sich Jens' Freitag genau so unspektakulär, wie der vergangene. Ich musste darauf hoffen, dass sich am kommenden Wochenende irgendeine Gelegenheit ergeben würde, dem Verräter ungestört gegenüberzutreten, und schon am Samstag sollte sich diese Hoffnung erfüllen.

In meinem nunmehr dritten Mietwagen sitzend, sah ich, wie Jens' Frau gegen acht die Zeitung holte. Ein sonniger Tag deutete sich an, ich wartete und hoffte, sie würden sich bei dem Wetter nicht zu Hause verschanzen. Die Geduld, die ich aufbrachte, erinnerte mich an eine Observierung Anfang der Neunziger, als wir den Russen, die sich damals im Hamburger Milieu breitzumachen begannen, tagelang tatenlos beim feuchtfröhlichen Feiern zusehen mussten. Wir tranken damals nicht mal Kaffee und wenn doch mal einer pinkeln musste, hatten wir leere Granini-Flaschen vorrätig, wegen der größeren Öffnung. Observierungen gehörte schon lange nicht mehr zu meinem Dienstplan, und Flaschen, weder leere, noch volle, hatte ich auch nicht bei mir.

Es wurde halb eins und endlich tat sich etwas. Jens' Frau, bekleidet mit beigefarbenem Anorak mit Pelzkragen, trug eine Springform vor sich her, die sie, nachdem sie im Kombi Platz genommen hatte, auf den Oberschenkeln absetzte. Jens hatte einen eleganten schwarzen Mantel über einen dunklen Anzug geworfen, darunter karminrote Krawatte auf weißem Hemd. Ich hatte mich längst daran gewöhnt, dass mein Jugendfreund nicht wirklich ein Freund gewesen war, aber nie in all den Jahren erschien er mir mit Hemd und Schlips.

Sie fuhren Richtung Norden, stadtauswärts, vorbei am Heidefriefhof in Richtung Boxdorf. Der Verkehr war für einen Samstag recht dicht und er nahm hinter den Boxdorfer Kreuzungen weiter zu, bis wir in Moritzburg in die Schlossallee einrollten, die so schnurgerade auf die örtliche Attraktion hinführte, wie ein vom Himmel fallender Stein.

Das Jagdschloss der Dresdner Fürsten war auch in meiner Erinnerung ein beliebtes Ausflugsziel gewesen und wahrscheinlich pilgerten an jedem schönen Wochenende immer noch tausende Besucher hierher. Die immobilen Produkte der Verschwendung von Steuergeldern gehörten schon immer zu den meist bestaunten Bauten unseres Landes, selbst wenn jene Steuern, wie beispielsweise bei unserer berüchtigten hanseatischen Elbphilharmonie, nicht von Monarchen erhoben worden waren.

Während ich mir noch Gedanken über Steuergerechtigkeit machte, bog der Kombi nach Westen ab. Moritzburg war immer noch nicht sehr groß, auch wenn es in den letzten Jahrzehnten sichtlich zugelegt hatte, und so war der Rand der Ortschaft schnell erreicht. Der Kombi hielt in der breiten Einfahrt eines gepflasterten Hofes, in der auch der silberfarbene SUV parkte, den ich schon kannte. Folgerichtig begrüßte die gleiche Mittzwanzigerin, die am letzten Wochenende am Steuer des SUVs gesessen hatte, die Ankommenden. Ich umrundete das Anwesen und fuhr zurück zur Allee, zu deren Seiten genügend, mittlerweile bestens ausgebaute, Parkplätze zur Verfügung standen.

An diesem sonnigen Winternachmittag waren zahlreiche motorisierte Besucher unterwegs, dennoch fand ich für meinen Wagen recht schnell eine Lücke. Ich ging zu Fuß zurück zu dem Haus und begegnete unterwegs einigen offensichtlich fremden Fußgängern, fast kam ich mir vor, wie bei einem sommerlichen Spaziergang an der Alster.

Neben Jens' Kombi und dem SUV stand noch ein niedriger Sportwagen, den ich auf den ersten Blick übersehen hatte. Das Haus war, meiner Einschätzung nach, höchstens zehn Jahre alt. Breit und flach. Großes Grundstück, das an um diese Jahreszeit brachliegende Felder grenzte. Es gab hohe Hecken aus immergrünen Koniferen und niedrige Zäune, die von den Hecken zum Teil durchwuchert wurden. Ich setzte meine Sonnenbrille auf, zündete mir eine Zigarette an und umrundete das Grundstück erneut, diesmal zu Fuß. Die Bewohner besaßen eine breite Terrasse, die auf eine große Wiese mit einer Handvoll Obstbäumen hinausführte.

Ich umklammerte die Pistole in meiner Tasche und stellte mir vor, dass jemand einen Grill auf die Terrasse schob und Jens, eine Bratwurst essend, direkt auf mich zugelaufen kam. Aber natürlich geschah nichts dergleichen.

Nachdem ich zum zweiten Mal ratlos vor der Einfahrt stand, fragte ich mich, wie gut meine Tarnung aus Sonnenbrille, Zigarette, Anzug und der albernen Skimütze tatsächlich war, und ob ich hier und jetzt überhaupt eine Tarnung benötigte, wenn ich sowieso wieder nicht zum Zug kommen würde.

Aber genau in diesem Moment erschien er. Er ging auf seinen Wagen zu, betätigte die elektronische Entriegelung, öffnete die Beifahrertür und holte den Kuchen heraus, den seine Frau zuvor dort stehen gelassen haben musste. Ich stand währenddessen die ganze Zeit kaum 5 Meter von ihm entfernt und er bemerkte es nicht. Erst als er sich wieder aufrichtete und die Tür des Wagens zu schlug, sah er mich. Und obwohl er mich sicher für einen jener zahlreichen Besucher hielt, die hier andauernd herumspazierten, hielt er einen Moment inne. Den Mantel hatte er im Haus gelassen, und mit der Form in der Hand sah er aus wie ein nicht ganz korrekt gekleideter Ober.

»Hallo Jens«, sagte ich und brachte ein Lächeln zustande. Gleichzeitig legte mein in der Tasche verborgener Daumen den Sicherungshebel um.

»Du?« Sein Staunen war echt.

»Schön, dass du dich erinnerst«, sagte ich, und ich spürte, wie mich eine Art innerer Gerechtigkeit durchströmte.

»Scheiße, was willst du hier …?«, war das Nächste, was ihm einfiel.

»Ich will dich bestrafen«, sagte ich, und versuchte angestrengt, das Lächeln zu halten, »für deinen Verrat, du erinnerst dich?«

»Ja, aber … aber«, stotterte er, stellte den Kuchen auf dem Wagendach ab und streckte ergebend die leeren Hände zur Seite.

»Ja, aber, Arschloch«, entfuhr es mir, und ich setzte gerade dazu an, die Waffe aus der Tasche zu ziehen und sie ihm unter die Nase zu halten, als ein kleines Mädchen von vielleicht 3, 4 Jahren angerannt kam und, als es mich sah, abrupt stehen blieb, mich kurz musterte und dann weiter auf Jens zulief.

»Opa, Opa!«, rief die Kleine. »Ich soll fragen, wo du bleibst?«

Sie würdigte mich keines weiteren Blickes und sprang ihren Opa an, sodass dieser sich bücken, sie umarmen und hochheben musste. Sie klammerte sich fest, aber Jens starrte entsetzt dorthin, wo meine Hand mit der Pistole stecken geblieben war. Er ahnte, was ich für ihn vorgesehen hatte, und er hielt seine Enkelin fest.

»Geh'n wir jetzt endlich Kuchen essen, Opa?«, fragte die Kleine und kuschelte ihre Wange an seine Schulter.

Fast mechanisch strich Jens dem Mädchen über den blonden Schopf, das Entsetzen blieb, aber jetzt starrte er mir direkt in die Augen.

Mein Zögern war schon fast nicht mehr echt. Ich hatte mich einen Augenblick früher entschieden.

»Geh Kuchen essen«, forderte ich ihn schließlich auf, und mein Daumen sicherte die verborgene Waffe. Aber ich behielt sie in der Hand.

»Opa, wer ist der Mann?« Die Kleine hatte sich umgedreht und schaute mich interessiert an.

Jens, offensichtlich immer noch sprachlos, antwortete nicht.

»Der Mann will nur wissen«, sagte ich, »wo das berühmte Schloss ist.«

»Aber das ist doch ganz leicht«, platzte sie heraus.

»Ja«, sagte ich, dann kramte ich meine Schusshand aus der Manteltasche, winkte und ließ die beiden allein.

Auf dem Weg zum Auto dachte ich an das kleine Leben, das Jens führte. Das sich von meinem gar nicht so sehr unterschied. Vielleicht war mein Leben sogar noch kleiner, denn er hatte immerhin jemanden an seiner Seite und seine Enkelin lebte um die Ecke. Mein Kontakt zur Zukunft beschränkte sich auf den zu einigen wenigen jungen Kollegen.

Und meine eigene Zukunft erweckte in mir ein mulmiges Gefühl.

Ich musste etwas tun, egal, was der Herr Doktor davon halten würde. Aber zunächst musste ich hier weg. Weg aus der Vergangenheit. Ich warf die Zigarettenschachtel in einen Papierkorb am Straßenrand und stieg ins Auto.

Ein paar Tage später saß ich Martin in seiner Praxis gegenüber.

»Als Mediziner fühle ich mich in deinem Fall fast überfordert«, begann er, »und du kannst mir glauben, dass keiner meiner Zunft so etwas gern sagt. Aber als dein Freund bin ich positiv überrascht.«

Auch diesmal war ich sein letzter Patient und er hatte den Cognac und die Gläser schon auf den Tisch gestellt. »Normalerweise müsste ich dich noch mal komplett durchchecken lassen, bevor ich dich wieder arbeiten lasse.«

»Aber das machst du natürlich nicht«, konstatierte ich, und sah zu wie er behutsam je einen Fingerbreit Flüssigkeit in die beiden Schwenker goss. Ich hatte ihm verschwiegen, wie viel schlechten Alkohol ich in letzter Zeit konsumiert hatte.

»Nein, natürlich nicht«, antwortete er, stellte die Flasche ab und griff zu seinem Glas.

»Wie war eigentlich dein Besuch in der Vergangenheit?«

»Befriedigend«, sagte ich. Dachte dabei an meine Enkel und hob ebenfalls mein Glas.

»Ich bin noch da«, fügte ich hinzu.

Denn ich war noch da.

Autoren

Andreas M. Sturm, Jahrgang 1962, wurde in Dresden geboren. Die ersten Schreibversuche startete er mit 16 Jahren. Es entstanden Kurzgeschichten und Western. Sein Faible für Kriminalromane brachte ihn dazu, ab 2009 wieder selbst zur Tastatur zu greifen.

Bei Streifzügen durch seine Heimatstadt entstehen die Kriminalromane um das weibliche Kommissarinnen-Duo Wolf & König.

Neben seinen Dresdenkrimis schreibt er Kurzgeschichten und ist Herausgeber von Anthologien. Andreas M. Sturm ist Mitglied im ›Syndikat‹.

~ www.krimisturm.de

Anne Mehlhorn, Jahrgang 1990, wuchs in Aue im Erzgebirge auf und studierte an der HTWK Leipzig erfolgreich Verlagsmanagement. Danach nahm sie ein Zweitstudium im Bereich Informatik auf. Sie verfasste mit siebzehn ihren ersten abgeschlossenen Roman, und arbeitete neben dem Studium freiberuflich als Werbetexterin.

2013 erschien ihr Verlagsdebüt ›Die Seele des Stachelschweins‹; seitdem verfasst sie auch Krimi-Kurzgeschichten für verschiedene Anthologien.

~ www.anne-mehlhorn.de

Jan Flieger, Jahrgang 1941. Schreibt Krimis, Thriller und ist mit Kurzgeschichten an zahlreichen Krimi-Anthologien, auch in Österreich und der Schweiz, beteiligt.

Sein Selbstjustiz-Thriller ›Auf den Schwingen der Hölle‹ (2012) erregte viel Aufsehen. In Japan entstand ›Man stirbt nicht lautlos in Tokyo‹ (2013).

Zur Leipziger Buchmesse 2014 war er neben Håkan Nesser und Arne Dahl zu Gast bei der LVZ Kriminacht, wo er sein neuestes Werk, den Leipzig-Krimi ›Der Vierfachmord von Stötteritz‹ präsentierte.

~ *www.janflieger.de*

Frank Kreisler, Jahrgang 1962, geboren in Rostock, zog im Jahr 1985 nach Leipzig. Sein Berufsleben zeichnet sich durch Vielseitigkeit aus. Er arbeitete als Hafenarbeiter, aber auch als Bibliothekar.

Nach einem Studium am Literaturinstitut Leipzig ist er seit 1995 freiberuflich tätig, zunächst journalistisch, seit etwa 10 Jahren auch als Buchautor. Zahlreiche Veröffentlichungen, vor allem im Bereich Kinder- und Jugendbuch konnte Frank Kreisler verwirklichen.

Sein Krimi ›Wasserfest‹ erschien 2013. Außerdem beteiligte er sich an verschiedenen Krimianthologien.

~ *www.frank-kreisler.de*

Petra Steps, Jahrgang 1959, waschechte Vogtländerin, im Kuckucksnest Zwickau geboren. Diplomphilosoph und Hochschulpädagogin, Journalistin, Herausgeberin, Autorin. Beiträge in Regionalia und Krimi-Anthologien, (Mit-)Herausgeberin des Geschichtenbandes zu den Stadtjubiläen von Reichenbach und Netzschkau/Vogtland, der Krimi-Anthologien ›Mordssachsen‹ 1 und 2, ›Wer mordet schon im Vogtland‹ und ›Gauner, Geigen, Griegeniffte‹, sowie Mitarbeit an ›The very Best of Vogtland‹.

Romy Fölck, Jahrgang 1974, geboren in Meißen, arbeitete nach ihrem Jurastudium viele Jahre in Leipzig in einem großen Unternehmen, dem sie 2012 den Rücken kehrte.

Mittlerweile lebt sie als freie Autorin in der Elbmarsch bei Hamburg. Bisher erschienen von Romy Fölck drei Kriminalromane, ein Thriller sowie zahlreiche Kurzgeschichten in Anthologien und Zeitschriften. Sie ist Mitglied im ›Syndikat‹, dem Verein deutschsprachiger Krimiautoren.

~ www.romyfoelck.de

Martina Arnold, Jahrgang 1962, lebt in Berlin, studierte Kommunikationswissenschaft. Sie war Redakteurin beim Fernsehen und Drehbuchautorin für eine ZDF Telenovela. Das prägte ihren schwarzen Humor.

Martina Arnold ist freie Autorin und Dozentin für Neue Medien. Regelmäßige Lesungen und zahlreiche Kriminalgeschichten in Anthologien. Sie ist Mitglied der Mörderischen Schwestern e.V. und des Verbandes Deutscher Drehbuchautoren, VDD.

~ www.wortanwort.de

Frank Dörfelt, geboren 1963 in Zwickau lebt seit vielen Jahren in einer Kleinstadt vor den Toren der Geburtsstadt. Gelernt hat er zunächst einen Metallberuf, bevor er sich dem Journalismus, samt dem dazu gehörigen Studium zuwandte. Als freier Journalist schreibt er seit vielen Jahren für verschiedene Zeitungen über lokale, aber auch über überregionale Themen. Bevorzugt ist er in den Gerichtssälen im Landgerichtsbezirk Zwickau anzutreffen. Seit 2007 sind auch verschiedene Kurz-Krimis in den Anthologien Mordssachsen 1 bis 3 erschienen.

~ www.frankdoerfelt.de

Rudolf Kollhoff, wurde 1957 in Wolgast geboren. Viele Jahre arbeitete er in der Gastronomie, nach der Wende in einem Bildungszentrum als Lehrer und Ausbilder. Nach einem Kurs ›Kreatives Schreiben‹ schrieb er Kurzgeschichten für Zeitungen und Unterhaltungsmagazine.

Ab Ende der 90-er Jahre folgen Horror- und Westernromane für Bastei Lübbe und ab 2001 Mundarthörspiele für den Norddeutschen Rundfunk. Ein Tipp für Plattdeutsch-Versteher: Das heitere Stück ›Kläuser up Wulk söben‹ ist in der ARD-Mediathek derzeit kostenlos zu hören bzw. zu speichern.

Rudolf Kollhoff wohnt in einem beschaulichen Dorf am Strelasund.

Mario Schubert, Jahrgang 1970, stammt aus einer Stadt, die eher für Indianer bekannt ist, als für clevere Detektive und sinistre Schurken – Hohenstein-Ernstthal. Nach einem Lehramtsstudium sattelte er um auf Fremdsprachenkorrespondent.

Beruflich fühlt er sich seit mehr als einem Jahrzehnt der Holzbildhauerkunst verbunden. Er ist Einrichtungsleiter des Daetz-Centrums in Lichtenstein.

Patricia Holland Moritz, Jahrgang 1967, geboren in Karl-Marx-Stadt/Chemnitz, war Buchhändlerin und Tourneeveranstalterin und arbeitet heute für ein Verlagshaus in Berlin.

Für ihren ersten Roman ›Zweisiedler‹ (BoD 2012) erhielt sie das Arbeitsstipendium vom Berliner Senat. Aktuell schreibt sie am zweiten Band ihrer Berliner Krimiserie um die Ermittlerin ›Das Chamäleon‹ – Rebekka Schomberg – für den Gmeiner Verlag.

~ www.patriciahollandmoritz.wordpress.com

Birgitta Hennig, Jahrgang 1950, geboren in Chemnitz, studierte Finanz-Ökonomie und Jura an der Humboldt-Universität Berlin. Sie arbeitete als Justitiarin, später freiberuflich in Bayern, NRW und Niedersachsen als Kursleiterin und Unternehmensberaterin.

Seit 2002 verschrieb sie sich der Fotografie, hatte mehrere Gruppen- und Einzelausstellungen. Seit 2004 schreibt sie Kurzgeschichten und Krimis, 2005 erste Veröffentlichung im Rahmen des Krimiwettbewerbes ›Akte X Hannover‹. Seit 2007 lebt sie in Leipzig.

Stefan B. Meyer, Jahrgang. 1963 in Erfurt, arbeitete bis 1987 als Baumonteur bzw. Gerüstbauer am Aufbau des Sozialismus. Später folgten verschiedene sowohl sozialversicherungspflichtige als auch freiberufliche Tätigkeiten. Seit 1999 lebt er mit Frau und Kindern in Leipzig.

2001 verfasste er seine ersten Texte, vor allem in der Kriminalliteratur. 2007 veröffentlichte er seinen Debütkriminalroman ›Wie in Schigago‹, 2012 folgte sein Leipzig-Krimi ›Im falschen Revier‹.

2014 erschien sein Dresden-Krimi ›Desperados im Land des Lächelns‹.

~ *www.stefan-b-meyer.de*

Leif Tewes
Tag Null

234 Seiten | Klappbroschur
ISBN 978-3-95848-204-3

Lirot & Schlueter
Im Feuer

356 Seiten | Klappbroschur
ISBN 978-3-95848-601-0

Olaf Jahnke
Tod eines Revisors

250 Seiten | Klappbroschur
ISBN 978-3-95848-600-3

Stefan B. Meyer
Desperados im Land des Lächelns

334 Seiten | Paperback
ISBN 978-3-942829-59-5

Andreas M. Sturm
Leichentuch

328 Seiten | Paperback
ISBN 978-3-942829-48-9

Jan Flieger
Der Vierfachmord von Stötteritz

200 Seiten | Paperback
ISBN 978-3-942829-52-6

Krimi im fhl Verlag